Rosie M. Clark
Blüten der Hoffnung

AF177840

TINTE
&
FEDER

Das Buch

»Man sagt, für manche Dinge im Leben gibt es nur eine einzige Chance. Entweder man nutzt sie, oder sie ist für immer verloren.«

Als die junge Spanischlehrerin Louise in dem malerischen Dorf Caimari ein verlassenes Haus entdeckt, fühlt sie sich mit ihm fast seelenverwandt. Hier auf Mallorca glaubt sie, die Trennung von ihrem Mann vergessen und ein neues Leben beginnen zu können. Sie möchte endlich wieder frei und glücklich sein.

Doch mit Louises Einzug erwacht die rätselhafte Vergangenheit des Hauses. Eine verriegelte Werkstatt, die Verschwiegenheit der Dorfbewohner und dann noch der attraktive Noah, der ihr immer wieder über den Weg läuft und viel mehr über sie und das Haus zu wissen scheint, als er zugibt ... Ist Louise bereit, die Zeichen der Hoffnung zu erkennen?

Die Autorin

Nach ihren Bestsellern »Das Salzmädchen« und »Eine Prise Sommerglück« hat Rosie M. Clark mit »Blüten der Hoffnung« ihren dritten Roman veröffentlicht. Ihre innige Beziehung zu Mallorca hat sie früh entdeckt und besucht die Insel seitdem jedes Jahr mehrfach mit ihrem Mann. Die Liebe zu den Buchten, den Menschen, der salzigen Luft und ihre Leidenschaft für das Schreiben inspirieren sie zu zauberhaften Geschichten über sympathische Protagonistinnen und attraktive Helden, die auf der Sonneninsel ihr Glück suchen.

ROSIE M. CLARK

BLÜTEN
der
HOFFNUNG

ROMAN

Deutsche Erstveröffentlichung bei
Tinte & Feder, Amazon Media EU S.à r.l.
38, avenue John F. Kennedy, L-1855 Luxembourg
Juli 2020
Copyright © der deutschsprachigen Ausgabe 2020
By Rosie M. Clark

Umschlaggestaltung: zero-media.net, München
Umschlagmotiv: © Svetlana Sewell / ArcAngel; © Maridav / Shutterstock;
© Mike Richter / Shutterstock;
© Sven Hansche / Shutterstock
1. Lektorat: Ute Köhler
2. Lektorat und Korrektorat: VLG Verlag & Agentur, Haar bei München,
www.vlg.de
Gedruckt durch:
Amazon Distribution GmbH, Amazonstraße 1, 04347 Leipzig /
Canon Deutschland Business Services GmbH, Ferdinand-Jühlke-Straße 7,
99095 Erfurt /
CPI books GmbH, Birkstraße 10, 25917 Leck

ISBN 978-2-49670-342-9

www.tinte-feder.de

Für Nanni

1

An manchen Tagen möchte man einfach nur die Vergangenheit das sein lassen, was sie ist, vergangen. Mehr noch, man möchte nicht einmal daran erinnert werden, was passiert ist, welches Leid einem widerfahren ist. Solche Tage würden wiederkommen, dessen war sich Louise bewusst. Doch heute war einer dieser anderen Tage, an denen sie das Geschehene verarbeiten, seiner Tragweite entgegenwirken wollte.

Ein Blatt wehte herein, bevor Louise die Haustür schloss. Für manche lediglich ein Zeichen für den Wechsel der Jahreszeiten, für Louise ein Zeichen für Verlust und Vergänglichkeit. Sie ließ das Blatt liegen, zog ihre leichte Jacke aus und schlüpfte aus den Schuhen. Den ganzen Tag lang hatte sie darüber nachgedacht, wie sie einen Schritt auf Alex zugehen, endlich mit ihm reden könnte. Trotz der Ablenkung durch ihre Schüler, für die sie dankbar war, konnte sie keinen klaren Gedanken fassen. Wochen des Schweigens waren seit ihrem Streit mit Alex vergangen. Vorwürfe und bittere Gefühle lagen in der Luft, die jedes Atmen schwer machten. Jeder Tag fühlte sich wie eine weitere Zerreißprobe an. Louise konnte so nicht weitermachen, sie *wollte* so nicht weitermachen. Gemeinsam hatten Alex und sie schon viele Abenteuer und Ängste überstanden, auch diese

Situation wollte sie mit ihm zusammen überstehen, daran wachsen und schließlich nach vorn blicken.

Nach allem, was passiert war, fiel es Louise schwer, nicht in Tränen auszubrechen, doch sie atmete tief durch und ging in die Küche, um die Einkäufe auszupacken. Wie ein normales Paar es tun würde, plante sie, mit Alex zu Abend zu essen, ein Glas Wein zu trinken und mit ihm über ihre und seine Gefühle zu reden. Sie stellte den Weißwein kalt, heizte den Backofen vor, putzte den grünen Spargel und setzte einen Topf heißes Wasser auf. Dann zog sie eine Auflaufform aus der großen Schublade, verteilte etwas Olivenöl und einige Kräuter darin, legte den Spargel darauf und bestreute ihn mit frischem Parmesan. Louise schob die Form in den Ofen, schüttete Nudeln in den Topf und schnitt einige kleine Tomaten. Zum Schluss wischte sie einmal über die Arbeitsplatte und ging nach oben, um sich etwas frisch zu machen.

Louises Herzschlag beschleunigte sich, als sie im Badezimmer stand und ihr Spiegelbild betrachtete. Sie sah mitgenommen aus. Eingefallene Wangen, trockene Lippen, müde Augen, unreine Haut. Die letzten Wochen waren nicht spurlos an ihr vorübergegangen. Sie hatte eine schwere Entscheidung getroffen, sich dem darauffolgenden Kampf gegen ihre Gedanken und den Diskussionen mit Alex gestellt. Selbst den unglücklich formulierten Vorwürfen ihrer Mutter hatte sie standgehalten und war nicht daran zerbrochen. Das Verständnis und die Zuversicht ihres Ehemanns hatte sie sich sehnlichst gewünscht, doch Alex veränderte sich, zog sich zurück und war in sich gekehrt. Wie immer stand er früh auf, lief sechs Kilometer und fuhr daraufhin in die Praxis. Die Abende verbrachte er in seinem Arbeitszimmer oder im Fitnessstudio, die Nächte auf der Couch. Louise sah ihm an, dass er genauso angestrengt nachdachte wie sie, doch er zeigte keinerlei Bestreben, seine Gedanken mit ihr zu teilen.

Louise wusch sich das Gesicht, cremte sich ein und trug ein dezentes Make-up auf. Sie fuhr sich einige Male durchs Haar, ging dann ins Schlafzimmer und öffnete den Kleiderschrank. Kurz darauf schlüpfte sie in eine enge Jeans und streifte sich ein weißes Oberteil über. Die Überlegung, sich etwas mehr herauszuputzen, hatte sie verworfen. Das Einzige, was sie anstrebte, war ein Stückchen Normalität. Außerdem wäre sie sich blöd vorgekommen, daheim in Abendkleid und hohen Schuhen herumzulaufen.

Sie hob die Hand und sah auf die Uhr. Alex sollte jeden Moment nach Hause kommen. Schnell ging Louise hinunter in die Küche und warf einen Blick in den Backofen. Dann schüttete sie die Nudeln ab, deckte den Tisch und öffnete den Wein. Mit jedem Zeigerschlag stieg ihre Angst. Angst, ihre Gefühle nicht klar ausdrücken zu können, neue Missverständnisse aufzuwerfen, sich mit Alex zu streiten, statt sich zu versöhnen. Doch alles war besser, als nicht miteinander zu sprechen, aneinander vorbeizuleben, abzuwarten, bis sich die Situation von allein regeln würde. Das Einzige was sich von allein regelte, war der Tod, hatte ihre Mutter einmal gesagt. Und selbst dabei wurde nicht selten nachgeholfen.

Louise liebte Alex, dessen war sie sich nach wie vor sicher. Selbst wenn die Liebe sich verändert hatte, war sie dennoch präsent. Niemand wusste, wie ihre Zukunft aussehen mochte, doch Louise wollte sie gemeinsam mit Alex erleben. Das und vieles mehr wollte sie ihm heute sagen.

Ein Schlüssel wurde ins Schloss gesteckt, dann öffnete sich die Haustür. Das Rascheln einer Jacke, das Quietschen von Sneakers auf dem Parkett, dann war Alex da. Er streckte die Nase in die Küche, bemerkte Louise im Esszimmer und sah sie verwundert an.

»Hi«, sagte sie, stand auf und brachte zwei bauchige Weingläser in die Küche.

»Hi«, antwortete Alex zögerlich. »Was … was ist denn hier los?«

Louise zog die Weinflasche aus dem Kühlschrank und schenkte ein.

»Es tut mir leid, der Wein ist noch nicht ganz kalt.«

Skeptisch musterte Alex sie. »Du siehst … gut aus.«

Louises Hand zitterte, als sie ihm das Glas reichte. Das hatte er seit einer gefühlten Ewigkeit nicht mehr zu ihr gesagt.

»Danke«, antwortete Louise und trank hektisch einen Schluck. »Setz dich, ich habe gekocht.«

Alex nippte an dem Glas, sah sie noch einen Moment verwundert an, drehte sich dann aber um und nahm am Esstisch Platz.

Louise zog die Auflaufform aus dem Ofen, drapierte Nudeln, Spargel und Tomaten auf den Tellern und ging hinüber zum Tisch. Sie reichte Alex seinen Teller und setzte sich.

»Danke«, sagte er und sah sie dabei forschend an.

»Wie war dein Tag?«, fragte Louise bemüht beiläufig und nippte erneut an ihrem Weinglas.

»Nichts Besonderes. Viele Patienten, viel Arbeit.« Alex runzelte die Stirn. »Und bei dir?«

Ein derart normales Gespräch war ein vielversprechender Anfang. Es war mittlerweile schon etwas Besonderes geworden, sich über den vergangenen Arbeitstag zu unterhalten. Überhaupt miteinander zu sprechen, war definitiv ein Schritt nach vorn.

»Ich habe einen neuen Kurs bekommen. Die Leute sind ganz nett und lernen schnell. Es macht Spaß.«

Alex nickte. Beide hatten sie das Essen noch nicht angerührt und hielten sich unentschieden an ihren Gläsern fest.

»Louise, ich bin froh, dass wir reden«, sagte Alex ungewohnt leise. Er stockte, schien seine Worte genau abzuwägen.

Tränen schossen in Louises Augenwinkel. »Ich auch«, sagte sie. »Ich habe dich ... vermisst.«

Alex schluckte. »Es war eine verdammt schwierige Zeit ... für uns beide.«

»Ja«, sagte Louise. »Wir hätten schon viel früher miteinander sprechen sollen. Ich hatte das Gefühl, wir haben völlig aneinander vorbeigelebt. Wir ...« Tränen liefen über ihre Wangen. Sie versuchte, ruhig zu bleiben, ein- und auszuatmen. »Es ... wir ... ich liebe dich, Alex«, brachte sie stockend hervor. »Wirklich. Wir hatten es uns beide ganz anders gewünscht, das weiß ich. Aber ich habe das Gefühl, dass wir es schaffen, wieder glücklich miteinander zu sein.«

Alex setzte an, etwas zu sagen, tat es aber nicht.

»Ich möchte, dass wir wieder zusammenfinden, wieder ein Team sind, uns gemeinsam der Sache stellen und lernen, damit umzugehen.« Louise wischte sich vorsichtig die Tränen aus dem Gesicht und sah in Alex' schwermütige Augen. »Wenn du auch bereit dazu bist, meine ich. Ich ... möchte wieder mit dir glücklich sein.«

Alex wurde blass. Er schien nicht damit gerechnet zu haben, dass Louise nach all den Wochen so offen sprach.

»Louise, ich ...«, sagte er und stockte erneut.

Louises Körper verkrampfte sich. Bitte sag endlich etwas, wollte sie ihm zurufen, doch es blieb still im Raum. Louise hörte ihren eigenen Herzschlag, der sich mit jeder Sekunde des Wartens beschleunigte.

»Ich stimme dir vollkommen zu, es kann so nicht weitergehen.«

Erleichtert atmete Louise auf.

»Wir wissen beide, dass sich etwas verändern muss.«

Louise nickte zustimmend.

»Louise, ich ... ich habe die letzten Wochen genutzt und wirklich viel nachgedacht. Über dich, über mich ... über uns. Es funktioniert einfach nicht, das weiß ich jetzt.« Alex nahm einen großen Schluck Wein. »Louise, ich möchte die Scheidung.«

Louises Gesichtszüge erstarrten. Ihr Kopf glühte, wie nach einer harten Ohrfeige. Ihre Augen suchten den Kontakt mit ihrem Ehemann, dem Mann, mit dem sie die letzten neun Jahre glücklich gewesen war, doch Alex senkte seinen Blick und wich ihr aus. Louise sprang auf. Sie wollte schreien, wollte mit der Faust auf den Tisch schlagen, aber ihre Kehle blieb stumm und ihre Hände ruhig. Ihr Atem ging stoßweise. Sie versuchte, sich zur Ruhe zu zwingen. Es funktionierte nicht. Sie spürte, wie jede Farbe aus ihrem Gesicht wich. Sie fuhr sich durch die Haare und zog daran, bis es schmerzte. Dann platzten Wut und Verzweiflung aus ihr heraus.

»Das ist deine Lösung, Alex?«, rief sie mit brüchiger Stimme. »So gehst du damit um, dass ich … dass ich mich vor der Enttäuschung fürchte, dass es nicht klappt? Du lässt mich einfach im Stich?«

Alex sprang auf. »Willst du ein Kind oder nicht?«, schrie er. »Ich schon. Und ich wäre bereit, weiß Gott was dafür zu tun, es wenigstens zu probieren!« Er sah Louise in die wütenden Augen, setzte sich wieder und legte den Kopf in die Hände.

»Ich kann so nicht weitermachen, Louise. Es fällt mir wirklich nicht leicht … ich kann nicht.«

»Meinst du, mir fällt es leicht? Jeden verdammten Tag kämpfe ich mit den Gedanken! Hast du die Frau in der Klinik gesehen? Nein. Zwei Jahre haben sie es probiert! Es hat sie aufgefressen, und hinterher hat es doch nicht geklappt. Ich möchte nicht so werden, Alex.«

»Ich auch nicht, Louise. Aber genau das ist der Punkt. Wir sind schon längst so geworden. Ich hätte es uns anders gewünscht, besser, so wie wir es geplant hatten. Aber offenbar haben wir andere Vorstellungen vom Leben, merkst du das nicht?«

»Ich weiß nicht, was gegen eine Adoption spricht, ich …«, schluchzte Louise und krallte sich verzweifelt an die Lehne des Stuhls. Ihre Hände schmerzten, ihr ganzer Körper bebte.

»Bitte lass es. Das Thema ist durch.«

»Ich …«

»Du kannst … das Haus haben. Ich werde ausziehen, wenn du das willst«, sagte Alex ruhig.

Louise drohte zu kollabieren. Der gesamte Kummer der letzten Wochen brach über sie herein.

»Das Haus?«, wisperte sie. »Alles, worüber du nachdenkst, ist das verdammte Haus?« Louise hielt sich die zittrige Hand vor den Mund. »Ich … ich komme mir so unendlich blöd vor!«

Louise ertrug es nicht länger, Alex gegenüberzusitzen. Mit letzter Kraft stemmte sie sich hoch, drehte sich um und stürzte die Treppe hinauf. Sie warf die Schlafzimmertür hinter sich zu und drehte den Schlüssel um. Hilfe suchend sah sie sich um, doch alles hier drinnen kam ihr falsch vor.

Sie riss die Schranktür auf, holte einen Koffer heraus, zog schluchzend einige Kleidungsstücke aus dem Schrank und warf sie in den Koffer. Als dieser bereits überquoll, sank Louise zu Boden. Sie kauerte auf dem Teppich, lehnte sich gegen das Bett und weinte. Sie war gebrochen, kraftlos, nicht fähig, einen weiteren Schritt zu tun. Sie riss die Tagesdecke vom Bett und legte ihr zitterndes Gesicht hinein. Es war vorbei.

2

Der leichte Vorhang blähte sich im Luftzug, vereinzelte, durch die Wolken blitzende Sonnenstrahlen tanzten auf den breiten Bodendielen. Darauf lag Louise, eingewickelt in die Tagesdecke. Als sie die Augen öffnete und sich aufsetzte, wurde ihr umgehend schwindelig. Weinend hatte sie die Nacht auf dem Boden verbracht und war irgendwann eingenickt. Ihre Hüfte schmerzte, die Haare waren zerzaust, die Augen verquollen, und sie fühlte sich elend.

Sie schälte sich aus der Decke, stand auf und sah aus dem Fenster. Alex' Wagen parkte nicht in der Einfahrt, er war offenbar schon auf dem Weg in die Praxis. Vorsichtig tastete sich Louise den Flur entlang und hinunter in die Küche. Alex hatte aufgeräumt. Der Esstisch war gewischt, sogar die Auflaufform stand gespült und abgetrocknet wieder an ihrem Platz in der Schublade.

Louise nahm eine Tasse aus dem Regal, stellte sie unter die Kaffeemaschine, die bereits leuchtete und drückte die einzige abgenutzte Taste. Es piepte, ratterte, summte, dann lief schwarzer Kaffee in die Tasse. Louise wartete, bis die Maschine nicht mehr tropfte, nahm die Tasse, schlurfte ins Wohnzimmer und sah erneut aus dem Fenster in den trüben Morgen.

Erst jetzt realisierte sie, dass sie nicht in einem verdammten Albtraum festsaß, nicht irgendwann aufwachen und alles ungeschehen sein würde. Alex verlangte die Scheidung. Es war passiert. Er hatte es gesagt. Er sagte niemals Dinge, die er nicht meinte. Es war ihm ernst. Selbst wenn dem nicht so gewesen wäre, es blieb ausgesprochen und hatte bereits jetzt tiefe Spuren in ihre Beziehung gebrannt. Louises Blick ging ins Leere. Die Umgebung verschwamm. Ihre Augen fanden keinen Punkt, den zu fixieren sich lohnte. Stattdessen ließen Tränen der Verzweiflung ihre Sicht weiter verschwimmen.

Ein Piepton riss sie aus den Gedanken. Louise stellte ihren Kaffee auf die Fensterbank und fand ihr Handy hinter einer Obstschale auf der Küchentheke.

Guten Morgen, Sonnenschein. Hast du verschlafen oder geht's dir nicht gut? Kuss, Caro

»Mist«, stieß Louise aus, als sie auf die Uhr sah. Sie gab heute einen frühen Kurs und hätte schon längst in der Schule sein müssen. Hektisch wischte sie sich einige Tränen aus den Augenwinkeln und begann zu tippen. Dann löschte sie die Nachricht wieder und atmete einmal tief durch. Ihre Lippen zitterten. Nein, so konnte sie nicht zur Arbeit erscheinen. Auf keinen Fall würde sie das durchstehen. Sie tippte erneut.

Caro, mir geht es überhaupt nicht gut heute. Kannst du Uli bitte Bescheid geben, dass ich nicht komme? Vielleicht kann er die Kurse zusammenlegen. Danke dir! Melde mich später.

Louise legte das Handy weg, doch es piepte erneut. Dann noch einmal und noch einmal.

Was ist los Süße?

Ist irgendwas passiert?

Ich komme nach der Arbeit vorbei!

Louise wollte antworten, dass alles in Ordnung sei, Caro sich nicht sorgen solle und nicht vorbeizukommen brauche, doch sie zögerte und tat es nicht. Nichts war okay. Es war alles andere als okay. Okay lag viele Monate zurück.

Danke! Erzähl ich dir dann. Freue mich auf dich.

* * *

Es klopfte an der Tür und Louise erschrak. Sie sah auf die Uhr, wunderte sich über den frühen Besuch und ging zum Hauseingang, um nachzusehen. Durch den Türspion erkannte sie Caro, die ebenfalls ihr Auge nahe an den Spion gelegt hatte.

»Ich kann dich sehen!«, rief sie und lächelte. »Mach auf!«

Louise sah in den Spiegel neben der Eingangstür und schüttelte seufzend den Kopf. Sie sah furchtbar aus. Kurz versuchte sie, das Vogelnest aus Locken zu demontieren, doch sie hatte keine Chance gegen die starre Konstruktion. Louise trug dieselbe Kleidung wie am Tag zuvor und fühlte sich verschwitzt und elend. Sie fuhr sich noch einmal durchs Haar. »Scheiß drauf«, flüsterte sie und öffnete die Tür.

Sofort stürmte Caro herein und musterte ihren zerzausten Schopf.

»Oh Gott, was ist denn mit dir passiert?«, fragte sie und nahm ihre Freundin prompt in die Arme.

Louise kämpfte einige Sekunden lang mit den Tränen, ließ ihnen dann aber freien Lauf. Sie schluchzte und drückte Caro fest an sich. Die beiden verharrten eine Weile wortlos im Flur.

»Was ist passiert, Süße? Habt ihr euch gestritten?«, fragte Caro, als sich Louise etwas beruhigt hatte. Sie strich ihrer Freundin sanft über den Rücken.

»Er hat mich verlassen, Caro.«

Caro schob ihre Schultern etwas nach hinten und sah Louise mit großen Augen an. »Nein, hat er nicht! So ein … Arschloch!« Sie räusperte sich. »Klang es … ernst?«, fragte sie dann mitfühlend.

»Er will … will die Scheidung«, stotterte Louise.

»Dieser …« Caro ballte die Fäuste. »Ich …« Sie schien sich selbst beruhigen zu müssen. »Ich mache uns einen Kaffee und du erzählst mir alles in Ruhe, okay?«

Louise schüttelte hektisch den Kopf. »Ich kann nicht bleiben. Caro, ich muss hier weg.«

Caro reagierte blitzschnell. Sie legte den Arm um Louise und begleitete sie nach oben.

»Wir schnappen uns ein paar Sachen und dann kommst du erst mal mit zu mir, okay? Ich …« Sie sah verwundert ins Schlafzimmer. »Oh«, sagte sie, als sie den Koffer sah, aus dem einige Ärmel und BHs herausschauten. »Ich sehe, du hast schon gepackt.«

Nachdem sie gemeinsam den Inhalt des Koffers sondiert und alles ordentlich zusammengefaltet hatten, steckte Louise ihren Laptop in einen kleinen Rucksack und ging mit Caro nach unten.

»So, hast du alles, was du brauchst? Handyladekabel? Zahnbürste? Lenkraketen?«

Alles, was sie brauchte, dachte Louise. Alles, was sie *wofür* brauchte? Und für wie lange? Wie würde es jetzt überhaupt weitergehen? Sie konnte sich nicht ewig bei Caro verstecken.

Louises Gedanken überschlugen sich. Sie sah das Haus, sie sah Alex seine Sachen packen, sich selbst zurückbleiben, allein in der Küche sitzen – weinend, zerbrechlich, perspektivlos. Sie musste sofort hier raus. Sie brauchte einen klaren Kopf. Und einen Schluck Wein. Es war ihr egal, dass sich das widersprach.

»Ich denke schon«, sagte Louise leise und folgte Caro zur Haustür. Dann drehte sie sich ruckartig um. »Eins noch!«

Sie lief zurück in die Küche, öffnete eine Schublade und nahm vorsichtig ein Ultraschallbild heraus. Sanft strich sie mit dem Zeigefinger darüber, verzog ihre Lippen zu einem schmerzlichen Lächeln und ließ das Bild vorsichtig in ihre Handtasche gleiten. Dann sah sie sich ein letztes Mal um, seufzte tief auf und folgte Caro nach draußen.

3

Caro stemmte sich gegen die schwere Wohnungstür, die schließlich nachgab und knarrend aufsprang.

»So, komm rein.« Sie sah sich nach einem freien Platz in dem vollgestellten Flur um, fand ihn hinter der Tür und nickte zufrieden. »Stell deine Sachen erst mal hier hin und mach es dir im Wohnzimmer bequem. Du weißt ja, wo alles ist. Ich mach uns einen Kakao.«

Louise trat ein und stellte ihren Koffer in die Ecke. An der Garderobe hingen mindestens zwanzig Jacken, also legte sie ihre auf das Schuhregal und tastete sich vorsichtig durch den Flur bis ins Wohnzimmer. Überall lagen Klamotten, Zeitschriften, Bilderrahmen vom Flohmarkt und weiterer Krimskrams.

»Hast du für mich aufgeräumt?«, rief Louise in Richtung Küche.

Caros Kopf lugte aus der Tür. »Haha, Blödi. Ich weiß, es ist momentan etwas unordentlich, aber das Chaossystem ist ein Trend in der modernen Lagerhaltung. Zumindest hab ich das im Fernsehen gesehen. Leg einfach ein paar Sachen zur Seite, ich mache gleich den Rest.«

Louise türmte einige Zeitschriften zu einem Stapel und ließ sich auf die weiche Couch fallen. Eigentlich war Caro gar nicht so unordentlich, doch sie besaß viel zu viele Sachen für die kleine Eineinhalbzimmerwohnung. Louise hatte ihr schon mehrfach ans Herz gelegt, entweder etwas auszumisten oder eine größere Bleibe zu suchen. Caro konnte sich jedoch weder von ihren Sachen noch von ihrer geliebten Altbauwohnung trennen, die nur einen halbherzigen Steinwurf entfernt von ihrem Elternhaus und den Wohnungen ihrer Brüder lag.

»Hier kommt der Kakao«, sagte Caro wenig später und stellte zwei dampfende Becher auf dem Couchtisch ab. »Uli habe ich geschrieben, dass ich morgen auch nicht komme. Wir haben also genügend Zeit ...«, sie griff in das Regal neben der Couch und zog eine Flasche Baileys heraus, »... um jede Menge *Kakao* (dabei malte sie Anführungszeichen in die Luft) zu trinken.« Sie goss zwei sehr großzügige Schlucke in die Becher. »Eigentlich muss ich es ja nicht aussprechen, aber ich mache es trotzdem: Du kannst natürlich so lange bleiben, wie du magst. Egal, wie lange das ist, okay?«

Louise sah ihre Freundin dankbar an und konnte die Tränen nicht länger zurückhalten, denn sie wusste, dass Caro sie nicht drängen würde, zu erzählen, was passiert war. Sie spürte Caros Arm auf der Schulter, und so saßen die beiden da, bis es dunkel wurde, Caro den Kakao gegen Wein tauschte und Louise vom gestrigen Abend erzählte.

* * *

Am nächsten Morgen streckte sich Louise auf der weichen Couch und hörte ihre Wirbelsäule knacken, als würden fingerdicke Zweige brechen. Außerdem brummte ihr der Schädel. Als sie den Geruch aus den drei leeren Weinflaschen wahrnahm, wurde ihr übel und sie drehte sich zur Seite.

Fehler, Fehler, Fehler, meldete ihr Kopf und das Schwindelgefühl setzte umgehend ein. Louise richtete sich auf und ließ die Augen halb geöffnet. So wird es funktionieren, dachte sie und starrte auf einen fixen Punkt am anderen Ende des Wohnzimmers.

Dann ließ sie den gestrigen Abend Revue passieren. Sie hatte bitterlich geweint, als sie Caro von dem Gespräch mit Alex erzählt hatte. Dabei hatten sie den ersten Wein geöffnet und Louise hatte weitere Tränen vergossen. Caro hatte geduldig zugehört, war feinfühlig auf sie eingegangen und hatte mit ihrem ganz eigenen Charme am Ende sogar ein kleines, aber feines Lächeln in Louises Gesicht gezaubert.

Bei dem Gedanken an Alex verselbstständigten sich Louises Überlegungen umgehend und blendeten schmerzhafte Bilder ihrer gemeinsamen Vergangenheit ein. Neun Jahre enge Beziehung ließen sich nicht über Nacht abstreifen wie ein alter Mantel. Sie hafteten an Louise und würden immer ein Teil von ihr bleiben.

Alex war schon früher ein zielstrebiger und smarter Typ gewesen. Er hatte Louise buchstäblich in einer Bar aufgerissen, denn im Vorbeigehen war seine Jacke an ihrem Ärmel hängengeblieben. Das hatte ein Geräusch gegeben, als wäre jemandem die Hosennaht geplatzt und der Ärmel von Louises Seidenbluse war zweigeteilt gewesen. Es hörte sich immer richtig kitschig an, wenn sie die Story erzählte, denn als sich die erschrockenen Blicke der beiden trafen, war ihr klar, dass sie diesen Mann, na ja nicht gleich heiraten, aber zumindest mit nach Hause nehmen würde. So kam es dann auch und aus einer aufregenden Nacht wurden erst zwei, dann drei und schließlich neun Jahre. Beide waren damals gerade einmal Ende zwanzig und ihnen war bewusst, dass diese Beziehung ihr Erwachsenwerden besiegeln würde. Sie befanden sich in den ersten Jobs nach dem Studium, bezogen die erste gemeinsame Wohnung und heirateten mit dreißig. Alex eröffnete kurz darauf eine Zahnarztpraxis, sie unternahmen Städtereisen, dachten über einen Hund nach und kauften eine großzügig geschnittene Doppelhaushälfte in der Wiesbadener Innenstadt. Alles war mehr oder weniger perfekt. Zwar arbeiteten sie reichlich, um den Kredit zügig abzubezahlen, doch die gemeinsamen Stunden waren intensiv und harmonisch. Alex gelang es damals beinahe jeden Abend, ein zufriedenes Lächeln auf Louises Lippen zu zaubern. Sie liebte seine feinen Lachfältchen um die Augen, sein kurzes, mittlerweile grau meliertes Haar, seinen durchtrainierten Körper und dass er stets wusste, was zu tun war. Und er wusste es nicht nur, er tat es auch.

Manchmal wunderte sich Louise, wo Alex seine ganze Energie hernahm, denn neben der Praxis entwickelte er eine Leidenschaft für bewusste Ernährung und den Laufsport. Sein Zeitplan bestimmte seither den Rhythmus ihres Zusammenlebens. Für Louise war das nie ein Problem. Es war schließlich nicht so, dass ihr Mann sich in zwielichtigen Bars herumtrieb oder Drogen nahm. Er hatte lediglich genaue Vorstellungen davon, wie sein Leben, ihr gemeinsames Leben aussehen sollte, und verfolgte diesen Plan akribisch. Sie respektierte ihren Ehemann und seine Leidenschaften. Nach ihren Kursen an der Volkshochschule half Louise entweder in der Praxis oder arbeitete zusätzlich als Spanisch-Übersetzerin für allerlei Anliegen wie Urkunden, Broschüren und sogar ganze Buchmanuskripte. Die Jahre verstrichen, der Kredit wurde schnell kleiner und die gemeinsame Zeit mit jedem Wechsel der Jahreszeiten kürzer. Louise wusste nicht genau, wann sie sich aus den Augen verloren hatten, doch an irgendeinem Punkt in den letzten Jahren hatte sich ein Bruch in ihre Gleichung geschlichen. Sie begannen in verschiedene Richtungen zu gehen.

Vielleicht lag es an dem zurückgestellten Kinderwunsch oder an dem zu vollgestopften Alltag, der den Puls ihres Lebens vorgab. Irgendetwas war mit ihnen passiert, das spürten sie, doch sie wollten es nicht wahrhaben.

Louise organisierte ein langes Wochenende in Barcelona, bei dem sie sich einander wieder annähern sollten. Es hatte sich beinahe angefühlt wie früher in der Bar, in der Alex und sie sich kennengelernt hatten. Sie putzten sich heraus, spazierten ziellos und herumalbernd durch die Straßen Barcelonas und tranken viel zu viele Cocktails. All die Verpflichtungen waren weit weg. Es war ein Wochenende im Hier und Jetzt, es war der Abend, an dem Louise Alex zuflüsterte, dass sie bereit für eine Familie sei. So aufgeregt hatte Louise ihren Mann schon lange nicht mehr gesehen. »Du machst mich sehr glücklich«, sagte er und küsste sie minutenlang mitten auf der Straße, während Autos hupend an ihnen vorbeisausten. Es folgten leidenschaftlicher Sex im Hotelzimmer und die Hoffnung auf eine schnelle Schwangerschaft. Doch es passierte nichts. Ihre Beziehung litt unter den krampfhaften Bemühungen, die sie präzise terminiert unternahmen.

Zwei Jahre, viele Tests und Beratungsgespräche später saßen die beiden schließlich in einer Klinik, um ihrem Glück mit einer künstlichen Befruchtung auf die Sprünge zu helfen. Es war der erste Tag der dazu notwendigen Hormonbehandlung. Louise wippte vor Aufregung mit den Füßen hin und her. Sie wartete ungeduldig im Vorraum des Behandlungszimmers, Alex war gerade gegangen, um einen Kaffee zu organisieren. Louises Gedanken kreisten unaufhörlich, als eine Frau den Raum betrat, die etwa so alt war wie Louise. Sie schluchzte. Louise stand auf und bot ihren Platz an. Stattdessen drückte die Frau sich unvermittelt an Louises Schulter und weinte bitterlich. Nachdem die Tränen versiegt waren und sie ihre Stimme wiedergefunden hatte, begann sie zu erzählen – von den drei Jahren Behandlung, den ständigen Arztbesuchen und der körperlichen Belastung, den geringen Chancen auf Erfolg und der Enttäuschung, den tiefen Wunden in ihrer Seele und der gescheiterten Beziehung zu ihrem Mann. Danach war es totenstill im Raum. Bis Alex die

Ruhe durchbrach, die Tür öffnete und Louise irritiert ansah. In diesem Moment veränderte sich spürbar etwas zwischen ihnen. Louise musste weg, musste raus aus der Klinik. Sie konnte das alles nicht mehr. Sie hätte auf ihr Gefühl vertrauen müssen, stattdessen hatte sie auf den äußeren Druck reagiert, von Alex, von ihrer Mutter.

Schweigend fuhr Louise mit Alex nach Hause. Die Spannung zwischen den beiden war für sie körperlich spürbar und entlud sich von Zeit zu Zeit in unkontrollierbarem Zucken.

»Es tut mir leid, Alex. Ich kann das nicht«, flüsterte Louise, als er den Wagen vor dem Haus zum Stehen brachte. »Ich will mich und uns nicht diesen ganzen Strapazen aussetzen, für eine fünfzehnprozentige Chance, dass es klappt.«

Alex umklammerte weiterhin das Lenkrad und starrte auf seine Hände.

»Bitte, lass uns darüber reden.« Louise sah ihren Mann eindringlich an.

Quälend lange Sekunden verstrichen. Dann stieg Alex aus und ging.

Das Gespräch mit Alex am Abend zuvor hatte die ganze Nacht in Louise gearbeitet, sie zermürbt, sie die Situation von allen Seiten betrachten und nach einem Ausweg suchen lassen. Hatte sie einen Fehler gemacht? Hätte sie die Hormontherapie in Angriff nehmen sollen? Hätte sie wenigstens versuchen sollen, mit Alex ein Kind zu bekommen? Doch schon während sie Caro davon erzählt hatte, realisierte sie, dass der Bruch endgültig war. Es war zu spät. Sie hatte ihren Alex unwiederbringlich verloren.

Das Knarren einer Tür stoppte den Filmprojektor in Louises Kopf abrupt und tauschte die mit »Alex« beschriftete Filmrolle gegen die mit der Aufschrift »Katerkopfschmerzen«. Drei … zwei … eins … Start! Louises Sinne scannten die Lage und ihre Synapsen meldeten erneut Schwindel und leichte Übelkeit.

Caro betrat wankend das Wohnzimmer. Sie sah so aus, wie Louise sich fühlte, und ließ sich im Schneidersitz auf den flauschigen Teppich sinken. Ihre fast wasserstoffblonden, sonst glatten Haare standen in alle Richtungen vom Kopf ab.

»Ich sag's dir, Lou, die dritte Flasche war ein fataler Fehler.« Caro rieb sich energisch die Schläfen.

Louise warf Caro einen skeptischen Blick zu, der besagte: »Meine Idee war das sicher nicht.«

»Okay, schuldig im Sinne der Anklage. Aber der Kakao war gelungen. Willst du noch einen?«

Louise verzog angewidert das Gesicht, weil sie umgehend den Geschmack von Baileys auf der Zunge hatte. »Du weißt, dein Kakao ist unschlagbar, aber heute Morgen würde ich lieber einen Kaffee trinken.«

Caro grinste. »Geht mir auch so. Ich bin gleich wieder da.« Sie rappelte sich mühsam auf und verschwand in der Küche, kurz darauf hörte man Küchenutensilien scheppern. »Hupsi! Nichts passiert! Ich bin okay!«

Louise lächelte. Caro war ein »liebenswerter Tollpatsch« – so hatten es schon ihre Schulfreunde damals in ihr Jahrbuch geschrieben – und immer für einen unvorhergesehenen Küchenunfall mit anschließendem Besuch in der Notaufnahme zu haben. Meist war der Grund einer ihrer (noch) zehn Finger und in der Regel war ein Messer oder eine Reibe involviert. Heute ging alles gut und Caro erschien einige Minuten später unversehrt mit zwei Kaffeebechern wieder im Wohnzimmer.

»So«, sagte sie zufrieden. »Der Kaffee wird uns wiederbeleben und dann planen wir unseren Urlaub! Ich bin schon ganz aufgeregt!«

Louises Gehirn meldete eine verdrängte Erinnerung an den gestrigen Abend. Es musste nach der zweiten Flasche Wein gewesen sein, als sie beschlossen hatten, einen Spontanurlaub zu beantragen. »Oh, da war ja was«, sagte Louise halbherzig.

»Jetzt hör bloß auf, Lou! Du machst keinen Rückzieher, verstanden?« Caro ließ sich wieder auf den Teppich plumpsen. »Eine Woche! Und ich darf aussuchen, wo es hingeht. Das war der Deal! Es war deine Idee – nur fürs Protokoll.«

Louise verdrehte die Augen. »Jaja, du hast ja recht.« Tatsächlich würde ihr etwas Abstand zu all dem hier guttun, und sie wollte unbedingt vermeiden, Alex über den Weg zu laufen. »Dann falle ich dir wenigstens nicht in deiner Wohnung zur Last. Also, wo soll es hingehen?«

Caro legte die Hand ans Kinn und spitzte die Lippen, so als würde sie angestrengt nachdenken. »Weißt du was, lass dich überraschen. Du erfährst erst am Flughafen, wohin wir fliegen. Ich buche irgendetwas für uns.« Sie lachte. »Ja, so machen wir es!«, bestätigte sie sich selbst.

»Und wie willst du Uli beibringen, dass wir beide so kurzfristig Urlaub brauchen?«

»Das lass mal meine Sorge sein. Ich verspreche dir, er wird Ja sagen!«

4

Louise stand auf und rückte ihren Stuhl etwas nach hinten, um den Stuhlkreis verlassen zu können. Die Gruppe aus acht Schülern verschiedenen Alters tat es ihr gleich.

»Also dann Leute, das war es für heute. Bis zum nächsten Mal schaut euch bitte das Kapitel ›Im Restaurant‹ an. Ich nehme dann gern eure kreativen Bestellungen auf. *Hasta pronto!*«

Die Gruppe kicherte und löste sich unter dem Geräusch knarzender Holzstühle, die kurz darauf gegen Tische geschoben wurden, langsam auf.

»Also ich nehme die Garnelen in Knoblauchsoße, dass weiß ich jetzt schon«, hörte sie den wissbegierigen Rentner Arthur seiner Frau zuflüstern. »Was nimmst du, mein Schatz?«

»Ich habe keinen Hunger, Arthur. Komm jetzt, wir gehen.«

Die beiden bewegten sich langsam in Richtung Tür.

»Aber ... du musst doch irgendetwas bestellen«, lenkte Arthur betroffen ein.

»Ja, aber erst nächste Woche, Arthur. Komm schon, eine Schildkröte ist schneller als du.«

Arthur schüttelte vergnügt den Kopf und winkte Louise zum Abschied zu. Dann lief er seiner Frau hinterher und verschwand in dem langen Flur.

Louise schmunzelte über das Ehepaar, das sich mit dem sechsmonatigen Kurs auf eine gerade mal vier Tage dauernde Spanienreise vorbereitete, setzte sich auf das breite Pult und atmete tief durch. Geschafft. Es war anstrengend, aber gut gewesen. Caro hatte recht behalten, Ablenkung war genau das Richtige. Was hätte sie sonst den ganzen Tag lang anstellen sollen? Und obwohl Louise die Zähne hatte zusammenbeißen müssen, hatte sie vier Kursen etwas tiefer in die Welt der spanischen Sprache verholfen. Drei davon waren bereits fortgeschritten, und es hatte sogar richtig Spaß gemacht, sich mit den Schülern, deren Zusammensetzung in der Regel bunt gemischt war, über ihre Hobbys und Berufe zu unterhalten.

Einzig der neue Anfängerkurs, der ausgerechnet als Letztes stattgefunden hatte, war heute zäh wie Kaugummi gewesen. Lediglich Arthur hatte die Runde etwas aufgelockert. Unter normalen Umständen war Louise eine der geduldigsten Lehrerinnen der Sprachschule und nahm sich für jeden die Zeit, die nötig war, doch heute war sie froh, den Kurs einfach über die Bühne gebracht zu haben.

Mit jedem neuen Kurs lernte Louise interessante Menschen mit spannenden Geschichten und verborgenen Talenten kennen, die so unterschiedlich waren und sich doch für eine gemeinsame Sache zusammengefunden hatten. Einmal war unter den Schülern ein Soldat gewesen, der ganze Städte aus Streichhölzern gebaut hatte. Bemerkenswert. Oder ein schmächtiges elfjähriges Mädchen, das davon geträumt hatte, Gewichtheberin zu werden.

Auch wenn sich der Stoff regelmäßig wiederholte, die Menschen waren der Grund für Louises Begeisterung für diesen Beruf. Sie konnte sich nichts Schöneres vorstellen, als netten Leuten eine melodische Sprache beizubringen, die ihnen im wahrsten Sinne eine neue Welt eröffnen würde. Was hätte

Louise dafür gegeben, wäre ihr Privatleben nur halb so geordnet abgelaufen!

Gedankenverloren suchte sie ihre Unterlagen zusammen, steckte alles in ihre Umhängetasche, schaltete das Licht aus und verließ den Raum. Sie schlenderte den frisch renovierten Gang entlang, der vor der längst überfälligen Renovierung aus mindestens zwanzig übereinanderliegenden Farbschichten bestanden hatte, als sie Caro aus Ulis Büro kommen sah. Freudestrahlend und auf verschwörerische Weise kichernd. Sie bemerkte Louise nicht und war kurz darauf hinter einer Ecke verschwunden. Louise lief ihr hinterher und fand sie rauchend vor dem Gebäude wieder.

»Caroline Irmer?«

Caro versuchte halbherzig, die Zigarette zu verstecken, und grinste dabei wie ein auf frischer Tat ertapptes Schulmädchen.

»Da wir beide wissen, dass du nur im Urlaub rauchst oder wenn du aufgeregt oder glücklich bist ... was ist es heute?«, fragte Louise in einem übertriebenen Detektivton.

»Irgendwie von allem etwas«, stellte Caro fest.

Louise zog fragend die Stirn kraus. »Das heißt was genau? Was hat Uli gesagt?«

»Er hat Nein gesagt. Er meinte, es wäre zu viel los und wir dürften nicht fehlen.«

Louise schob ihren Kopf etwas nach vorn, was so viel bedeutete wie: Hä?

Caro nahm einen tiefen Zug von der Zigarette und kostete Louises Ahnungslosigkeit weidlich aus. »Dann hab ich ihm gesagt, dass mir aufgefallen ist, dass er mir ständig hinterherschaut.«

Louise schlug die Hände vor dem Gesicht zusammen. »Nein, hast du nicht!«

Jeder wusste, dass Augen-Uli, den alle wegen seines einen, etwas zu tief sitzenden Sylvester-Stallone-Auges so nannten,

Caro schon seit vielen Jahren umgarnte. Bisher war es allerdings noch nie zu mehr gekommen als bis zum halbjährlichen Personalgespräch.

»Doch, hab ich«, erwiderte Caro lachend. Das beim Rauchen ertappte Schulmädchen wurde wieder zu einer selbstbewussten Frau.

»Sag schon! Wie hat er reagiert?«

Caro drückte die Zigarette im Aschenbecher aus. »Er ist knallrot geworden und fast im Erdboden versunken! Dann hab ich ihn erlöst und gesagt, wie wichtig es für uns ist, diesen Urlaub zu kriegen … und dass ich, wenn er Ja sagt, in der Woche nach unserer Rückkehr mit ihm essen gehe.« Den letzten Teil des Satzes sagte sie völlig beiläufig.

»Oh! Mein! Gott! Caro, das kannst du doch nicht …«

Caro errötete leicht. »Klar kann ich. Vielleicht wird es ja sogar ganz witzig mit Uli. Immerhin unterrichtet er British English, das kommt einem Schotten schon recht nahe, was so viel bedeutet wie, dass Uli sozusagen fast mein Typ ist. Und jetzt lass mich in Ruhe und freu dich gefälligst!« Man sah Caro förmlich den dringlichen Wunsch nach einem Themenwechsel an, und Louise tat ihr den Gefallen.

»Und was ist mit den Kursen?«

Caro trat von einem Fuß auf den anderen. »Das ist der einzige Haken an der Sache. Augen-Uli … also ich meine … Uli hat gesagt, wir müssen selbst die Teilnehmer abtelefonieren und alle müssen einverstanden sein, dass wir die ausgefallenen Termine zeitnah nachholen. Sonst kommt die ganze Planung durcheinander.«

»Na, das ist doch kein Problem!« Louise schmunzelte bei dem Gedanken, dass Arthur nun eine Woche länger Zeit hatte, um die Bestellung seiner Garnelen in Knoblauchsoße zu perfektionieren. »Das freut mich total!«

Tat es das denn wirklich? Na ja, ja. Immerhin hatte Caro keine Tränendrüsen-Geschichten erzählen müssen, um den Urlaub zu bekommen. Das hätte sie zwar wahrscheinlich niemals getan, doch Louise war trotzdem froh, dass Caro einen anderen Weg gefunden hatte.

»Das will ich auch hoffen! Du weißt schon, dass ich den Uli-Joker für einen ganz besonderen Anlass aufgehoben habe?«

Louise legte mit gespieltem Entsetzen die Hand auf den Mund und zog Caro lachend mit der anderen in Richtung der Straße. »Pssst«, zischte sie. »Du kannst doch nicht hier so über unseren Chef sprechen. Vor allem nicht so laut!« Caro war zwar forsch, doch heute überraschte sie Louise gehörig.

Sie quiekte vor Freude. »Mallorca, wir kommen!«, rief Caro und reckte ihren Arm in die Luft wie eine Superheldin.

»Moment!« Louise blieb abrupt stehen. »Mallorca?«

»Oh, ich wollte ja …«, begann Caro, die realisierte, dass sie die geplante Überraschung zunichtegemacht hatte. »Hupsi!«

»Na ja …«, beschwichtigte Louise, »… wir wissen beide, dass du es sowieso nicht so lange hättest für dich behalten können.«

»Eben!«, sagte Caro voller Zustimmung. »Und jetzt gehen wir erst mal nach Hause und machen uns etwas total Leckeres zu essen.«

Louise nickte und grübelte bereits nach Rezepten. Irgendwie musste sie sich bei Caro revanchieren und ein Abendessen würde den Anfang machen.

* * *

»Mallorca«, murmelte Louise, als sie im Dunkeln auf der Couch saß und den Laptop aufklappte.

Nach einem kurzen Zwischenstopp im Supermarkt, in dem Louise alle Zutaten für Caros Lieblingsgericht besorgt hatte,

Fish and Chips mit selbst gemachten Pommes, fuhren die beiden zu Caros Wohnung und Louise machte sich sofort an die Arbeit. Eine Stunde später fühlten sich ihre Bäuche an, als würde ein ganzer Fischschwarm um einen Sack Kartoffeln kreisen, und sie beschlossen, nie wieder etwas zu essen, zumindest nicht bis kommende Woche. Nach einem langweiligen Film wechselte Caro irgendwann ins Bett und Louise richtete es sich auf der Couch ein.

Das Licht des Laptop-Bildschirms tauchte den Raum in ein helles Blau, das dem des Karibischen Meers nahe kam. Sofort musste Louise an die kleinen Buchten Mallorcas denken, die sich eng an die Insel schmiegten und nur auf sie warteten.

Zuletzt war Louise vor Beginn ihres Studiums dort gewesen. Das war nun schon über fünfzehn Jahre her. Damals hatte sie zwei wundervolle Wochen in einer kleinen Sprachschule in der Inselmitte verbracht. Es war eine der fundamentalsten Erfahrungen gewesen, die sie je gemacht hatte. Bei dem Gedanken daran, wie jung und unerfahren sie damals gewesen war, wurde ihr angenehm warm ums Herz. Ein schüchternes, unreifes Mädchen, dem die Welt offengestanden hatte. Sie hatte ihr ganzes Leben noch vor sich gehabt. Oh Gott, lag das lange zurück, dachte sie wehmütig. In der Zwischenzeit war so viel passiert. Schüchtern war Louise immer noch, jung nicht mehr und Erfahrungen hatte sie mehr gemacht, als sie gedacht hätte, verkraften zu können. Warum war sie eigentlich danach nie wieder auf Mallorca gewesen? Wahrscheinlich wegen Alex, der die Insel immer als Sinnbild des Massentourismus abgestempelt hatte. Egal, sie freute sich auf die Reise mit Caro.

Wie sich die Insel wohl in den letzten fünfzehn Jahren verändert hatte? Louise öffnete die Suchmaske und gab das wenig kreative Stichwort »Mallorca« ein. Es erschienen Websites über die Kathedrale in Palma, Unwetter in Artà, ökologischen

Weinanbau und ein Artikel mit dem vielversprechenden Titel »Was Sie sich unbedingt ansehen sollten«.

Das ließ Louise nachdenklich werden. Sie wusste, dass der Urlaub nur eine Woche dauern und nichts an dem verdammten Irrsinn ändern würde, der zu Hause stattfand. Ihr Leben lag in Trümmern und das würde erst einmal so bleiben. Sie war Caro unendlich dankbar dafür, dass sie sie so auffing, keine Frage. Sie hatte es geschafft, dass Louise zumindest nicht den ganzen Tag weinend im Bett verbrachte und in Selbstmitleid zerfloss. Doch zu verreisen würde sich befremdlich anfühlen. Wäre es nicht eher eine Flucht aus der Realität? Hätte sich Louise nicht all dem hier stellen, damit fertigwerden müssen, um irgendwann wieder aufrecht und voller Selbstachtung in den Spiegel sehen zu können?

Louise scrollte weiter abwesend durch die Suchergebnisse, als ihr Handy vibrierte. Sie sah auf das Display und senkte unverzüglich mit einem Seufzer den Kopf.

Schwesterherz, ehrlich jetzt? Über sieben Ecken höre ich, dass mit Alex Schluss ist? Bitte ruf mich an. Mum ist auch nicht gerade happy :/

Woher zum Teufel hatte Linda von ihrer Trennung erfahren? Es hatte gerade einmal einen Tag gedauert, bis die Nachricht ungewollt zu ihrer Schwester vorgedrungen war. Alex musste es weiß Gott wem erzählt haben. Noch ein Nachtritt! Das konnte Louise gerade noch gebrauchen. Natürlich hatte sie es Linda und auch ihrer Mutter erzählen wollen, doch bestimmt nicht jetzt, wo alles noch so frisch war. Dieses Vertrauen hatten die beiden leider verspielt.

Und dieser letzte Satz! »Mum ist auch nicht gerade happy!« Als hätte Louise das alles extra eingefädelt, um ihrer Mutter eins auszuwischen. Als ginge es immer nur um sie. Unglaublich! So eine Unverschämtheit! Louise presste ihre Lippen fest aufeinander, um zu verhindern, dass sie vor Anspannung zuckten. Sie fing an, eine Antwort zu formulieren, entschied sich dann aber, das Geschriebene wieder zu löschen. In der momentanen Situation würde bei aller Liebe nichts Gutes dabei herauskommen.

Louise liebte ihre kleine Schwester wirklich sehr und wusste, wie schwierig es sein musste, immer zwischen ihr und ihrer Mutter zu stehen, stets die Vermittlerin zu sein, die Lieblingstochter, diejenige, die offenbar alles richtig machte. Es war eine Aufgabe, die man selbst unter größter Anstrengung nicht zur Zufriedenheit aller lösen konnte.

Linda war fast auf den Tag genau fünf Jahre jünger als Louise, glücklich mit Henning verheiratet, Mutter von zwei zuckersüßen Töchtern, eine Augenweide und perfekt organisiert. Sie lebte das Leben, das sich ihre Mutter Eva stets auch für Louise erhofft hatte, und siegte somit im direkten Vergleich durch technischen K. o.

Es tat Louise in der Seele weh, dass Linda und sie sich immer weiter entfremdet hatten, obwohl Linda sich phasenweise aufrichtig bemüht hatte. Doch es fiel ihr oft gar nicht auf, dass sie immer ihre Mutter in Schutz nahm, statt sich wenigstens ein einziges Mal auf Louises Seite zu schlagen.

Und ihre Mutter … Seit Louises Entscheidung gegen eine Hormonbehandlung und damit auch gegen die Möglichkeit einer Schwangerschaft, hatte Louise den Kontakt zu ihr eingestellt. Zu schmerzhaft waren die Dinge gewesen, die sie ihrer Tochter an den Kopf geworfen hatte. Wie konnte eine Mutter nur so sein? Sie hatte Louise regelrecht unter Druck gesetzt, es sei ihre letzte Chance auf ein zufriedenes Leben, ihre letzte Chance, Alex glücklich zu machen. Egal, wie oft Louise darüber nachgedacht und selbst angesichts der Tatsache, dass ihre Mutter zumindest mit Alex recht behalten hatte, sie hatte ihre Anschuldigungen nicht verdient. Louise hatte keine nur annähernd vertretbare Erklärung dafür finden können und mochte nicht einmal mehr daran denken, dass sie all das wirklich gesagt hatte. Linda wusste nichts von diesen Vorwürfen und unternahm zahlreiche Versuche einer Versöhnung, doch keine der beiden ließ sich darauf ein. Es war, als hätte sich die ganze verdammte Welt gegen Louise verschworen, allen voran ihr eigener Ehemann.

Gerade als sie das Handy wütend zur Seite geschleudert hatte, vibrierte es erneut und leuchtete penetrant zwischen den Sofakissen auf. Entgegen ihrer Erwartung war die Nachricht nicht von Linda. Sie war von Alex! Louises Herz begann zu rasen. Er hatte sich seit ihrem Gespräch nicht mehr gemeldet. Kein »Bist du okay?« oder »Das war alles ein blödes Missverständnis!«. Mit flauem Magen öffnete Louise die Nachricht. Sie musste sich eingestehen, dass noch immer ein Funken Hoffnung in ihr glühte. Winzig und dennoch spürbar.

Louise, es tut mir wirklich unendlich leid, wie alles gelaufen ist. Ich würde dich anrufen, doch ich glaube nicht, dass du mit mir sprechen möchtest. Wenn du doch dazu bereit sein solltest, melde dich bitte. Wir müssen uns über die nächsten Schritte unterhalten, auch wegen des Hauses und allem. Jedenfalls wollte ich dir nur sagen, dass ich in der Praxis schlafen kann. Oder bei Fred. Dann kannst du erst mal wieder nach Hause. Ich will dir keine Umstände machen. Bitte gib mir Bescheid. Alex

Die nächsten Schritte? Ich will dir keine Umstände machen? Louise las die Nachricht erneut. Er hatte das tatsächlich geschrieben.

»Blödes Arschloch!«, spuckte sie förmlich aus und warf das Handy mit zittrigen Händen zur Seite.

5

Der Frankfurter Flughafen war wolkenverhangen. Das fahle Licht der vielen Scheinwerfer fiel durch die riesigen Fensterfronten, vor denen Louise stand und dem geordneten Chaos folgte. Um den Flughafen herum war es stockfinster. Ein Flugzeug nach dem anderen machte sich auf den Weg zur blinkenden Startbahn, um kurz darauf scheinbar schwerelos in den schwarzen Himmel zu steigen und später an irgendeinem wunderbaren Ort der Welt wieder zu landen. Zuletzt hatte sie dort mit Alex gestanden, als die beiden auf dem Weg nach Island gewesen waren. Das lag bereits mehr als zwei Jahre zurück. Heute war sie mit Caro unterwegs zu ihrer, wie sie entsetzt festgestellt hatten, ersten gemeinsamen Reise, und Louise wollte ihrer Freundin die Aufmerksamkeit schenken, die sie verdiente.

Wie vor jedem Flug streifte Louise durch die Abflughalle, blieb in einem der kleinen Läden am Gate hängen und kaufte sich ein neues Buch. Egal, wie viele Exemplare sie im Gepäck hatte, es war mittlerweile Tradition, sich am Airport mindestens ein weiteres zu besorgen. Zufällig stieß sie diesmal auf einen Roman, der auf Mallorca spielte. Er handelte von einer jungen Frau, die auf geheimnisvolle Weise die Besitzerin einer

Meerwasser-Saline wurde. Louise bezahlte das Buch und setzte sich neben Caro, die über den letzten Zahlen eines Sudokus brütete. Wenig später kam bereits der Aufruf zum Boarding. Die beiden warteten, bis der Ansturm aufgeregter Familien und ungeduldiger Paare abgeebbt war, öffneten ihre Boardkarten auf dem Handy und schlängelten sich über die Gangway bis in die Maschine.

»So, es kann losgehen«, sagte Caro, als sie auf ihren Fensterplatz plumpste und umgehend das Shoppingangebot in einer Board-Broschüre durchzublättern begann.

Louise machte es sich ebenfalls gemütlich und nach einer kurzen Sicherheitseinweisung beschleunigte die Maschine, schnitt sich ihren Weg durch die Nebelwände und kletterte hinauf in den Himmel.

Louise wollte gerade ihr neues Buch aufschlagen, als ein knatterndes Geräusch durch die Sitzreihen dröhnte.

»Nee, oder?«, fragte sie ungläubig.

Caro kicherte. »Das hört sich ziemlich ungesund an.«

Zwei Reihen schräg vor ihnen saß ein großer, korpulenter Mann mit nach hinten geklapptem Kopf, weit geöffnetem Mund und schnarchte. Wie hatte dieser Typ es nur geschafft, sich in seinen Sitz fallen zu lassen und keine dreißig Sekunden später tief und fest zu schlafen. Wenigstens musste sich niemand für ihn schämen, denn er reiste offenbar allein.

Nach dem ersten Rundgang der Stewardessen, die Nüsschen und Getränke verteilten, machte Caro ein konzentriertes Gesicht.

»So, das wäre doch gelacht«, sagte sie verbissen, wog ein Nüsschen in ihrer rechten Hand und schleuderte es auf den Schnarcher. Daneben.

»Hör auf«, zischte Louise amüsiert. »Das macht man doch nicht.«

Caro ließ sich jedoch nicht beirren. »Das, was er da macht, macht man nicht!«, entgegnete sie, warf das nächste Nüsschen und traf die Wange, doch der Schnarcher rührte sich nicht.

Die neben dem Schnarcher sitzenden Leute verfolgten den Anschlag und fieberten mit Caro, die zum nächsten Wurf ansetzte. Daneben.

Plötzlich gab es Gemurmel, dann schnelle Schritte. Eine Stewardess hatte die Aktion offensichtlich beobachtet und näherte sich wütend Louise und Caro. Blitzartig steckte Caro die Nüsschen in die Tasche und ließ sich tief in ihren Sitz sinken. Die Stewardess stoppte neben ihrer Sitzreihe.

Sie sah Louise an, deren geöffnete Nüsschen-Packung vor ihr auf dem ausgeklappten Tisch lag.

»Was soll das denn bitte? Wir sind hier nicht im Kindergarten! Also so was!«

»Ich ... ich war das nicht«, widersprach Louise kleinlaut.

»Ist schon klar«, winkte die Stewardess ab und rauschte davon.

Louise bekam einen tiefroten Kopf. Die Sitznachbarn kicherten.

»Upsi«, kommentierte Caro den Vorfall.

Louise stieß ihr in die Seite. Dann fingen sie beide laut an zu lachen.

Der übermüdete Mann durfte weiterschlafen und die gefühlte Flugzeit verlängerte sich durch das Schnarchkonzert drastisch.

Die Ankunft jedoch entschädigte die beiden für alle Unannehmlichkeiten, denn als das Flugzeug zur Landung ansetzte, schob sich die rot glühende Sonne über die Berge, tauchte die zauberhafte Insel in ein warmes Licht und kündigte einen wolkenlosen Tag an. Gern hätte Louise am Fenster auf der anderen Seite gesessen, um dieses Spektakel in voller Pracht und nicht nur aus dem Augenwinkel heraus beobachten zu können, doch sie war sich sicher, dass Mallorca ihr auch am Boden noch viele traumhafte Einblicke gewähren würde.

Nachdem Caro sich um das Gepäck gekümmert und Louise den Schlüssel für den Mietwagen am Schalter abgeholt hatte, gingen sie in das Parkhaus gegenüber dem Flughafen. Sie beluden das Auto und machten sich dann auf den Weg Richtung Osten, an den Rand des kleinen Ortes Sant Joan, der etwas versteckt auf einem Hügel im Inselinneren lag. Bereits der Weg dorthin, der erst über die Autobahn und schließlich über gewundene Landstraßen führte, ließ Louise tagträumen. Die saftig grüne Landschaft war durchzogen von Olivenhainen, prächtig blühenden Mandelbäumen, rot leuchtenden Natursteinmauern und Feldern voll mit weißen Blumen. Sofort spürte Louise ihre Liebe zu der Insel wieder aufkeimen. Ihre Freundin, die zum ersten Mal hier war, zeigte sich schockverliebt.

»Äh, Moment mal«, sagte Caro kleinlaut, als Louise einem Schild mit der Aufschrift »Yoga-Finca San Bernardo« folgte und auf einen Schotterweg abbog.

»Du hast uns eine Yoga-Finca gebucht?«, bemerkte Louise amüsiert. »Sollte ich noch irgendetwas wissen?«

Caro beharrte darauf, dass im Buchungsportal nirgendwo etwas von Yoga gestanden habe. Die Unterkunft sei ihr als Wellness-Finca angepriesen worden. Die Angst vor möglichen sportlichen Aktivitäten rückte erst in den Hintergrund, als sie vor dem imposanten Herrenhaus ausstiegen und die herrlich frische Luft einsogen.

Das zweistöckige Gebäude schien uralt und liebevoll restauriert worden zu sein. Die traditionelle Steinfassade war mit Ranken bewachsen, die sich um die grünen Fensterläden aus Holz schlängelten und bis hoch hinauf auf das mit Tonziegeln gedeckte Dach reichten. Rechts und links gab es weitere, kleinere Häuser, die etwas moderner gehalten waren und große Fensterfronten zeigten. Es war ein überwältigendes Anwesen.

Der Kies knirschte unter ihren Füßen, als Louise und Caro auf die offen stehende, mit dunklen Beschlägen verzierte Tür zutraten. Der lichtdurchflutete Eingangsbereich ließ erahnen, wie viel Mühe in die Einrichtung dieser Finca gesteckt worden war, die noch schöner war, als die Bilder im Internet versprochen hatten. Louise und Caro traten zu einer Theke aus bunt gestrichenem Altholz, die sich in der Mitte des Raums befand.

Dort wurden sie von einer etwa fünfzigjährigen Frau begrüßt, die mit einer gesunden Bräune und der Figur eines zwanzigjährigen Fitness-Models beeindruckte. Wahnsinn! Sie stellte sich als Inhaberin der Finca vor und hieß Petra. Während sie zwei Gläser Gurkenwasser aus einem kleinen Glasbehälter zapfte, gab sie ein umfangreiches Bild von dem Trainings- und Ernährungsangebot und informierte sie ein wenig über die Umgebung der Finca und weitere Freizeitmöglichkeiten.

Louise wurde relativ schnell klar, dass sie und Caro hier die Exoten unter den Gästen waren. Das Erscheinungsbild der Gastgeberin beeindruckte sie dermaßen, dass ihnen nichts anderes übrig blieb, als zu lächeln, zu nicken und zu versichern, dass sie etwas mehr Zeit zur Auswahl eines Kurses benötigten, sich aber definitiv melden würden. Petra, die das eindeutig nicht zum ersten Mal hörte, nickte amüsiert, bevor sie die beiden in ihr Apartment in einem der Nebengebäude führte.

Die Yoga-Finca, die sich als kleines, feines Boutique-Hotel entpuppte, war mediterran und stilvoll eingerichtet, mit liebevoll ausgewählten Möbelstücken und Dekorationselementen. Das Zimmer, welches sich Louise und Caro teilten, ließ keine Wünsche offen und wirkte wie ein begehbares Foto aus einer Wohnzeitschrift: hohe Decken mit sichtbaren Balken, alles in strahlendem Weiß mit einigen pastellfarbenen Akzenten, lasierte, raue Holzoberflächen, kombiniert mit Glas- und Keramikelementen sowie minimalistischen Fotografien, die sich als kunstvolle Luftaufnahmen von Mallorca herausstellten.

Nachdem sie das geräumige Apartment inspiziert und die Koffer ausgepackt hatten, entschlossen sich Louise und Caro, ihren Mallorca-Aufenthalt mit einem entspannten Sonnenbad auf der Poolterrasse zu beginnen, zu der sie nun im Bademantel unterwegs waren.

Auf dem Weg dorthin begegneten sie einigen Gurkenwasser trinkenden Menschen, die ihre perfekten Körper in hautenger Trainingskleidung über die Kieswege schweben ließen.

»Wir brauchen auch solche Klamotten«, scherzte Caro. »Sportliche Kleidung lässt einen gleich viel sportlicher wirken.«

»Ich fürchte, die sehen auch ohne die sportliche Kleidung wahnsinnig sportlich aus.«

»Worüber du so nachdenkst«, sagte Caro kichernd.

Louise winkte kopfschüttelnd ab und ging weiter durch einen mit rosa leuchtender Bougainvillea bewachsenen Gang. Die üppige Pflanze hatte ein etwa zehn Meter langes Metallgestell vollständig vereinnahmt und damit einen romantischen Zugang zu dem kristallklaren Pool geschaffen, der sich an seinem Ende befand.

»Das sieht traumhaft aus!«, stellte Louise begeistert fest, als sie die Terrasse erreichten. Ringsum, hinter dem eindrucksvoll bewachsenen Anwesen, breitete sich die offene Landschaft aus. Der Panoramablick reichte bis zur Südküste der Insel und weiter zum schimmernden Horizont.

Louise eilte an den Rand des Pools und streckte ihren großen Zeh ins Wasser. »Caro, ich dreh durch! Der ist sogar beheizt!«

»Für uns nur das Beste, meine Liebe«, scherzte Caro und breitete ihr Handtuch auf dem dunkelgrünen Polster einer der Holzliegen aus.

Louise tat es ihr gleich und ließ sich direkt neben ihr nieder. Die Sonne fühlte sich angenehm warm auf ihrer Haut an und sie bemerkte umgehend die wohltuende Entspannung, die damit einherging.

»Danke, Caro«, sagte sie mit geschlossenen Augen. »Das kann ich gerade wirklich gut gebrauchen. Und ohne dich läge ich ganz sicher nicht hier, sondern versteckt unter meiner Bettdecke.«

»Manchmal muss man eben das Beste aus einer Situation machen, Lou. Und das machen wir jetzt!«

Louise dachte über Caros Worte nach, als sich ein Schatten auf ihr Gesicht legte.

»Ladys, was darf ich euch zu trinken anbieten?« Es war Petra, die jetzt eine kurze schwarze Schürze trug. Ein Tablett klemmte unter ihrem Arm. »Vielleicht einen kleinen Vitaminschub? Wie wäre es zum Beispiel mit einem Früchtesmoothie mit Leinsamen?«

Die skeptischen Blicke von Louise und Caro trafen sich, dann nickten die beiden sich zu.

»Ein Sekt wäre toll, Petra«, sagte Caro lächelnd.

Petras Augenbrauen wanderten in Richtung Stirn, gefolgt von einem verstehenden »Oh«. Dann grinste sie vergnügt. »Bringe ich euch natürlich gern.«

»Petra«, sagte Louise, als diese sich bereits zum Gehen wandte. »Mach doch bitte gleich eine Flasche draus.«

Jetzt lachte Petra schallend, sodass die anderen Gäste auf der Terrasse die Köpfe nach ihr umdrehten. »Na, ihr seid ja gut drauf!«, sagte sie nach einer kurzen Atempause. »Wir sind mit alkoholischen Getränken nicht so gut bestückt, aber zum Anstoßen haben wir immer etwas da.« Dann verschwand sie amüsiert in Richtung Haupthaus.

»Das ist mein Mädchen!«, kicherte Caro, fischte eine Zigarette aus ihrer Bademanteltasche und steckte sie sich an, was einen lauten Lachanfall bei Louise auslöste. Zwei echte Voll-Yogis.

Die anderen Gäste auf der Poolterrasse tuschelten und schüttelten die Köpfe, während sie an ihren grünen Smoothies nuckelten.

»Ich glaube, hier finden wir keine Freunde«, stellte Louise fest und sank amüsiert auf ihre Liege.

Kurze Zeit später stand schon ein Sektkübel neben ihnen und Petra ließ die perlende Flüssigkeit in zwei Gläser laufen.

»Lasst es euch schmecken«, bemerkte sie erheitert und überließ die beiden ihrem Nachmittagsdrink.

»Auf dich«, sagte Caro und hob ihr Glas.

»Und auf dich«, erwiderte Louise dankbar.

Die beiden stießen an und nahmen einen Schluck.

»So, was machen wir denn eigentlich die nächsten Tage?«

»Ich habe schon ein paar Sachen rausgesucht. Morgen könnten wir uns Llucmajor anschauen, das ist nicht weit, dann in den Süden Richtung Sa Rapita, da soll der Strand wunderschön sein und vielleicht schaffen wir es auch noch nach Palma.«

»Immer schön ruhig bleiben, Lou«, sagte Caro amüsiert. »Wir müssen nicht alles auf einmal machen.«

»Jaja, ich weiß. Ich entspanne mich. Jetzt sofort. Ich bin quasi schon entspannt. Zumindest bin ich ganz nahe dran.«

»Ich glaube dir jedes Wort.«

Beide lachten. Louise schmiedete immer gern Pläne, manchmal auch zu viele, wie sie zugab.

Der Mix aus Sonne und Sekt zeigte langsam seine Wirkung und nach einer Stunde verteilte Caro die letzten Tropfen in die Gläser. Beide waren angenehm beschwipst.

Caro philosophierte gerade über das Suchtpotenzial von Pfefferminztee, als Louise dem Gespräch unvermittelt eine andere Richtung gab.

»Caro, ich habe darüber nachgedacht, umzuziehen.«

Caro brauchte einen Moment, um eine Brücke zwischen Pfefferminztee und einem möglichen Umzug zu schlagen, und kommentierte den Themenwechsel mit einem simplen, aber ausdrucksstarken »Hä?«. Dann fing sie sich wieder und sah irritiert zu Louise herüber. »Was redest du da, Lou?«

Louise starrte in den Abendhimmel, auf dem sich ein Spektakel aus feinen, lang gezogenen Wolken und dem satten Orange der untergehenden Sonne abspielte.

»Ich habe viel nachgedacht in den letzten Tagen. Eigentlich schon in den letzten Monaten, aber da waren meine Gedanken noch mit Alex verflochten.« Sie schluckte schwer. »Ich weiß wirklich nicht, wie ich das zu Hause schaffen soll, Caro. Ich muss mich sowieso neu orientieren, brauche eine neue Wohnung, wo auch immer die sein mag. Vielleicht in einer anderen Stadt ...«

Caro hörte ihr aufmerksam zu, wirkte jedoch deutlich niedergeschlagen. »Lou, ich verstehe dich total, das kannst du mir glauben. Das ist gerade echt viel auf einmal ... Aber meinst du nicht, eine neue Wohnung in Wiesbaden wäre erst mal ein guter Anfang? Es muss ja nicht gleich eine neue Stadt sein.«

»Ich glaube, ich brauche Abstand, Caro. Ich weiß doch auch nicht! Es war nur so ein Gedanke. Ich glaube, ich muss noch einmal neu anfangen.« Sie sah Caros traurigen Blick und bekam umgehend ein schlechtes Gewissen. »Aber ich möchte dich nicht auch noch ...«

Caro stand auf und setzte sich neben Louise. »Hey, komm her«, sagte sie sanft und legte den Arm um Louises hängende Schultern.

»Es ist einfach alles Scheiße, Caro! Und ich will nicht, dass es so bleibt. Andererseits will ich auch nicht vor irgendetwas davonlaufen. Ich will doch einfach nur glücklich sein. Und es klappt einfach nicht! Ich bin siebenunddreißig ... und ich komme mir vor, als hätte ich die letzten neun Jahre verschenkt.« Einige Tränen liefen über Louises Wangen und sie bemerkte, wie Caros Umarmung etwas fester wurde.

»Hey, Lou, es wird alles wieder gut, glaub mir. Und egal, was passiert und wo auch immer wir beide in Zukunft sein werden, es gibt keinen Grund, warum du mich in irgendeiner Weise verlieren solltest. Hier geht es um dich, okay?«

Louise konnte nicht in Worte fassen, wie dankbar sie war, eine Freundin wie Caro zu haben, und ließ ihren Emotionen freien Lauf. Gleichzeitig beschloss sie für sich, dass dies erst einmal die letzten Tränen gewesen sein sollten.

6

»Guten Morgen, ihr beiden. Habt ihr gut geschlafen?«, fragte eine strahlende Petra, als Louise und Caro den gut besuchten Frühstücksraum betraten.

»Bestens, danke«, antwortete Louise und sah sich um. Genau wie der Rest der Finca, war auch dieses Zimmer geschmackvoll und gemütlich eingerichtet und die offenbar originalen Elemente wie der abgenutzte Terrakottaboden oder die Dachbalken waren geschickt mit modernen Designerstühlen, Teppichen und kunstvollen Lampen aus Glas kombiniert. Louise fühlte sich auf Anhieb wohl.

»Setzt euch gern hin, wo ihr möchtet. Darf ich euch schon einmal einen Kaffee bringen? Cappuccino vielleicht? Ihr seid ja sicher nicht so die Teetrinker, richtig?«

Louise schmunzelte. Einmal, weil Petra sie so schnell durchschaut hatte, und natürlich wegen Caros gestriger Ausführung zum Suchtpotenzial von Tee. »Zwei Cappuccinos wären toll, danke.«

Die beiden bedienten sich an dem reichhaltigen Büfett, das neben allerlei gesunden, veganen und glutenfreien Speisen auch duftende Croissants und Speck zu bieten hatte. Erfreulicherweise war genau ein Tisch am lichtdurchfluteten Fenster frei, an dem sie prompt Platz nahmen.

»Daran könnte man sich glatt gewöhnen, oder?«, fragte Caro zufrieden und bestrich ihr Croissant mit Butter.

»Woran genau? An die schöne Finca, das leckere Essen oder das tolle Wetter?« Louise grinste. »Ach, oder an den beheizten Pool natürlich?«

Nach dem langen ersten Tag hatten beide dringend eine Erfrischung gebraucht, also waren sie am späten Abend kreischend in den beleuchteten Pool gesprungen, den sie komplett für sich allein gehabt hatten. Nie zuvor hatten sie so viele Sterne gesehen, geschweige denn diese im März von einem Pool aus betrachtet. Der Himmel in Afrika konnte nicht eindrucksvoller sein. Es war überwältigend. Erst als ihre Haut schon schrumpelig geworden war, hatten die beiden sich ein Sandwich im hauseigenen Restaurant besorgt und waren dann erschöpft ins Bett gefallen. Nach einer erholsamen Nacht unter flauschigen Daunendecken waren sie heute ausgeruht und bereit, die Insel zu erkunden.

»Habt ihr euch schon einen Kurs ausgesucht?«, fragte Petra, die an ihrem Tisch stand und die Cappuccinos abstellte.

»Na ja …«, wand sich Caro.

Petra sah sie erwartungsvoll an.

»Eigentlich wollen wir gar keinen Kurs machen«, gab Louise spontan zu. Ehrlich währt am längsten, dachte sie und fühlte sich plötzlich selbst in Anwesenheit von Petras durchtrainiertem Körper nicht mehr schlecht dabei, einen sportfreien Urlaub verbringen zu wollen.

Petra sah das ganz gelassen. »Das habe ich mir irgendwie gedacht. Ist aber auch überhaupt nicht schlimm. Es geht schließlich darum, sich wohlzufühlen und nicht irgendetwas zu tun, was einem gar keinen Spaß macht, oder? Wie auch immer ihr das anstellt … Es scheint mir, als wärt ihr trotzdem in ausgezeichneter Form.«

»Petra, du hast dir die Fünfsternebewertung spätestens jetzt absolut verdient«, scherzte Caro kauend. »Das geht ja runter wie Öl.«

Erneut lachte Petra schallend. »Das ist lieb«, sagte sie nach Luft ringend. »Ich hoffe allerdings, es gefällt euch wirklich hier. Wenn ihr noch etwas braucht, gebt mir Bescheid, okay?«

»Vielen Dank, das machen wir. Und ja, wir fühlen uns sehr wohl.«

* * *

Nach dem leckeren Frühstück machten sich Caro und Louise fertig, steckten eine leichte Jacke ein, falls es sich wie angekündigt etwas zuziehen sollte, und fuhren los. Zuerst wollten sie den kleinen Ort Porreres besuchen, wo laut Petra auf der Plaça de la Villa ein kleiner, aber feiner Wochenmarkt stattfand. Sie hatte gemeint, besonders um diese Jahreszeit sollte man sich das nicht entgehen lassen, sofern man das traditionelle Mallorca kennenlernen wolle. Nach einer kurzen Autofahrt suchten die beiden einen Parkplatz in einer der lang gezogenen Straßen von Porreres, die sich wie gespannte Schnüre durch den gesamten Ort zogen. Die restlichen Meter gingen sie zu Fuß, bis sie auf den überschaubaren Marktplatz unweit der Kirche trafen. Sie schlenderten über den Platz, auf dem sie das Gefühl hatten, die einzigen Touristen zu sein, genossen den Duft von Käse, Wurst, eingelegten Oliven und Zuckergebäck an den Ständen und nahmen sich eine weitere halbe Stunde Zeit, um ein wenig durch den Ort zu streifen. Louise genoss das Getümmel, das spanische Temperament, das sie so liebte, und die Gerüche, die hier auf der Insel irgendwie anders waren. Sie erinnerte sich daran, dass sie schon damals vor fünfzehn Jahren nicht genau hatte beschreiben können, was hier eigentlich so angenehm anders roch als zu Hause.

Es machte großen Spaß, mit Caro umherzuschlendern, ein paar Fotos zu schießen, sich auch mal nicht unterhalten zu müssen und die zahlreichen Eindrücke aufzusaugen, die sie umgaben.

Ihr nächstes Ziel war der nahe gelegene Ort Llucmajor, den die beiden über eine der angeblich schönsten Landstraßen der Insel erreichen sollten. So stand es zumindest vielfach im Internet. Zwar hatten Louise und Caro erst einige wenige Landstraßen der Insel erkundet, doch mussten sie zugeben, dass diese tatsächlich die bisher schönste war. Kurvenreich und wenig befahren zog sie sich sanft durch die hügelige Landschaft, bot eindrucksvolle Blicke auf das weit entfernte, glitzernde Meer und lief am Ende flach auf Llucmajor zu. Nach diversen Kreisverkehren bogen sie rechts ab in Richtung Ortskern, hangelten sich durch gefühlt Hunderte von Einbahnstraßen, um dann zu parken und zu Fuß weiterzugehen. Irgendwann fanden sie sich auf der Plaça d'Espanya wieder, auf der am Tag darauf ebenfalls ein Wochenmarkt stattfinden würde. Da die Sonne den Platz so angenehm beschien, beschlossen die beiden, hier einen Kaffee zu trinken und noch einmal auf die Toilette zu gehen, bevor sie an den Strand Richtung Süden fahren würden.

Sie fanden einen Tisch mit Blick auf das Rathaus, bestellten zwei Cappuccinos, beobachteten die Passanten und malten sich aus, wohin diese wohl gerade unterwegs waren und was sie mit dem restlichen Tag anstellen würden. Ihre Theorien reichten von den banalen Einkäufen einer alten Frau bis hin zur wilden Sexorgie eines adrett gekleideten Mittvierzigers im Tweedanzug. Zu ihrer eigenen Überraschung war es Louise, die sich diese Geschichte ausgedacht hatte und im selben Moment errötete.

Lachend gingen sie nach dem Kaffee und den köstlichen Mandelplätzchen, die dazu serviert worden waren, wieder zum Auto.

Caro navigierte Louise Richtung Südküste in einen Ort namens Sa Rapita, der in unmittelbarer Nähe zu einem der schönsten Strände, dem Es Trenc, lag.

Caro hatte die Idee, unterwegs an einer Tankstelle haltzumachen und etwas zum Trinken und Knabbern zu besorgen. Es hätte Louise klar sein müssen, dass Caro statt mit Cola und Nüsschen mit einigen Bierdosen, einer Tüte Chips und einer Packung Zigaretten wieder ins Auto stieg.

»Was denn?«, fragte sie grinsend, als Louise sie kopfschüttelnd musterte. »Wir sind ja nicht zum Entschlacken hergekommen, oder?«

Eine Viertelstunde später fuhren sie über eine Landstraße direkt aufs Meer zu. In der Zwischenzeit hatten sich einige Wolken vor die Sonne geschoben und verliehen der rauen See eine mystische Anmutung. An der Küste war es wesentlich windiger als im Landesinneren und die Wellen klatschten ans Ufer.

Louise bog nach links ab und fuhr entlang der Küste, der gegenüber jede Menge kleiner Häuser in erster Meereslinie standen. Wie herrlich musste es sein, hier aufzuwachen, das Rauschen des Meeres in den Ohren und die salzige Luft in der Nase, um dann einen Kaffee in der Morgensonne zu trinken.

Caro lotste Louise bis zum Ende des Ortes, an dem der Hafen lag und sich ein großer Besucherparkplatz befand, der im Sommer sicher voll mit Autos war, von denen es um diese Jahreszeit allerdings nur einige wenige gab.

Sie stiegen aus und folgten, ausgestattet mit Windjacken, Bier und Chips, den Schildern, die sie über einen schmalen, stegähnlichen Weg zum Strand führten. Das Rauschen des Meeres wurde mit jedem Schritt lauter und Louise lächelte bei dem

Gedanken, dass sich gleich das dunkle Blau des Mittelmeers zeigen würde. Darauf hatte sie sich schon die ganze Woche gefreut. Seit sie ein kleines Kind war, liebte sie das Meer mit all seinen Farben, Geräuschen, Stimmungen und selbst mit den weniger sympathischen Lebewesen darin. Es zeigte einem immer wieder aufs Neue, wie mächtig die Natur und wie klein und unbedeutend man selbst war.

Eine leichte Gänsehaut überkam sie, als sie auf den weißen Sand zugingen und sich das Wasser vor ihnen erstreckte. Auf der rechten Seite befand sich der Hafen, von dem aus zahlreiche Mastbäume großer und kleiner Segeljachten in den Himmel ragten. In der Mitte gab es eine Art Pier und auf der linken Seite breitete sich der kilometerlange Sandstrand aus.

Caro schien den Moment ausgiebig zu genießen, denn sie hatte die Augen geschlossen, atmete tief durch die Nase ein und aus und lächelte selig.

»Ja«, sagte sie dann. »Das gefällt mir.«

Louise lachte. »Da bin ich aber froh. Sonst hättest du nämlich im Auto auf mich warten müssen. Hier kriegst du mich so schnell nicht wieder weg. Hafen oder Strand?«

»Lieber Strand.«

»Sehe ich auch so. Auf geht's.«

Der Sand war etwas zu kühl, um barfuß darüber zu laufen, also ließen die beiden ihre Schuhe an. Immer wieder sahen sie sehnsüchtig hinaus aufs Meer, über dem in regelmäßigen Abständen die Sonne durch die schnell ziehenden Wolken blitzte.

Louise bemerkte, dass ihr Handy vibrierte, und zog es aus der Hosentasche. Linda hatte eine Nachricht geschrieben.

Hey, Schwesterherz, wie ist der Urlaub? Tut dir der Abstand gut oder willst du schon wieder nach Hause? Hat sich Alex mal gemeldet? Wenn dir nach Reden

zumute ist, melde dich doch. Ich drücke dich feste.
(Liebe Grüße auch von Mum)

Louise verstaute das Handy wieder in der Tasche und presste die Lippen aufeinander, was Caro nicht entging.

»Alles okay, Lou? War das Alex?«

»Nein, meine Schwester.«

»Oh, wie geht's ihr denn eigentlich? Habe lange nichts von ihr und den Mädchen gehört.«

»Den Mädchen geht's gut«, begann Louise und lächelte bei dem Gedanken an die beiden Wirbelwinde. Jedes Mal, sobald Louise klingelte, kamen die beiden angeflitzt, sprangen ihr in die Arme und zogen sie mit ins Kinderzimmer. Louise half dabei, kleine Holzpferde zu striegeln, Tee zu servieren oder die Welt aus der Sicht zweier aufgeweckter fünfjähriger Mädchen zu malen. Schon allein wegen der Kinder würde sie niemals aufhören, Linda und Henning regelmäßig zu besuchen.

»Sie sind jetzt zum Reiten angemeldet. Davon träumen sie seit Monaten. Demnächst werde ich also öfter mal nach Bauernhof riechen.«

Louise liebte ihre Nichten über alles, doch ein unbeschreiblicher Schmerz pochte in ihrer Brust, wenn sie über die beiden sprach. Sie würde ihnen nie Cousinen und Cousins schenken können, die mit ihnen gemeinsam im Garten Verstecken spielten oder bei Familienfeiern die Schuhe der Gäste unter den Tischen zusammenknoteten.

»Komm, wir setzen uns hier hin«, sagte Caro und deutete auf einen großen Felsen, der sich am Rand des Strandes erhob.

Sie ließen sich darauf nieder und Caro reichte Louise ein Bier. Zischend öffneten sie die Dosen und stießen mit einem dumpfen Klocken an.

»Und, wie geht's Linda? Hat sich euer Verhältnis etwas gebessert?«

Ein Windstoß ließ die beiden ihre Jacken etwas weiter zuziehen.

»Ach, keine Ahnung«, seufzte Louise. »Sie bemüht sich wirklich, das kann man nicht anders sagen. Ich habe letzte Woche mit ihr telefoniert und sie hat zugehört und war sehr aufrichtig. So intensiv haben wir lange nicht gesprochen. Aber immer wieder lenkt sie das Thema auf unsere Mutter. Sie kann es einfach nicht lassen und will, dass wir uns wieder vertragen.«

Caro nickte. »Ja, das ist Scheiße«, sagte sie. »Ich meine, ich verstehe sie schon. Ich glaube, an ihrer Stelle würde ich auch versuchen, das Verhältnis zwischen euch wieder zu kitten. Aber nach all dem, was passiert ist … braucht es wohl noch etwas Zeit.«

»Zeit und eine Entschuldigung, ja. Ansonsten kann ich einfach nicht mit ihr sprechen.«

Ein Pärchen mit Hund lief am Strand entlang und nickte Louise und Caro lächelnd zu. Das hechelnde Wollknäuel kam kurz darauf angerannt, schnupperte einmal an der Chipstüte und jagte dann wieder seinen Leuten hinterher.

»Ist dir aufgefallen, wie nett die Leute hier alle sind?«, fragte Caro. »Oder kommt mir das nur so vor? Zu Hause grüßt einen niemand auf der Straße, oder am Strand … okay, doofes Beispiel.«

Louise schmunzelte. »Ja, ich weiß, was du meinst. Ich habe tatsächlich auch das Gefühl.«

»Sag mal … also wenn du nicht drüber reden willst, sag es bitte … aber hast du Alex eigentlich mal zurückgeschrieben?«

Louise schluckte und schüttelte den Kopf. »Ich habe mich bisher davor gedrückt«, sagte sie. »Ehrlich gesagt weiß ich auch nicht, was ich ihm antworten soll. Er hat sich auch nach dieser einen Nachricht nicht mehr gemeldet. Vielleicht hat er das Haus schon für sich beansprucht, keine Ahnung.«

Caro nickte und schien einen Gedanken zu verfolgen.

»Am liebsten würde ich ihm sagen, dass er tun soll, was immer er für richtig hält. Das hat er ja sowieso immer gemacht. Und dass ich nicht mehr wiederkomme, weil ich nach … nach Hamburg … oder Berlin ziehe …«

Jetzt war es Caro, die schwer schluckte. »Du meinst es also ernst mit dem Tapetenwechsel, hm?«, fragte sie vorsichtig.

»Es ist zumindest etwas, was mich sehr beschäftigt. Ich meine, hier mit dir zu sitzen, so weit weg von allem, das fühlt sich irgendwie gut an. Ich müsste ja nicht gleich umziehen, ich könnte ja auch so was wie einen etwas längeren Urlaub machen.« Sie trank den letzten Schluck Bier und sah Caro an. »Sag es ehrlich, was hältst du von der Geschichte?«

»Lou, ich meine das so, wie ich es gestern gesagt habe. Wir werden immer füreinander da sein, wo auch immer du bist. Und wenn du das Gefühl hast, du brauchst Abstand, dann mach das … ich meine, du hast ein kleines Finanzpolster, du hast deinen Nebenjob als Übersetzerin, der ortsunabhängig ist, dir stehen alle Möglichkeiten offen.«

Ich bin allein, habe keine Verantwortung und keine Kinder, fügte Louise in Gedanken hinzu und sah hinaus aufs Meer.

Was war nur mit der lebensfrohen, positiven Louise in all den Jahren passiert? Wo war das Mädchen von damals, dem die Welt noch offengestanden hatte? Sie wollte dieses Mädchen wieder kennenlernen und beschloss, sich nicht weiter hängen zu lassen, nicht zurückzublicken, sondern das Beste aus der Situation zu machen.

»Komm, wir gehen noch ein paar Schritte«, sagte sie, stand auf und zog Caro mit sich. Ja, sie würde ohne Alex klarkommen.

7

Die Luft hier oben in den Bergen war wunderbar klar und die strahlende Sonne ließ die kräftigen Farben des Frühlings intensiv leuchten. Der Bergpfad zog sich durch dichte Steineichen- und Kiefernwälder und gab einzig an kleinen Lichtungen und engen Kurven den Blick in die Ferne, bis hin zum Meer, frei.

Nach dem gestrigen Strandausflug hatten sich Louise und Caro heute für eine Erkundungstour in dem auf der anderen Seite der Insel liegenden Tramuntana-Gebirge entschieden. Sie waren bereits einige Stunden unterwegs, hatten den Weg über Palma in den Südwesten der Insel genommen, waren durch Andratx gestreift und hatten sich dann entlang der Küstenstraße über Banyalbufar, das verträumte Valldemossa und Sóller nach Norden geschlängelt. Die Landschaft und die Orte waren so sehenswert, dass Caro mit Louises Zustimmung beschloss, noch einmal für länger nach Mallorca zu kommen, um mehr Zeit zu haben, all das intensiver kennenzulernen. Heute hatten sie hier und da Halt gemacht, waren etwas umhergestreift und hatten sich treiben lassen. Trotzdem die Insel flächenmäßig so klein war, war sie so unglaublich vielfältig, dass man sich gar nicht sattsehen konnte.

Auf dem Marktplatz in Sóller hatten die beiden eine kleine Mittagspause eingelegt, sich ein sündhaft großes Stück Mandelkuchen mit Eis gegönnt und versucht, die vielen Eindrücke zu verarbeiten. Laut einem Reisebericht im Internet befanden sie sich im sogenannten Orangen-Tal, was die vielen duftenden Orangen- und Zitronenhaine in den Tälern erklärte. Am Hafen, in Port de Sóller, den heutige Touristen mit einer kleinen Bimmelbahn ansteuerten, hatten im neunzehnten Jahrhundert Seemänner die frisch geernteten Zitrusfrüchte auf große Kähne verladen und sie bis hoch nach Frankreich verschifft. Kurz hatte Louise überlegt, eine Fahrt mit der Bahn zu unternehmen, doch sie waren lieber weiter Richtung Norden gefahren.

»In dreißig Jahren vielleicht«, hatte Caro gescherzt und der Bimmelbahn den Titel *altersgerechte Urlaubsfortbewegung* gegeben.

Mitten in den Bergen machten die beiden erneut Halt und ließen sich auf einer sonnenbeschienenen Holzbank mit Blick auf den Stausee Gorg Blau nieder.

»Glaubst du eigentlich an Schicksal, Lou?«, fragte Caro unvermittelt.

»Hmm«, brummte Louise nachdenklich. »Komische Frage. Eigentlich will ich nicht so richtig daran glauben. Wieso?«

»Na, weil ich mir immer wieder denke: Vielleicht passiert das alles aus irgendeinem Grund, weißt du? Vielleicht sind wir auch jetzt gerade genau hier aus irgendeinem bestimmten Grund.«

»Hier an dem See? Meinst du, wir decken gleich einen Trinkwasserskandal auf oder so was?«, scherzte Louise.

»Ich meine hier auf Mallorca, du Blödi.«

»Caro, wir sind hier, weil du die Reise für uns gebucht hast«, erwiderte Louise lachend. »Ich glaube, das hat wenig mit Schicksal zu tun, sondern mit einer Entscheidung. Oder ist es zum Beispiel Schicksal, dass du mit Uli essen gehen musst, damit wir zusammen in den Urlaub fahren konnten? Hat das einen tieferen Grund? Hast *du* das etwa nicht so eingefädelt?«

»Ja …«, antwortete Caro zögerlich. »Vielleicht. Ja, vielleicht wollte ich das so. Uli ist ja auch kein schlechter Kerl. Und sieht auch ganz gut aus … Bis auf das Auge halt.« Sie druckste herum und ihr Gesicht färbte sich puterrot.

»Oh mein Gott, Caro!« Louise musterte ihre Freundin eindringlich. »Du magst ihn wirklich, oder?«

Caro drehte den Kopf zur Seite und tat so, als würde sie sich übermäßig für einen vorbeifliegenden Vogel interessieren. »Vielleicht«, gestand sie leise.

»Aber warum hast du ihn denn noch nie gefragt, ob ihr zusammen etwas unternehmen wollt? Du wusstest doch, dass er Ja sagen würde. Jeder weiß das!«

»Ach, es ist doch Augen-Uli … unser Chef. Das macht man doch nicht.« Sie winkte ab.

»Caro, wirklich …«

»Das meine ich, Lou. Vielleicht war es Schicksal. Manchmal passieren Dinge aus einem bestimmten Grund. Und darum habe ich mir so gedacht …«

Louise wusste, dass Caro kunstvoll das Thema ändern würde, weil es ihr peinlich war, über ihr offensichtliches Interesse an Uli zu sprechen. Diese Art Themenwechsel hatte sie perfektioniert. Wie in einer politischen Diskussion drehte sie den Spieß einfach um.

»… dass es vielleicht dein Schicksal war, dass ich ausgerechnet Mallorca als Reiseziel ausgesucht habe.«

Louise verdrehte die Augen.

»Ich meine, du sprichst von Auszeit, Abstand, Umzug … und wir befinden uns gerade auf der Insel, auf der du begonnen hast, Spanisch zu lernen. Wir sind da, wo alles angefangen hat, Lou. Und je mehr ich darüber nachdenke, desto mehr denke ich … warum eigentlich nicht? Vielleicht solltest du hierbleiben.«

Louise sah ihre Freundin mit großen Augen an. »Wie bitte?«

»Du hast mich richtig verstanden. Ich finde, du solltest hierbleiben. Die Zeichen sprechen dafür.«

Louise schüttelte den Kopf. »Es gibt keine Zeichen, Caro. Wir sind einfach nur im Urlaub, weil sich mein …« Sie räusperte sich und rutschte auf der Bank hin und her. »… weil sich mein Mann von mir getrennt hat. In ein paar Tagen geht es wieder zurück und dann …« Ja, da hörte der Plan auch schon auf, gestand sich Louise ein.

»Ganz genau«, sagte Caro zufrieden. »Und dann …«

Louise erhob sich und wollte zurück zum Auto gehen. Ja, Caro hatte manchmal verrückte Ansichten, aber dass diese Reise ein himmlisches Zeichen sein sollte, das war nun wirklich eine Spinnerei. Und das Date mit Augen-Uli … das war offenbar längst überfällig gewesen. Caro hatte ihn außerdem eigenhändig dazu gebracht, mit ihr auszugehen. Der Himmel war nicht aufgerissen, es war kein Liebespfeil verschossen worden und es hatte ihr niemand ins Ohr geflüstert, was sie tun sollte. Louise konnte an dem Ganzen wirklich nichts Mystisches oder Vorherbestimmtes finden.

Caro eilte ihr hinterher und hakte sich munter bei ihr ein.

»Du wirst schon sehen, Lou. Du wirst die Zeichen schon noch erkennen.« Sie grinste.

* * *

»So ein Mist!«, stieß Louise aus und ließ den Wagen auf der schmalen Straße langsam ausrollen.

Caro saß kichernd neben ihr. Sie war wahrscheinlich der einzige Mensch auf der Welt, der wegen eines platt gefahrenen Reifens kicherte.

»Sag nichts, Caro! Bitte!«, sagte Louise mürrisch, musste daraufhin jedoch ebenfalls schmunzeln.

»Du hast die Insel verärgert.« Caro lachte.

»Wir sind in einen Nagel gefahren! Oder einen spitzen Stein, oder … in was auch immer.«

Der Wagen kam neben der Straße zum Stehen und sie stiegen aus, um sich das Malheur genauer anzuschauen. Es hatte keinen Knall gegeben, es hatte einfach mitten während der Fahrt eine Warnleuchte mit dem Hinweis »Druckverlust hinten rechts« aufgeblinkt, woraufhin prompt die Lenkung etwas schwammiger geworden war.

»Ja, der ist wohl hinüber«, kommentierte Caro das Offensichtliche und biss in einen Müsliriegel.

Louise öffnete den leeren Kofferraum und sah unter die Abdeckung. Nichts. »Wir haben nicht einmal ein Ersatzrad. Abgesehen davon, dass ich noch nie einen Reifen gewechselt habe.«

»Hab ich auch nicht«, sagte Caro kauend. »Was machen wir jetzt? Bei der Autovermietung anrufen?«

»Ja«, bestätigte Louise und zog das Handy aus der Tasche. »Die müssen uns entweder ein neues Rad oder gleich ein neues Auto bringen, denke ich.«

Gesagt, getan. Wenige Minuten später hatte Louise eine nette Dame von der Autovermietung am Telefon, die sich erst einmal ausgiebig über ihre Sprachkenntnisse freute und danach versicherte, dass ein Mechaniker direkt vor Ort einen neuen Reifen montieren werde. Allerdings seien aktuell alle Servicekräfte unterwegs, es könne also gut zwei Stunden dauern.

Louise gab zur Sicherheit erneut ihren ungefähren Standort durch, bedankte sich höflich und legte auf. Die Dame am Telefon konnte wirklich nichts für die Panne, also verkniff sich Louise weitere Kommentare.

»Es dauert zwei Stunden«, grummelte sie. »Mindestens.«

»Hmm«, schmatzte Caro, der die Umstände wenig auszumachen schienen. »Bestandsaufnahme: Wir haben drei Müsliriegel, zwei Jacken und eine warme Cola. Meine Einschätzung: Wir werden überleben.«

Louise brach in schallendes Gelächter aus und wünschte sich mehr von Caros Gelassenheit.

»Laut Navi ist ein paar Kurven weiter der nächste Ort. Wollen wir hinlaufen und eine Kleinigkeit essen?«, schlug Louise vor. »Du siehst hungrig aus.«

Jetzt war es Caro, die loslachte, sodass ein paar Haferflocken den Besitzer wechselten. »Gute Idee«, bestätigte sie und rieb Louise Teile des Müsliriegels von der Jacke.

Louise ließ es augenrollend geschehen, verriegelte den Wagen, und die beiden spazierten vergnügt los.

»Zeichen, meine Liebe. Achte auf die Zeichen«, flüsterte Caro grinsend, was bei Louise nur ein Kopfschütteln auslöste.

Die beiden schlenderten am Ortsschild vorbei hinein nach Caimari und steuerten geradewegs den von Weitem sichtbaren Kirchturm an. Denn wie sie bisher hatten feststellen können, würden sie, wie in nahezu jedem Ort, dort den Marktplatz vorfinden, auf dem es üblicherweise mindestens ein Restaurant oder Café gab.

Als sie den schlichten, mit ausladenden Platanen bewachsenen Platz erreichten, erblickten sie unweit der Kirche tatsächlich ein Lokal – das heute allerdings geschlossen hatte. Louise und Caro schlenderten weiter durch das winzige Dorf und hielten Ausschau nach einer Alternative. Die Dame von der Autovermietung hatte versichert, dass sie eine halbe Stunde vor Ankunft des Technikers anrufen werde. So konnten sie in aller Ruhe etwas essen, vorausgesetzt sie würden etwas Passendes finden. Innerhalb weniger Minuten wären sie wieder beim Auto und würden ihren Retter nicht verpassen.

»Ist hübsch hier«, stellte Louise fest und ließ ihre Hand über die rauen Natursteinmauern der Häuser gleiten, hinter denen sich die massiven Berge erhoben.

»Kein Restaurant in Sicht, Lou. Wollen wir noch einmal auf die Karte schauen? Es wird schon dunkel und mir tun die Füße weh.«

Louise blieb stehen, zog ihr Handy heraus und sah sich die Karte noch einmal genauer an. »Irgendwo hier muss noch ein anderes Restaurant sein«, murmelte sie, ging ein paar Schritte und deutete mit der Hand den Weg herunter. »Da unten.«

Plötzlich knatterte eine Vespa um die Kurve, die einen hellen Lichtkegel vor sich herschob. Blitzartig sprang Louise von der Gasse in den Schutz eines Torbogens. Es knackte, morsche Bretter gaben nach und sie plumpste hart auf einen mit Unkraut übersäten Kiesweg. Sie schrie vor Schreck auf, während die Vespa am Tor vorbeisauste und im Dunkel verschwand. Lediglich der feine Hauch eines männlichen Eau de Toilette blieb zurück und wehte zu Louise herüber.

»Lou, ist alles okay?«, rief Caro entsetzt, als sie durch den Torbogen kletterte und ihrer Freundin auf die Beine half.

»Was für ein blöder Idiot! Das kann doch wohl nicht wahr sein! Ich glaube, meine Hose ist zerrissen!«, rief Louise und tastete ihre Jeans ab. Tatsächlich, ein kleiner, aber dennoch spürbarer Riss etwas unterhalb des Hinterns. »Was war das für ein Typ? Hast du irgendetwas gesehen? Ist er wenigstens stehen geblieben? Der kann was erleben!«, schnaubte Louise.

Caro ging nicht auf ihre Freundin ein, sondern sah sich ungläubig um.

»Hallo? Erde an Caro?«

Caros Blick blieb abwesend. Stattdessen zupfte sie an Louises Jacke, bis sie sich endlich zu ihr wandte.

»Was ist denn?«

»Lou, schau doch mal!«, flüsterte sie geheimnisvoll.

Louise klopfte sich den Dreck von der Jacke und folgte Caros Blick. »Wahnsinn«, entfuhr es ihr prompt.

Die beiden standen in einem offenbar verlassenen Innenhof, an dessen Ende man durch einen großen, gemauerten Bogen das gesamte Tal überblicken konnte, in dem die letzten Sonnenstrahlen des Tages tanzten.

Der gepflasterte Hof war vollständig überwuchert, doch Louise konnte die Schönheit dieses Anwesens zwischen jedem einzelnen Grashalm erahnen. In der Mitte stand ein herrschaftlicher alter Brunnen mit zwei Etagenbecken und der Statue einer tanzenden Frau auf der Spitze. Statt einer Wasserfontäne hatten sich blühende Ranken auf den Becken niedergelassen. Rund um den geräumigen Patio hatte das zweistöckige, aus robusten Natursteinen gebaute Haus einen umliegenden, überdachten Rundgang, der auf der oberen Etage ebenfalls mit kunstvollen Steinbögen versehen war, auf denen das Dach auflag. Der Rundgang lief in dem großen Bogen mit dem wundervollen Ausblick zusammen, der einst ein herrlicher Platz für schattige Nachmittage und gesellige Abende gewesen sein musste.

Innerhalb eines einzigen Wimpernschlags, wenngleich auch ohne den Hauch einer Chance, hatte Louise ihr Herz an diesen Ort verloren.

»Es muss einmal so wunderschön gewesen sein, Caro«, hauchte sie in die Dunkelheit. »Caro? Wo steckst du?« Im nächsten Moment sah Louise, wie sich ihre Freundin an einem mit Brettern vernagelten Fenster zu schaffen machte. »Caro, du kannst doch nicht …« Dann schob Caro ihr Handy in die schmale Öffnung und man sah helle Blitze durch die Ritzen des Holzes leuchten. »Was machst du da?«, zischte Louise. Waren das Stimmen vor dem Tor? »Komm, wir müssen weg.«

Caro befreite ihr Handy aus den Fängen der Holzlatten und lief zu Louise herüber.

»Wie viele Zeichen müssen noch passieren, damit du mir glaubst?«, kicherte sie und hielt ihr das Handy vor die Nase.

8

»Die sind schon ganz schön gelenkig«, sagte Louise beeindruckt, legte das Buch auf ihrem Bauch ab und zog an einem Papierstrohhalm, der in einer eiskalten Cola steckte.

»Das kannst du wohl laut sagen. Wie eine Horde Schlangenmenschen.«

Louise und Caro lagen bequem auf ihren Liegen am Pool und sahen einem der zahlreichen Yogakurse zu, die über den Tag verteilt an den verschiedensten Orten des großen Finca-Grundstücks stattfanden. Der gestrige Abend hatte sich leider noch unerwartet in die Länge gezogen, denn Louise und Caro hatten geschlagene vier Stunden auf den Techniker der Leihwagenfirma warten müssen. Da sie in dem winzigen Ort kein einziges offenes Restaurant, keine Bar und auch nichts Entsprechendes hatten finden können, hatten sie schlecht gelaunt beschlossen, im Auto zu warten. Dementsprechend war ihnen heute nicht nach Fahren zumute und sie hatten beschlossen, den wunderschönen Tag in der ebenso wunderschönen Yoga-Finca zu verbringen und erst morgen eine weitere Erkundungstour zu unternehmen.

»Ich bin froh, dass wir uns nicht aus Scham auch für einen Kurs angemeldet haben. Wir wären nur auf dem Boden herumgerollt und hätten im Zweifel eine Massenkarambolage verursacht«, scherzte Louise.

Beide kicherten bei der Vorstellung.

»Vielleicht sollten wir das trotzdem einmal ausprobieren«, sagte Caro, während sich ein stattliches Exemplar von Mann mit gespreizten Beinen tief nach vorn beugte.

»Du bist unmöglich!«

Caro hob unschuldig die Schultern.

»Hast du denn Uli schon zurückgeschrieben?« Bereits am frühen Morgen war eine Nachricht von ihm eingetroffen, in der er deutlich machte, dass er sich auf ihr Treffen freute.

»Nee, noch nicht. Was soll ich denn da nur drauf antworten?«

»Na, dass du dich auch freust! Das tust du doch, oder?«

»Ja klar, aber …«

»Kein aber. Schreib ihm jetzt!«

»Ha, das sagst du mir? Ich schreibe Uli, wenn du bei dieser Nummer anrufst!« Caro schmunzelte siegessicher.

»Das eine hat mit dem anderen überhaupt nichts zu tun«, versuchte Louise, vernünftig zu argumentieren.

»Lou, nur ein Dummkopf würde da nicht anrufen.«

»Na danke«, grummelte Louise und schlug ihr Buch wieder auf. Doch nach jeder Zeile schweiften ihre Gedanken ab, hin zu dem Haus, in das sie im wahrsten Sinne hineingestolpert war. Ihr Herz pochte kräftiger, wenn sie an das verschlossene Anwesen mit dem atemberaubenden Blick dachte. Erst das Gespräch über Schicksal, dann der kaputte Autoreifen, anschließend diese Vespa und das zauberhafte Haus. Caro hatte sie den gesamten Abend mit der bedeutungsschwangeren Ereigniskette aufgezogen, die damit gekrönt wurde, dass Caro Louise dieses Bild mit dem verstaubten »Zu vermieten«-Schild unter die Nase gehalten hatte. Es war auf den verwackelten Fotos gerade so in einer Ecke eines dunklen Flurs stehend erkennbar und doch war es da. »Ein weiteres Zeichen«, hatte Caro amüsiert geflüstert und Louise in die Seite geknufft. »Und da steht eine Telefonnummer drunter.« Natürlich hatte sie Louise sofort überreden wollen, dort anzurufen, aber die hatte abgewunken. Das waren genug Hirngespinste für einen Tag gewesen.

So seltsam es klang, doch Louise spürte eine gewisse Aufregung, wenn sie an das Haus dachte. Ein sonderbares Zusammenziehen des Magens. Aber warum? Was hatte es damit auf sich? Es war nur ein verlassenes altes Haus in einem kleinen Dorf in den Bergen Mallorcas! Es war sicher das Gefühlschaos der letzten Monate, was solche eigenartigen Emotionen bei ihr auslöste. Ja, das war es. Ganz bestimmt.

»Soooo«, sagte Caro. »Ich habe meinen Teil erfüllt. Uli weiß jetzt offiziell darüber Bescheid, dass ich mich auch auf unser Treffen freue. Es wird bei dem Mongolen stattfinden, der die leckeren Teigtaschen macht.« Sie legte ihr Handy zur Seite. »Und fürs Protokoll«, fügte sie nervös lachend hinzu. »Ich bin total aufgeregt!«

»Gut gemacht! Schnapp ihn dir!« Louise zeigte ein ernstes Gesicht und ballte die Faust, als würde sie einen Sportler auf einen Wettkampf vorbereiten. Dann löste sie die Finger und lächelte sanft. »Nein, im Ernst ... ich bin stolz auf dich.«

»So, und jetzt bist du dran. Das ist der Deal: Wenn das Haus noch zu vermieten ist, dann mietest du es und verbringst mindestens drei Monate auf der Insel. Wenn nicht, dann will dich die Insel nicht haben. Also vorausgesetzt, die Telefonnummer existiert überhaupt noch. Das Schild ist bestimmt schon zwanzig Jahre alt.«

»Caro ... was soll ich denn ... das kommt überhaupt nicht infrage! Das ist doch kein Spiel. Ich mache so eine Entscheidung doch nicht davon abhängig, ob ...«

In dem Moment klingelte Louises Handy, das sich auf dem Tisch neben der Liege befand. »Moment«, sagte sie und griff danach. »Es ist Alex ...«

»Willst du drangehen?«

Louise schüttelte den Kopf und drückte den Anruf weg.

»Alles okay?«, fragte Caro sachte.

»Ja ... ja, alles okay.«

Ein lautes Ping ertönte. Eine Nachricht. Louise griff erneut nach ihrem Handy.

> Hallo, Louise. Schade, dass du mich ignorierst. Da du mir nicht antwortest, wollte ich dir nur Bescheid geben, dass ich dann erst mal im Haus bleibe. Wäre ja blöd, wenn es leer steht. Alex

Wortlos zeigte sie Caro die Nachricht, die sie mit einem Schnauben und einem Kopfschütteln kommentierte.

Louise zögerte einen Moment. »Okay, gib mir bitte die Nummer«, sagte sie ernst. »Ich rufe dort an.«

* * *

Louise stellte das Handy auf Lautsprecher und drückte das grüne Telefonsymbol.

Caro saß im Schneidersitz neben ihr und wartete gespannt. »Oh, es läutet!«

»Psst«, machte Louise. Sie war aufgeregt und hatte keine Ahnung, was sie sagen sollte. Es läutete vier-, fünf-, sechsmal, aber niemand hob ab. »Okay, das war's. Ich lege ...«

»Díaz Immobiliaria?«

»*Hola mi nombre es Louise Hartmann. Tengo una pregunta sobre una casa ...*«

»Ihr Spanisch ist gut«, bemerkte der Mann am anderen Ende der Leitung. »Aber bei dem Klang des Namens gehe ich davon aus, dass Sie Deutsche sind, richtig?«

Louise war etwas verdutzt, fing sich dann aber wieder.

»Danke.«

»Darf ich fragen, woher Sie diese Nummer haben und zu welchem Haus Sie Fragen haben?«

»Ähm, von einem Schild.« Was war das denn für eine komische Frage?

»Ein Schild?«, fragte der Makler amüsiert. »Wissen Sie, wir haben uns alle gewundert, was da eigentlich bei uns klingelt. Sie haben auf einem uralten Telefon in der Abstellkammer angerufen. Ich wusste gar nicht, dass das noch funktioniert.« Er lachte.

»Äh, okay«, sagte Louise irritiert.

Caro verkniff sich ein Lachen. Wahrscheinlich stellte sie sich vor, wie der Mann hinter Kisten und Regalen hockte und ein Telefon mit antiquierter Wählscheibe bediente.

»Bitte entschuldigen Sie, mein Name ist übrigens Maurice und ich bin Makler bei Díaz Immobiliaria. Wenn ich Sie richtig verstanden habe, möchten Sie ein Haus kaufen, oder?«

»Ja … also ich meine, nein. Wir sind gestern zufällig an einem Haus vorbeigekommen. Und an dem Haus … also eher gesagt *in* dem Haus, wir haben einige Bretter vor dem Fenster entfernt und ein Foto vom Hausinneren gemacht … und da stand ein ›Zu vermieten‹-Schild mit dieser Telefonnummer und ich würde gerne wissen, ob das Haus zu vermieten ist.« Louise schlug sich mit der Hand auf die Stirn und holte tief Luft. Wie bescheuert das Ganze hier war. Unglaublich bescheuert.

»Interessant«, murmelte der Makler.

»Interessant?«

»Ja, interessant. Das Schild muss so alt sein, dass darauf noch die Telefonnummer des Vorbesitzers dieser Immobilienagentur steht. Das vermute ich zumindest.«

»Aha.«

»Zu ihrer Information, das ist über zwanzig Jahre her.«

»Oh. Das ist … lang.«

»Wo steht denn besagtes Haus?«

Louise fand es überaus nett von dem Makler, dass er sich so viel Zeit für sie nahm.

»In Caimari. Es müsste die Hausnummer 37 haben. In der Carrer de Sa Lluna.«

»Ein schöner Straßenname und auf Spanisch heißt es Calle de la luna«, stellte Maurice fest. »Geben Sie mir einen Moment? Ich gehe kurz an meinen Platz und sehe nach, okay?«

»Danke.« Louise hatte gar nicht darüber nachgedacht, doch Maurice hatte recht. *Straße des Mondes.* Das klang zauberhaft.

Eine Minute lang blieb es still am Telefon, dann knackte es und Maurice war offenbar wieder zurück in der Abstellkammer. »Leider muss ich Sie enttäuschen. Wir haben kein einziges Objekt in Caimari in der Kartei und den Kollegen ist auch nichts über ein solches Objekt bekannt.«

Caro atmete hörbar aus.

Louise hatte ein seltsames Gefühl. Einerseits war sie erleichtert, andererseits aber auch irgendwie enttäuscht.

»Muss es denn unbedingt dieses Haus sein?«, fragte der Makler und ging dem natürlichen Reflex nach, seinen Job auszuüben. »Wir haben sehr viele interessante Mietobjekte im Portfolio.«

»Vielen Dank für Ihre Mühe, Maurice, aber es ging speziell um dieses Haus.«

»Wenn das so ist«, unterbrach Maurice, »dann könnte ich noch eines versuchen. Ein Bekannter von mir hat sehr viele Objekte in dieser Gegend. Wenn jemand weiß, wie es speziell um dieses Haus steht, oder jemanden kennt, der es wissen könnte, dann ist er es. Ich könnte ihn fragen.«

Das ist wirklich nett von Maurice, dachte Louise. Sie wusste gar nicht, was sie sagen sollte. Sie entschied sich für: »Das ist wirklich nett, Maurice.«

Er japste fröhlich. »Vielen Dank. Eigentlich machen wir so etwas auch nicht unbedingt, aber ich finde die Geschichte so nett, wie sie auf das Haus gestoßen sind.«

Louise rollte mit den Augen, als sie beobachtete, wie Caro das Mitgehörte mit einer zustimmenden Geste bestätigte.

Louise bedankte sich, gab ihre Handynummer durch und Maurice versprach, sich bei ihr zu melden, sobald er mehr wusste.

»Wie cool ist das denn?«, gluckste Caro. »Ich glaube, ich brauche jetzt einen Drink.«

»Ich glaube, ich auch«, flüsterte Louise. »Oder zwei.«

9

In den nächsten beiden Tagen waren Louise und Caro wieder unterwegs gewesen, hatten bezaubernde Orte, Strände und Klippen gesehen, köstliche Tapas gegessen, amüsante Gespräche mit Einheimischen geführt und jede Sekunde ihrer gemeinsamen Zeit genossen. Mallorca, das waren so viele entzückende Plätze, Menschen, Farben und Ausblicke, dass Louise noch lange davon zehren würde.

Louise und Caro hatten sich erst einen großen Teil des Nordens angesehen, mit dem geschichtsträchtigen Ort Pollença, dem Cap de Formentor, von dem aus man bei klarer Sicht bis nach Menorca sehen konnte, und der langen Bucht von Alcúdia, die sich über sieben Kilometer erstreckte. Tags darauf hatten sie Artà erkundet, waren durch das verschlafene Örtchen Sant Llorenç des Cardassar spaziert, hatten in Cala Millor ein kurzes Sonnenbad genossen, um schließlich in Porto Cristo in einem netten kleinen Fischlokal zu Abend zu essen.

Heute war tatsächlich schon der letzte Urlaubstag und Louise dachte nur ungern an den bevorstehenden Rückflug. Die Zeit war so schnell vergangen. Sie wünschte sich, dass diese Reise niemals enden würde, und hatte Caro um einen letzten Gefallen gebeten, einen Ausflug in das Örtchen Costitx.

Hier befand sich die Sprachschule, an der Louises Liebe zu Mallorca vor über fünfzehn Jahren begonnen hatte. Hier hatte sie einen Jungen aus dem Dorf geküsst, ihre Leidenschaft für die spanische Kultur, spanisches Essen und natürlich die Sprache entdeckt. Hier hatte sie die Entscheidung getroffen, in Wiesbaden Spanisch zu studieren, Lehrerin zu werden, nicht Ärztin oder Biologin. An diesem Ort hatte ihr Erwachsenwerden begonnen. Es war ein seltsames Gefühl, dorthin zurückzukehren.

Doch da, wo sich damals die Sprachschule befunden hatte, war jetzt eine Metzgerei und das Haus daneben, in dem die Schüler gewohnt hatten, war in einem maroden Zustand und entsprechend unbewohnt. Die Sentimentalität um die Sprachschule war damit leider nur von kurzer Dauer und sie beschlossen, den Abend in einem urigen Restaurant in der Gegend ausklingen zu lassen.

Eine Google-Suche und einige kurvige Straßen später saßen sie bei Kerzenschein in einem hübschen Restaurant, bestellten trockenen Weißwein, Brot und Aioli sowie jede Menge hausgemachter Tapas. Das Brot und die Knoblauchmayonnaise waren so lecker und üppig, dass die beiden eigentlich schon gut gesättigt waren. Doch als die ersten Tapas eintrafen, Pimientos de Padrón, Albondigas, Fleischbällchen in Tomatensoße, und Boquerones, kleine frittierte Sardellen, vermeldeten ihre Mägen noch etwas unerwarteten Platz.

»Schade, dass wir morgen wieder nach Hause müssen«, sagte Caro und schob sich eine knusprige Minisardelle in den Mund. »Aber es war wirklich total schön. Ich bin froh, dass wir das gemacht haben, Lou.«

»Ich auch, Caro. Und danke, dass du das für mich gemacht hast.«

»Hey, das war ganz egoistisch von mir. Ich wollte einfach nur in den Urlaub.« Sie zwinkerte Louise lächelnd zu.

»Nein, ganz im Ernst. Ich weiß, dass es momentan nicht besonders einfach mit mir ist. Leider schon viel zu lange. Und du hast es die ganze Zeit über geschafft, die kritischen Themen zu umschiffen. Das war sicher nicht leicht. Ich bin dir wirklich extrem dankbar, Caro.«

»Hey«, sagte Caro gerührt. »Hör bloß auf, sonst werde ich auch noch sentimental. Das wollen wir beide nicht, glaub mir.«

Louise lächelte. »Was war dein Hoch und was dein Tief in dieser Woche?«

Caro überlegte. »Das Hoch war definitiv diese alte Frau in Alcúdia, die gedacht hat, wir würden noch zur Schule gehen.« Sie lachte. »Aber schau uns an, selbst Petra hat uns dafür gelobt, wie gut wir in Form sind.«

»Oh ja! Und das Tief?«

»Mein Wochentief …«, murmelte Caro. »Schwierige Frage. Vermutlich eben in Costitx. Ich hatte mir ein bisschen mehr versprochen von deiner tollen Metzgerei … äh, Sprachschule.« Sie zwinkerte Louise neckisch zu. »Du bist dran. Hoch? Tief?«

Louise überlegte einen Moment. »Hoch: Ich denke, es war das Haus.«

»Ich wusste es!«, sagte Caro zufrieden. »Es arbeitet noch in dir, stimmt's?«

»Ja, ich gebe es zu. Tut es.«

»Okay, Tief?«

»Definitiv dein Schnarchen.«

»Was?« Caro sah Louise entsetzt an. »Warum hast du nichts gesagt?«, rief sie mit schriller Stimme.

»Sooo schlimm war es nicht.« Louise kicherte. »Es hatte auch etwas Meditatives.«

»Na toll!«

Louises Handy klingelte.

»Oh, ist es der Makler? Geh schon ran!«

Das Display zeigte eine spanische Nummer. Es musste der Makler sein! Hastig nahm Louise das Gespräch an.

»Hallo? Louise Hartmann.«

»Hallo, Louise, hier ist Maurice. Von Díaz Immobiliaria.«

»Ah, guten Abend. Sind Sie etwa immer noch im Büro?«

Maurice lachte. »Nein, nein. Aber wir Makler sind immer im Dienst.«

Louise wartete angespannt.

»Ich habe meinen Bekannten in der Zwischenzeit erreicht und er konnte mir tatsächlich weiterhelfen.«

Louise drohte vor Aufregung zu platzen.

»Er kannte das Haus und wusste etwas darüber. Tatsächlich steht es seit fast fünfzig Jahren leer. *Fünfzig Jahre,* stellen Sie sich das einmal vor.«

Maurice schien selbst aufgeregt zu sein. Gab es etwa gute Neuigkeiten?

»Es gehört einem alten Mann und nach etwas Recherche hat mein Bekannter herausgefunden, dass das Haus vor etwa zwanzig Jahren einmal kurz zur Vermietung gestanden hat.«

Caro war zu Louise herübergerückt und drückte ihr Ohr an deren Kopf, um mithören zu können.

»Allerdings hat der Eigentümer das Inserat schon nach zwei Tagen wieder zurückgezogen. Seitdem wurde es nirgends mehr angeboten.«

Louise schluckte. »Und was bedeutet das jetzt?«

»Na ja«, sagte Maurice. »Ich habe vorhin mit dem Eigentümer gesprochen.«

Warum musste Maurice es nur so spannend machen? War das Haus verfügbar oder nicht?

»Und was hat er gesagt?«, wollte Louise endlich wissen.

»Er hat gesagt, na ja, es würde mich gar nichts angehen und wie zum Teufel ich an seinen Kontakt gekommen sei.«

»Oh.«

Einige Sekunden lang blieb es still. Caro zuckte mit den Schultern und bedeutete Louise, dass es nicht so schlimm wäre.

»Also, er hat noch hinzugefügt, falls ich es nicht verstanden hätte, das Haus stehe nicht zur Verfügung, weder zur Miete noch zum Verkauf.«

»Okay, verstehe.«

»So ist das Leben, nicht wahr? Sie werden sicher ein anderes Haus finden, wenn Sie denn möchten. Ich bin Ihnen dabei gerne behilflich.«

»Vielen Dank, Maurice. Das war wirklich sehr nett von Ihnen. Danke schön.«

»Gerne. Also dann, ich wünsche Ihnen alles Gute!«

»Das wünsche ich Ihnen auch. Tschüss und danke noch mal!«

Louise verstaute ihr Handy wieder in der Jackentasche. Zugegeben, sie war etwas enttäuscht. Aber was hatte sie erwartet? Es sollte also nur eine nette kleine Urlaubsgeschichte bleiben und genauso ordnete sie das Ganze auch ein.

»Na, Caro. Und wie deutest du nun dieses Zeichen?«

»Na ja ...«, druckste sie herum. »Ich denke ... es war nicht nah genug am Meer. Deswegen hat es nicht sollen sein.«

»Um keine Ausrede verlegen.«

Sie lachten.

Es war ein perfekter Abschiedsabend, den Louise und Caro mit einer Crema Catalana ausklingen ließen, deren Zuckerkruste so zart knackte, dass einem das Wasser im Mund zusammenlief.

Anschließend fuhren sie satt und zufrieden zurück in die Finca, machten sich bettfertig und ließen sich in die weichen Laken fallen. Ihr Flieger würde um ein Uhr mittags gehen, sie müssten also gegen elf am Flughafen sein, um zehn losfahren und um neun frühstücken.

Viele Minuten lang lagen sie mit geschlossenen Augen nebeneinander, bereit, sich einem tiefen Schlaf hinzugeben.

»Bist du noch wach, Caro?«, flüsterte Louise irgendwann.

»Nein«, antwortete Caro sofort.

»Ich hab mir überlegt … fährst du morgen früh noch mal mit mir zu dem Haus?«

Caro ließ die Augen geschlossen und lachte leise. »Auf jeden Fall.«

Louise lächelte, stellte den Handywecker auf etwas früher und drehte sich zur Seite.

»Schlaf schön.«

»Du auch.«

10

»Das ist aber wirklich schade, dass ihr so früh abreist. Heute ist
Vollkorn-Bananen-Pancake-Tag«, sagte Petra, die zögerlich den
Zimmerschlüssel von Louise entgegennahm.

»Das klingt sehr verlockend, aber wir müssen wirklich
los, Petra«, sagte sie eilig, denn sie waren spät dran. Die beiden Freundinnen bedankten sich herzlich für den angenehmen
Aufenthalt in der Yoga-Finca, versprachen, irgendwann einmal
wiederzukommen, warfen ihre Koffer ins Auto und fuhren los.

Es war bereits acht Uhr und sie brauchten eine gute
halbe Stunde nach Caimari und von dort mindestens eine
Dreiviertelstunde zum Flughafen.

Der Tag hatte eigentlich ganz gemütlich angefangen, denn
sie waren pünktlich aufgestanden und hatten mehr als genug
Zeit eingeplant, um sich in Ruhe fertig machen, zusammenpa-
cken und auschecken zu können. Sie hatten sich mit der kleinen
Nespresso-Maschine im Zimmer einen Kaffee gemacht, heiß
geduscht und sich anschließend auf dem Bett geschminkt. Bis
sie registriert hatten, dass die Zeit doch etwas knapp wurde,
und Hektik ausgebrochen war. Plötzlich hatte Louise eine Kette
vermisst, Caro vergessen, den Föhn einzupacken, und ein BH
hatte sich im Reißverschluss des Koffers verheddert. Am Ende

hatte doch alles geklappt und sofern nicht noch ein Reifen platzte, wären sie spätestens um elf Uhr am Flughafen und würden ihren Flieger wie geplant erwischen.

»Vollkorn-Bananen-Pancake-Tag? Ehrlich? Ich meine, ich habe so etwas noch nie gegessen, aber ... Vollkorn-Bananen-Pancake-Tag?«, wiederholte Caro lachend.

Louise zuckte stumm mit den Schultern. Die eine Hälfte ihres Gehirns war gedanklich bereits in Caimari und streifte durch den malerischen Innenhof. Die andere war sogar schon wieder in Wiesbaden, wusch Wäsche und dachte über nichts Geringeres nach als die Gestaltung ihres weiteren Lebens.

Ein Blick auf die Uhr veranlasste Louise, noch etwas mehr aufs Gaspedal zu drücken. Das war eine knappe Nummer. Sollten sie den Abstecher doch lieber lassen und direkt zum Flughafen fahren? Immerhin hatte sich das mit dem Haus schon erledigt und sie wusste selbst nicht genau, was sie dort zu finden hoffte. Caro hingegen war der Meinung, dass sie diese Chance ergreifen sollten, solange es noch dieses Loch im Tor gab, durch das Louise mit vollem Körpereinsatz gerauscht war. Wenn es nicht bereits repariert worden war.

Eine Viertelstunde später fuhren die beiden durch die Straße des Mondes und machten unweit des Marktplatzes Halt. Das Tor zeigte nach wie vor ein Loch in seiner Mitte, so viel konnte Louise schon von Weitem erkennen. Hastig liefen sie darauf zu und schauten unauffällig die Straße runter. Es war niemand zu sehen.

Erst stieg Caro durch die Öffnung, dann Louise. Ihr Herz klopfte und sie fühlte sich wieder wie mit sechzehn. Nicht, dass sie jemals wirklich über die Stränge geschlagen hätte, doch wenn, dann hätte sie es in diesem Alter getan.

Da waren sie also. Erst jetzt bemerkte Louise, wie herrlich es hier im Hof duftete. Im hellen Tageslicht sah sie einen ausladenden Zitronenbaum in einer der Ecken. Der grob gepflasterte

Hof, in dessen Mitte der Brunnen stand, war mit Gras, Disteln und Unkraut bedeckt. Selbst aus dem Dach des Rundgangs, der um den gesamten Innenhof führte, wuchsen farbenfrohe Gewächse.

Unweigerlich dachte Louise an die »Lost Places«-Fotos auf Instagram, auf denen verwunschene Orte abgebildet waren, die von Menschen verlassen und lange nicht wieder betreten wurden. Es waren Geschichten erzählende Stillleben aus längst vergangenen Zeiten. Louise schritt langsam über den Patio, erkundete jede Ecke und rätselte, welche Geschichte wohl hinter diesem geheimnisvollen Haus steckte.

Während sich Caro erneut ungeniert an dem Fensterverschlag zu schaffen machte, fiel Louise etwas ins Auge, was nicht zu der Kulisse passte. Sie ging auf den Rundbogen zu, hinter dem sich das in Orange getauchte Tal erstreckte.

»Ach du Scheiße.« Louise rutschte das Herz in die Hose. Dort stand ein Tontopf mit winzigen violetten Blumen in dunkler Erde. Feuchter Erde, dachte Louise. Verdammt, vielleicht war jemand hier.

»Caro!«, presste sie flüsternd heraus.

»Was ist denn?«, rief diese unbeschwert und fummelte weiter an den Brettern herum. »Gleich hab ich dich!«

»Pssst, Caro«, zischte Louise. »Jemand hat die Blumen dahinten gegossen!«

Caro schien unbeeindruckt.

»Vielleicht ist noch jemand hier!«, zischte Louise erneut und sah sich mit eingezogenem Kopf um.

»Ach Quatsch. Hier ist niemand. Es ist alles verrammelt.« Mit einem festen Ruck riss Caro an dem zugenagelten Fenster und eine Latte löste sich. Caro plumpste zu Boden. Mit schmerzverzerrtem Gesicht reckte sie das Stück Holz in die Luft. »Ha!«, rief sie stolz.

»Komm, ich helfe dir …«

»Waaaaah«, schrie Caro plötzlich und ließ Louise einen kalten Schauer den Rücken hinunterlaufen. »Da oben! Komm wir hauen ab!«

Louise löste sich aus der Schockstarre und blickte nach oben Richtung Balkon. Nichts.

Caro sprang auf. »Da oben war jemand! Ein Schatten! Scheiße, komm wir hauen ab!«

Louise und Caro rannten zum Eingangstor, schlüpften durch die kantige Öffnung und liefen weiter bis zum Auto, das Louise von Weitem aufschloss, und sprangen hinein. Louise startete den Motor, der aufheulte, und fuhr los.

»Oh Mann!«, rief Caro. »Huiuiui, ich hab mir fast in die Hose gepinkelt!«

Plötzlich fing Louise lauthals an zu lachen. »Ist das …« Unter Caros strafenden Blicken kriegte sie sich gar nicht mehr ein. »… ist das gerade wirklich passiert? Caro, wir sind Ende dreißig, steigen in ein fremdes Grundstück ein, reißen ein vernageltes Fenster auf und flüchten dann schreiend vor einem Schatten?«

»Mitte dreißig!«, sagte Caro ernst, bevor sie ebenfalls lauthals loslachte. »Ja … ich denke schon!«

»Oh mein Gott, wie du mich erschreckt hast!« Louise japste nach Luft. »Sollen wir noch mal zurück?«

Ebenfalls um Luft ringend, sah Caro auf die Uhr und schüttelte den Kopf. »Wir müssen jetzt echt los, Lou, sonst verpassen wir den Flieger.«

»Na gut«, sagte Louise und bog auf die Straße Richtung Inca ab, die zur Autobahn führte. »Aber was für ein Abschluss dieses verrückten Urlaubs. Das müssen wir unbedingt wiederholen.«

* * *

Durch die ungeplante Flucht aus Caimari und den geringen Verkehr auf der Autobahn schafften sie es überpünktlich zum Flughafen, tankten den Wagen an der nahe gelegenen Tankstelle voll und gaben ihn anschließend an der Verleihstation ab. Louise erklärte die Sache mit dem geplatzten Reifen und die junge Frau am Schalter sah den Eintrag dazu im Computer nach. Dann nickte sie, sagte, es sei alles in Ordnung, und ließ Caro und Louise weiterziehen. Glücklicherweise hatte Louise auf einer Vollkaskoversicherung ohne Eigenbeteiligung bestanden, da sie schon einige Vorfälle in Spanien erlebt hatte, die je nachdem, welche Mietwagenfirma man wählte, eine unangenehme Bürokratie nach sich gezogen hatten. Anschließend liefen sie hinüber zur Abflughalle, schlängelten sich durch die Sicherheitskontrolle und nach einem kurzen Stopp in der Duty-free-Zone, um sich einige Spritzer Parfüm aufzutragen, gelangten sie zum Gate. Der Flieger hob pünktlich ab und dieses Mal hatten sie keinen Schnarcher, dafür aber die erstaunlich frequentierte Toilette in unmittelbarer Nähe.

»Caro, ich werde es sicher noch öfter sagen: Das war ein wirklich wunderbarer Urlaub. Einer der schönsten, die ich je hatte.«

»Das kann ich nur zurückgeben, Lou. Es war sehr …«

Caro wurde unterbrochen von einer Stewardess, die sich vor ihr aufbäumte: »Sie … Ich behalte sie genau im Auge! Heute gibt es keine Nüsschen für Sie«, sagte sie scharf, um ihr dann aber zuzuzwinkern und weiterzugehen.

Caro und Louise kicherten. Wenig später gab es dann doch Nüsschen, die allerdings dieses Mal in Caros Mund und nicht auf einem schnarchenden Mann landeten.

Nach einer harten Landung ließen Caro und Louise sich Zeit mit dem Aussteigen. Genau wie bei den Leuten, die sich beim Einsteigen vordrängelten, verstanden sie nicht, warum gerade

Passagiere, die ihr Gepäck aufgegeben hatten, es immer so eilig hatten. Man würde sich am Gepäckband sowieso wieder begegnen, an dem der Zufall über die Reihenfolge der eintreffenden Koffer entschied.

Außerdem hatte speziell Louise es nicht eilig, nach Hause, in Caros Zuhause zu kommen. Ihr wurde ganz anders bei dem Gedanken daran, was alles zu erledigen war, allem voran die Suche nach einer neuen Bleibe. Es war verrückt, wie schnell sich Louises Urlaubsstimmung in Luft auflöste und von der bitteren Realität eingeholt wurde. Alex, ihre Trennung, ihre unklare Zukunft, plötzlich war alles wieder so nah, so real.

Als sie am Gepäckband auf die Koffer warteten, deaktivierte Louise den Flugmodus ihres Handys. Es piepte mehrfach. Warum riefen die Leute eigentlich immer genau dann an, wenn man ausnahmsweise mal das Telefon abgeschaltet hatte, zum Beispiel im Kino? Louise öffnete die Benachrichtigungen. Zwei Anrufe ihrer Schwester und einer von Maurice! Warum auch immer, Louise hatte seine Nummer eingespeichert. Man wusste ja nie.

»Schau mal, Caro«, sagte sie und hielt ihr das Display hin.

»Ui! Vielleicht kriegen wir Ärger, weil wir in das Haus eingestiegen sind!«

»Das wäre doch dem Makler egal«, sagte Louise amüsiert. »Maurice vertritt den Mann doch nicht einmal.«

»Stimmt.«

Das Handy verschwand wieder in Louises Jackentasche und sie sah erwartungsvoll auf das Gepäckband, welches sich träge in Bewegung setzte.

»Äh, Lou?«, fragte Caro mit zusammengekniffenen Augen.

»Ja?«

»Du rufst jetzt sofort Maurice zurück!«

»Hm. Meinst du wirklich?«

»Ja natürlich! Oder willst du nicht wissen, was für Neuigkeiten er hat? Los jetzt!«

»Okay, okay.« Louise zog das Handy wieder hervor und tippte auf die Rückruftaste. Das Rufzeichen ertönte.

»Schüssler?« Er klang beschäftigt.

»Maurice?«

»Sí, ja.«

»Hier ist Louise. Sie haben noch einmal angerufen.«

»Ach, Sie sind das. Prima! Danke für den Rückruf. Es gibt spannende Neuigkeiten!«

Sofort war Louise hellwach. Das klang interessant.

»Der Besitzer des Hauses hat sich doch tatsächlich noch einmal bei mir gemeldet.«

Pause.

»Und, was wollte er?«, fragte Louise ungeduldig. Maurice hätte als Regisseur für eine dieser Fernsehgameshows arbeiten können, in denen alles künstlich in die Länge gezogen wurde.

»Also, das war wirklich kurios. Er hat mir noch einmal versichert, das Haus sei nicht zu vermieten.« Maurice stieß hörbar Luft aus. »Ich habe gesagt, dass er das in unserem letzten Gespräch bereits *sehr* deutlich gemacht hätte.« Ein weiterer Schwall Luft.

Louise wollte jetzt endlich wissen, worauf Maurice hinauswollte.

»Und dann, völlig kurios, hat er gefragt, wie denn der Interessent aussehen würde. Ob es eine Frau sei. Ungefähr einsfünfundsechzig, halb lange braune Locken, schmale Figur …«

Oh, oh! Louise wurde schlagartig flau im Magen. Er war der Schatten auf dem Balkon gewesen! Würde es jetzt doch Ärger wegen ihres Einbruchs geben? Caro machte ein besorgtes Gesicht. Aber Moment. Maurice wusste ja gar nicht, wie Louise aussah!

»Ja und dann … ich weiß ja gar nicht, wie Sie aussehen …«

Ha!

»... dann habe ich Sie einfach mal gegoogelt!«

Verdammt!

»War gar nicht so einfach. Aber in Verbindung mit Ihrer Handynummer hat es dann geklappt. Volkshochschule Wiesbaden. Daher das gute Spanisch!«

»Huh, ja genau«, sagte Louise. Dieses verdammte Internet!

»Ja, die Beschreibung passt perfekt, würde ich sagen!«

Pause.

»Das habe ich dem Mann dann auch bestätigt.«

Erneute Pause.

»Aber jetzt kommt das Kuriose!«

Jetzt erst? War das nicht schon alles kurios genug? Mittlerweile kreiste Louises Koffer zum dritten Mal auf dem Gepäckband.

»Wenn das so ist, hat der Mann gebrummt. Ich vermiete ihr das Haus nicht – wussten wir ja schon –, aber ich würde es ihr verkaufen.«

11

Es gab zahlreiche Gründe, warum niemand Montage mochte. Die meisten Leute hassten Montage, weil dann die Arbeitswoche begann. Andere konnten Montage nicht ausstehen, weil die Leute, die Montage hassten, mies gelaunt waren und einen mit der miesen Laune ansteckten. Letzteres war der Grund für Louises Abneigung gegen diesen ersten Tag der Woche. Kursteilnehmer, die an einem Dienstag bester Laune waren und mit denen es richtig viel Spaß machte, zu arbeiten, schlugen bei einem Montagskurs das Lehrbuch nur unter Androhung eines Rollenspiels auf.

Das alles in Kombination mit einer Trennung vom Ehepartner, einem Urlaubsende und einer schlaflosen Nacht voller Gedanken an ein Haus auf Mallorca war eine gefährliche Mischung.

»Was ist denn jetzt mit meiner Bestellung?«, fragte Rentner Arthur bereits zum dritten Mal. »Kriege ich nun meine Garnelen in Knoblauchsoße, oder habe ich doch aus Versehen ein Wiener Schnitzel bestellt?«

»Arthur!«, zischte seine Frau ermahnend. »Du siehst doch, dass Louise heute mit ihren Gedanken ganz woanders ist! Du und deine blöden Garnelen, am besten schicke ich dich an die Ostsee, da kannst du sie jeden Tag bestellen.«

Louise lächelte Arthurs Frau Marianne dankbar an. »Nein, ist schon okay, ihr wollt ja schließlich etwas lernen. Deine Bestellung war astrein, Arthur. Die Garnelen werden bereits in der Pfanne geschwenkt.«

Arthur nahm diese Information erfreut zur Kenntnis und nickte seiner Frau mit einem Ausdruck zu, der bedeutete: Siehst du Schatz, die alte Schildkröte hat einiges drauf.

»Dann machen wir jetzt unsere Pause und sehen uns in einer Viertelstunde hier wieder, okay Leute?«

Die Kursteilnehmer stimmten zu und gingen plaudernd Richtung Aufenthaltsraum, in dem der einzige Kaffeeautomat des ganzen Gebäudes stand.

Louise schnappte sich ihre Jacke und ging nach draußen. Sie brauchte jetzt unbedingt ein wenig frische Luft und ein Schokohörnchen aus der Bäckerei um die Ecke.

Nach der gestrigen Ankunft am Flughafen und dem Telefonat mit Maurice überschlugen sich ihre Gedanken in einer Weise, die ihre Stirn zum Glühen brachte. Eigentlich hatte sie gar nicht mit Maurice sprechen wollen und kurz darauf lag ihr ein Verkaufsangebot für ein mallorquinisches Stadthaus vor. Zu einem Schnäppchenpreis, wie Maurice behauptete. Eine tolle Gelegenheit und da müsse man einfach zuschlagen, waren weitere Formulierungen, die er verwendet hatte. Verdammt, Louise wollte doch gar kein Haus kaufen! Eigentlich wollte sie nicht einmal eines mieten. Sie wollte wieder zurück in ihr altes Haus, in ihr altes Leben. Und dieser ominöse Eigentümer ... was hatte das Verkaufsangebot mit ihrem Aussehen zu tun? War er ein Perverser? Selbst dafür hatte Maurice eine Erklärung, nämlich, dass der Eigentümer offenkundig befand, das Haus würde zu Louise passen. Schließlich habe er fast fünfzig Jahre lang auf den richtigen Käufer gewartet. Momentan liquidierten viele alteingesessene Mallorquiner ihren Grundbesitz. Das sei nicht untypisch, sagte Maurice. Die Absichten des Verkäufers schienen völlig in Ordnung und rein geschäftlicher Natur zu sein. Ja, dieser Mann hatte auf einfach alles eine Antwort.

Und dann hatte Caro wieder mit diesen verdammten Zeichen angefangen. Louise konnte das Wort *Zeichen* nicht mehr hören. Ja, es war schon seltsam, wie die Umstände miteinander zusammenhingen. Aber was sollte das Ganze? Louise fing schon selbst an, Zusammenhänge zu erkennen …

Sie hatte völlig unverbindlich über eine Veränderung nachgedacht. Ein absolut logischer Schritt nach all dem, was vorgefallen war. Doch es war erst zwei Wochen her, seit Alex sie verlassen hatte. Das ging alles viel zu schnell.

Sie musste bei dem Gedanken auflachen, dass sie dieses Haus nicht einmal von innen gesehen hatte, bloß einen verwackelten Flur auf Caros Fotos. Es konnte die absolute Bruchbude mit Löchern im Dach, ohne Strom, Wasser und mit einem Rattennest im Backofen sein. Schon von außen war es in einem renovierungsbedürftigen Zustand.

Aber auf der anderen Seite … Sie hatte sich etwas in diese alten Mauern verliebt.

Leider hatte Louise den Fehler gemacht, abends ihre Schwester zurückzurufen. Sie hatte es die ganze Woche vor sich hergeschoben und ihr Gewissen hatte bereits Sanktionen angekündigt, hätte sie nicht wenigstens nach ihrer Heimkehr kurz bei ihr durchgeklingelt.

Louise hatte einen kurzen, stichpunktartigen Reisebericht abgegeben und sich nach den Mädchen erkundigt, die offenbar putzmunter waren und ihre Tante vermissten. Von der Herzlichkeit ihrer Nichten ergriffen, hatte Louise den nächsten Fehler gemacht und ein paar Worte zu dem Haus verloren. Linda hatte gar nicht auszudrücken vermocht, wie entsetzt sie war. »Louise, du kannst doch nicht ernsthaft über so etwas nachdenken? Aus einer Trennungslaune heraus!«

Vielen Dank für deine einfühlsamen Worte, hatte Louise gedacht und sich an ihre Mutter erinnert gefühlt.

»Außerdem hast du doch überhaupt kein Geld!«, hatte Linda hinzugefügt und Louises Ärger spätestens damit heraufbeschworen.

»Ich habe mir die letzten Jahre den Arsch aufgerissen, Linda! Mir gehört die Hälfte unseres Hauses und auch ein Teil von Alex' Praxis! Ohne mich hätte er ... Ach egal!«, hatte sie wütend in den Hörer gerufen und wenig später das Gespräch beendet.

»Hallo? Sie sind an der Reihe. Was wünschen Sie?«, fragte die Verkäuferin in der Bäckerei und klopfte sich etwas Mehl von der Schürze.

Louises Blick streifte kurz über die prall gefüllte Auslage und entschied sich dann doch wieder für ein Schokohörnchen.

Als sie den Laden verließ, pfiff ein kalter Wind durch die Straße und Louise schloss den oberen Knopf ihrer Jacke. Gestern hatte sie noch im leichten Pullover in der Sonne gesessen und heute brauchte sie eine dicke Jacke. So war das Leben.

Gerade dachte sie daran, wann das Date von Caro und Uli stattfinden würde, als sie meinte, ihren Namen trotz des heftig pfeifenden Windes vernommen zu haben. Louise sah sich suchend um, bis ihr Blick von der gegenüberliegenden Straßenseite erwidert wurde. Ihr Herzschlag setzte für einen Moment aus, dann spürte sie, wie sich ihr Magen zusammenzog und sich eine frostige Kälte in ihrem Körper ausbreitete.

Alex sah sich kurz um, joggte dann leichtfüßig über die Straße und blieb zwei Schritte vor Louise stehen.

Louises Beine drohten nachzugeben. Auf diese Begegnung war sie nicht vorbereitet, noch nicht. Alex sah gut aus, doch auch in sein Gesicht hatte das vergangene halbe Jahr feine Sorgenfalten gezeichnet. Er trug braune Stiefel, Jeans und seine dicke grüne Daunenjacke, unter der ein Pullover und sein klassisches weißes Zahnarzt-Poloshirt hervorschauten.

»Louise«, sagte er vorsichtig und schien in ihren Augen nach einem Hinweis auf ihre Gefühlslage zu forschen.

»Hey«, sagte sie leise und wich seinem Blick aus.

»Louise, wie geht's dir? Du hast nicht auf meine Nachrichten reagiert. Ich habe mir Sorgen gemacht.«

Es klang aufrichtig. Andererseits machte es Louise rasend. Er hatte sich Sorgen gemacht? Er hatte sich offenbar nur um seine Wohnsituation gesorgt. Sie schluckte diesen Gedanken herunter und beschloss, sich zusammenzureißen. Bloß keine Angriffsfläche bieten, dachte sie.

»Mir geht's gut. Ich war mit Caro im Urlaub.« Sie bemühte sich, es möglichst beiläufig klingen zu lassen.

»Ja, das habe ich gehört.«

Wo hatte er das denn gehört? Caro und sie hatten nicht ein einziges Bild auf Facebook gepostet und es auch sonst nicht an die große Glocke gehängt.

»Aha«, kommentierte sie trocken.

»Louise, ich will nicht, dass es so komisch zwischen uns ist.«

Louise fühlte sich wie ein kurz vor dem Explodieren stehender Schnellkochtopf. Er wollte nicht, dass es komisch zwischen ihnen beiden war? War das ein Scherz?

»Alex, wir müssen das Gespräch hier nicht führen. Wir können auch einfach wieder zur Arbeit gehen.«

»Ich will es aber führen«, sagte er, offenbar schärfer als beabsichtigt. »Ich meine, wie soll es denn weitergehen?« Er ruderte etwas zurück.

»Witzig, dass du das sagst.« Louise lachte spöttisch. »Du bist doch der mit dem Plan.«

»Hey, ich versuche hier, anständig zu sein!« Sein Blick wurde ernst, seine Stimme erhob sich etwas. »Ich sitze hier auch zwischen den Stühlen. Du hast noch nichts zu der Wohnsituation gesagt und …«

»Zu der Wohnsituation?«, flüsterte Louise entsetzt. Sie konnte die Richtung dieses Gesprächs einfach nicht fassen. Neun gemeinsame Jahre und Alex fing schon wieder mit der Wohnsituation an. Louise presste die Zähne aufeinander, bis die Kiefermuskeln spannten. Langsam nahm sie den Druck wieder weg und sortierte sich dabei. Schob Wut und Kränkung zur Seite, machte Platz für Sachlichkeit. Er sollte nicht sehen, wie sie litt.

»Ja, natürlich. Darüber müssen wir …«

»Ich will, dass wir unser Haus verkaufen«, unterbrach Louise sachlich.

Alex schwieg einen Moment. Er wirkte überrascht.

»Louise, ich liebe dieses Haus, das weißt du …«

Pah! Das hatte er nicht wirklich gesagt! Louise blieb die Luft weg.

»Das ist ja schön für das Haus.«

Alex bemerkte offensichtlich seine unglückliche Formulierung.

»Louise, komm schon …«

»Wir verkaufen das Haus«, sagte Louise bestimmt, drehte sich um und ging.

Hoffentlich lief er ihr nicht nach, dachte sie, beschleunigte ihre Schritte und blickte nur kurz zurück. Alex war auf dem Bürgersteig stehen geblieben und sah ihr hinterher.

Louise bog um die Ecke, lehnte sich kraftlos gegen eine Wand und kämpfte mit den Tränen.

»Scheiß drauf!«, sagte sie sich. »Warum verdammt noch mal eigentlich nicht!«

12

Caro kam mit offenen Armen auf Louise zugelaufen und drückte sie fest an sich.

»Da bist du ja endlich! Es war schon fast ein wenig einsam zu Hause ohne dich!«, sagte sie und ließ Louise wieder los.

»Caro, ich war nicht einmal zwei Tage weg.«

»Hey, es waren lange zwei Tage!«

Louise grinste und schob ihren Trolley neben sich her zum Ausgang.

»Danke, dass du mich holst. Ich hätte doch auch mit dem Zug fahren können.«

»Überhaupt kein Problem. Es ist Sonntag und ich muss ja auch mal raus.«

Durch die Nähe zu ihrer gesamten Familie im Umkreis von wenigen Hundert Metern war es mit Caro manchmal wie in einem dieser Mafiafilme, in denen ein Clan ein ganzes Viertel dominiert. Das bedeutete aber auch, dass es wenig Gelegenheit für sie gab, aus ihrer gewohnten Umgebung auszubrechen.

»Und jetzt erzähl! Wie war der Termin?«

Louise lächelte, als sie vor dem Parkautomaten standen. Schnell warf sie einige Münzen hinein, ehe Caro ihr zuvorkam.

»Es war gut, denke ich.« Ihr Grinsen reichte von einem Ohr zum anderen.

»Muss ich dir alles aus der Nase ziehen?« Caro stupste Louise an der Schulter. »Ich stehe hier vorn.«

Louise warf ihren Trolley auf den Rücksitz und stieg in Caros alten Mini Cooper. Sie liebte dieses Auto, das alle zwei Jahre viele Hundert Euro und kostbare Nerven verschlang, wenn es noch einmal durch den TÜV zu bringen war. Der Innenraum war abgewetzt und der Unterboden durchgerostet, aber der Wagen fuhr aktuell anstandslos.

»So, jetzt erzähl«, sagte Caro, als sie die Parkkarte in den Automaten an der Ausfahrt schob. Die Schranke öffnete sich und sie nahm die Abfahrt zur Autobahn Richtung Wiesbaden.

»Also Petra hat sich erst mal riesig gefreut, mich so schnell wiederzusehen und mich über den Grund meines Besuchs ausgequetscht. Ja, danach bin ich gleich losgefahren und habe auch schon Maurice in Sant Joan getroffen. Er ist komplett anders, als ich ihn mir vorgestellt hatte. Er ist etwa so alt wie wir, hat blond gefärbte Strähnchen, ist total schlank und läuft wie ein Model.«

»Er ist schwul!«, kreischte Caro ausgelassen.

»Jap.«

»Ich wusste es! Egal, erzähl weiter.«

»Er hat mir auch gleich von seinem Freund Carlo erzählt, der eigentlich Karl heißt und sich nach drei Jahren Mallorca schon wie ein Spanier fühlt.«

Caro grinste.

»Na ja, wir haben einen Kaffee getrunken und sind dann nach Caimari zu dem Haus gefahren. Gott sei Dank waren wir nur zu zweit, also der Besitzer war nicht dabei. Diesmal sind wir nicht durch die Bretteröffnung, sondern durch die danebenliegende Tür in den Hof gekommen und haben uns erst mal in Ruhe umgesehen.«

»Hach, ich wäre auch gerne noch mal mitgekommen«, schwärmte Caro. »Und wie war es drinnen? Auf meinen Fotos war ja nicht allzu viel zu sehen.«

»Tja, du hattest mit der Kamera eine Wand im Flur erwischt. Aber du glaubst es nicht, das ganze Haus ist noch komplett eingerichtet. Es war wie eine Zeitreise in die Sechziger- oder Siebzigerjahre. Da standen alte Ohrensessel, ein Servierwagen, ein uralter Fernseher, Schallplattenspieler, alles Mögliche. Es war, als wäre da jemand Hals über Kopf ausgezogen und hätte alles einfach stehen und liegen lassen, wie es war! Total abgefahren!«

»Wow! Das hätte ich ja im Leben nicht gedacht! Ich hätte angenommen, dass es wahrscheinlich komplett leer und verfallen ist. Was hat der Makler gesagt?«

»Maurice war auch ganz perplex. Er meinte, das wäre ja wie im Museum. Aber im positiven Sinn. Na ja, also das Anwesen ist ganz schön groß. Links von dem Brunnen ist sozusagen das Haupthaus mit mehreren Zimmern und gegenüber eine Art Scheune oder so was Ähnliches, das man eventuell ausbauen könnte. Wir konnten leider nicht rein, sie war mit zwei dicken Vorhängeschlössern gesichert.«

»Okay, seltsam.«

»Ja, total.«

»Und wie ist es eigentlich mit Strom oder Wasser?«, wollte Caro wissen.

»Hmm«, seufzte Louise. »Also, das hat beides nicht funktioniert, es schien aber einfach nur abgestellt worden zu sein. Die Anschlüsse gibt es und die Häuser nebenan sind ja auch bewohnt, also wird man das wieder aktivieren können.«

»Oh Mann, das ist total spannend. Und wie seid ihr auseinandergegangen? Hast du gesagt, du meldest dich, oder wie ist das?« Caro sah immer wieder aufgeregt zu Louise herüber.

»Also ich habe gesagt, ich müsse noch einmal in mich gehen. Maurice ist dann gefahren und ich bin noch ein wenig durch den Ort gestreift. Da war ein nettes kleines Café, dort habe ich einen Cappuccino getrunken und alles noch einmal durchgerechnet.«

Caro fuhr von der B54 ab, schlängelte sich umsichtig durch einige Seitenstraßen und bog in den Hinterhof des Hauses ein, in dem sie wohnte.

Sie stiegen aus und Louise zog ihren Trolley von der Rückbank.

»Und, wie sieht es aus? Ich meine, der Makler hatte ja schon vorher gemeint, dass es echt günstig wäre und man es mindestens zu dem Preis locker wieder verkaufen könnte, oder?«

»Ja. Und der Besitzer ist auch noch einmal mit dem Preis runtergegangen. Offenbar will er es dringend loswerden. Es soll nur 100 000 Euro kosten. Das ist quasi schon allein das Grundstück wert.«

»Und könntest du dir das denn leisten?«

»Also ich habe eine ganze Menge gespart. Und unser Haus ist fast vollständig abbezahlt. Wenn wir es verkaufen, ist es sowieso kein Problem.«

Caro schloss ihre Wohnungstür auf, ging hinein und warf ihre Jacke über die Garderobe. »Ich traue mich fast nicht zu fragen«, sagte sie zögerlich. »Machst du es?«

Louise schob den Trolley in die Wohnung und hängte ihre Jacke darüber. »Hab ich schon«, sagte sie und bereitete sich mental auf eine heftige Umarmung vor.

Caro blieb auf der Stelle stehen, drehte sich zu Louise herum und legte die Hände vor den Mund. »Nicht dein Ernst!«

Louise nickte. »Doch.«

»Waaaaah«, schrie Caro und schmiss sich in ihre Arme. »Das gibt's doch nicht, das gibt's doch nicht, das … gibt's doch nicht! Du verrücktes Huhn!«

Louise drückte Caro fest, bevor diese sich löste und in die Küche huschte.

»Darauf müssen wir anstoßen!«, rief sie aufgeregt. »Und zwar sofort!«

Louise ließ sich erschöpft in den Sessel neben der Couch fallen.

»Aber Lou, wie geht das denn alles so schnell? Muss man da nicht zum Notar und alles Mögliche?«

Caro ließ eine Flasche Sekt knallen und kam mit zwei Gläsern ins Wohnzimmer.

»Ja, das kommt noch«, antwortete Louise und nahm ein Glas entgegen. »Ich habe heute Morgen einen Optionsvertrag unterschrieben. Das Haus ist noch nicht offiziell meins, aber sobald die Anzahlung geleistet ist, kann nichts mehr schiefgehen. Und die habe ich schon vor dem Flug überwiesen.«

Louise strahlte. Erst jetzt wurde ihr richtig bewusst, dass sie heute Morgen ein Haus auf Mallorca gekauft hatte. Sie würde in wenigen Wochen noch einmal für den Notartermin nach Palma fliegen und, sobald sie hier alles geregelt hatte, ihre Sachen in das Auto packen und mit der Fähre auf die Insel übersetzen. Tausend Zweifel hatten ihren Kopf regelrecht zermürbt. Sie hatte mit sich gehadert, es als Schnapsidee abgestempelt, alles verworfen, noch einmal mit etwas Abstand darüber nachgedacht, festgestellt, dass sie nichts zu verlieren hatte, und anschließend Maurice gebeten, die Unterlagen vorzubereiten. Schon im Flieger hatte Louise gewusst, dass es mit Abstand das Verrückteste war, was sie jemals gemacht hatte. Es war völlig gegen ihre Natur, es widersprach allem, was sie anderen Menschen geraten hätte. Und genau das ließ ihr Herz so wild schlagen, dass es sich lebendig und frei anfühlte.

Ob es an dem Haus lag oder an der Begegnung mit Alex oder an dem Telefonat mit ihrer Schwester … Louise musste einfach etwas Neues wagen. Und das hatte sie nun vor. Auf Mallorca.

»Oh mein Gott, ich freue mich so sehr«, sagte Caro und sah Louise mit einem zurückhaltenden Lächeln an. Dann liefen kleine glitzernde Tränen über ihre Wangen. »Ich bin so stolz auf dich.«

Louise setzte sich neben Caro auf die Couch und legte den Arm um sie. Beide hatten feucht glänzende Augen. »Vielleicht wird am Ende doch alles gut«, flüsterte Louise.

»Wem soll ich denn in Zukunft erzählen, was ich auf dem Flohmarkt erstanden habe oder was meine Brüder wieder angestellt haben oder dass ich mit Uli geschlafen habe, oder ...«

Louise zuckte kurz und drehte sich zu ihrer Freundin herum.

»Moment, Moment ... du hast *was?*«

Caro lachte gequält.

»Wir waren gestern spontan beim Afghanen. Uli hatte so ein schlechtes Gewissen, weil er unser letztes Treffen verschoben hatte.« Sie wischte sich einige Tränen aus dem Gesicht. »Und es war total nett. Dann sind wir noch hierher, ist ja direkt um die Ecke. Und es ist einfach passiert.«

»Aber ... aber doch nicht hier auf der Couch«, sagte Louise mit gespieltem Entsetzen und zog lachend ihre Arme an den Oberkörper.

»Nein!«, gluckste Caro.

»Und, seid ihr jetzt ein Paar oder wie kann man das nennen?«

»Hmm. Ich weiß auch nicht«, sagte Caro und zuckte mit den Schultern. »Ich glaube, das wird sich zeigen. Jedenfalls mag ich ihn sehr gern.«

»Das freut mich total, Caro! Vielleicht war das irgendwie überfällig mit euch beiden.«

»Uli hat einen ganz schön trainierten Oberkörper«, stellte Caro nachhaltig beeindruckt fest.

»Okay«, sagte Louise trocken. »Reicht dann aber auch schon mit den Details.«

Beide lachten herzhaft. Eine von Louises Sorgen hatte sich somit bereits zerschlagen. Sie hatte große Angst davor gehabt, Caro zurückzulassen. Nicht, dass Caro ohne sie nicht zurechtgekommen wäre, das war Quatsch. Aber es würde anders werden.

Doch nun hatte Caro Uli. So schnell konnte das manchmal gehen. Es würde also sowieso nicht mehr das Gleiche sein. Selbst wenn Louise hierbliebe. Je länger sie darüber nachdachte, desto überzeugter war sie, das Richtige zu tun.

Es war schon früher so gewesen, als sie mit Alex zusammengekommen war: Es gab die Freunde, die immer den nächsten Schritt gegangen waren, und es gab die Freunde, die den Status quo beibehielten, sich nicht weiterentwickeln wollten. Das funktionierte eine Zeit lang, bis sie feststellten, dass alles um sie herum in Bewegung war. Neue Jobs, neue Wohnungen, neue Partner, neue Freunde. Und sie selbst waren auf der Strecke geblieben.

Louise wollte nicht auf der Strecke bleiben. Sie war an einem Punkt in ihrem Leben, an dem die Veränderungen ihr quasi ins Gesicht sprangen. Und Louise würde sich ihnen gegenüber nicht verschließen. Es würde etwas Gutes passieren, das war ihr das Universum schuldig. Mindestens aber war sie es sich selbst schuldig.

13

Vier Wochen später

Vorsichtig lenkte Louise ihren bis unter das Dach vollgepackten Kombi durch die engen Kurven der Fähre, bis sie das Oberdeck und schließlich die Laderampe erreichte. Mit einem lauten Rumpeln schob sich der Wagen von der Fähre und rollte auf die Hafenausfahrt von Alcúdia zu.

Die lange Fahrt von Wiesbaden nach Südfrankreich war anstrengend gewesen und die Sitze auf der Fähre dermaßen unbequem, dass Louise der Hintern brannte und sie sich trotz der Erschöpfung auf etwas Bewegung freute.

Das Handy navigierte Louise aus dem Hafengelände, durch einige Kreisel bis auf die Autobahn. Sie kurbelte das Fenster runter, ließ den Duft der Freiheit hereinströmen und genoss die Wärme der ersten Sonnenstrahlen, die sich über die Berge legten. Der Himmel war strahlend blau und kündigte einen wundervollen Tag an, Louises ersten Tag als Mallorca-Residentin. Voller Vorfreude suchte sie einen mallorquinischen Radiosender und stimmte sich summend auf ihr neues Leben ein.

Eine halbe Stunde später stellte Louise den Wagen an der Straße ab und blieb einige Sekunden lächelnd sitzen, bevor sie einen großen Schlüsselbund mit klimpernden alten Schlüsseln aus dem Handschuhfach zog und auf den Eingang zutrat. Sie kam sich damit vor wie ein Schlossgespenst. Mit dem zweiten Schlüssel ließ sich das Tor öffnen. Gänsehaut breitete sich auf ihren Armen aus, als sie den Hof betrat, ihren Hof, wie sie kopfschüttelnd feststellte. Ein verrücktes Gefühl. Langsam lief sie einmal um den Brunnen herum. Es war ein verwunschenes kleines Paradies. Dann ging sie zur Haustür und suchte wieder den passenden Schlüssel.

Mit einem leichten Ruck sprang die knarzende Tür auf, Licht flutete den Flur und winzige Staubpartikel tanzten in den Sonnenstrahlen.

»Willkommen zu Hause, Louise«, sagte sie zu sich selbst und betrat das Haus. Ihr Haus.

Keine vierundzwanzig Stunden vorher hatte sie noch vor einer anderen Tür gestanden und diese hinter sich geschlossen. Es war die ihres Hauses in Wiesbaden gewesen. So viele Erinnerungen hingen daran. Jedes Möbelstück, jedes Küchengerät, ja, jedes Bild an den Wänden schien einen Teil der Geschichte von Alex und ihr zu erzählen. Der Baum im Vorgarten, den sie an Weihnachten mit grellbunten Lichterketten behängt hatten, nur um ihre Nachbarn zu ärgern, das Sofa, das sie unter den Blicken aller Passanten im Bus transportiert hatten, weil der Kombi in der Werkstatt gewesen war, oder die Schiefertafel im Flur, auf der sich beide so dämliche Botschaften wie diese hinterlassen hatten:

Der Bundestag hat beschlossen: Wir sollten mehr Popcorn essen.

Durch die Räume zu gehen und zu entscheiden, welche Dinge sie Alex überließ, welche sie einlagern und welche sie mit nach

Mallorca nehmen wollte, hatte Louise mit Tausenden von Erinnerungen überflutet. Mit herzerwärmenden und bedrückenden, die sie nicht vergessen, derentwegen sie aber keinen Rückzieher machen würde.

Mit Alex hatte sie sich vor ihrem Auszug zweimal getroffen. Einmal, um den Verkauf des Hauses zu besprechen, und ein zweites Mal, um Lebewohl zu sagen. Keines der Treffen war ihr leichtgefallen. Keines der Treffen hatte ihr ein beruhigendes Gefühl gegeben. Doch hatte auch keines der Treffen etwas an der Situation geändert. Alex war deutlich gewesen. Er bestand auf der Scheidung.

Somit hatte Louise eine Tür in Wiesbaden hinter sich zugezogen und eine neue, geheimnisvolle Tür in Caimari geöffnet.

»Da wären wir«, flüsterte sie und schritt durch die dunklen Räume. Bis sie einen Lichtschalter fand, der mit einem Klacken den Kronleuchter über dem Esstisch erstrahlen ließ.

Maurice hatte sich im Vorhinein darum gekümmert, Wasser und Strom durch die hiesigen Versorger wieder aktivieren zu lassen. So weit, so gut. Louise ging in die Küche und drehte den porzellanverzierten Wasserhahn auf. Es gluckste, knarzte, aber es kam kein Tropfen Wasser heraus. Sie probierte den anderen Hebel. Wieder ein Glucksen, noch mehr Glucksen, und mit einem lauten Zischen kam das Wasser. Erst bräunlich, doch dann immer heller werdend, bis es kristallklar war. Erleichtert atmete sie durch. Die Grundversorgung war erst einmal das Wichtigste, um überhaupt hier wohnen zu können.

Es wartete so viel Arbeit auf Louise, dass sie gar nicht wusste, wo sie anfangen sollte. Das Haus war voll, das Auto war voll. Irgendwie musste sie Platz schaffen, um zumindest ihre Sachen ausladen zu können.

»Ich muss Sperrmüll sammeln und wegfahren«, animierte sie sich selbst. »Die Bretter, irgendwie muss ich die Bretter von den Fenstern abkriegen …«

Leise vor sich hin murmelnd stieg sie die Treppe nach oben, um sich umzusehen. Eine Balkontür war nicht richtig geschlossen und ließ etwas Licht hereinfallen. Louise stand im ehemaligen Schlafzimmer. Es wirkte, als wäre jemand gerade aus dem Bett gestiegen, hätte sich kurz an dem alten Schminktischchen mit Spiegel fertiggemacht, um dann runter zum Frühstück zu tapsen. Seltsam. Louise ging an dem Tischchen vorbei und trat durch die Tür auf den umlaufenden Balkon.

Hier hatte Caro den Schatten gesehen, als sie versucht hatte, in das Haus einzusteigen.

Es musste der alte Mann gewesen sein. Aber was hatte er hier oben gewollt? Hatte er nur nach dem Rechten sehen wollen, nachdem das verrammelte Tor zerstört worden war?

Louise hatte den Vorbesitzer des Hauses nicht kennengelernt. Zum Notartermin vergangenen Freitag, für den Louise extra nach Palma geflogen war, war neben Louise und Maurice, der von Kontoeröffnung bis Steuernummer alles für sie organisiert hatte, und dem Notar nur ein Anwalt mit entsprechender Vollmacht erschienen. Er hatte die Kaufurkunde für den Eigentümer, einen Herrn Gonzáles, unterschrieben und den Bankscheck über weitere 10 000 Euro in Empfang genommen. Maurice hatte sich mit ihm glücklicherweise auf eine Ratenzahlung einigen können. 10 000 Euro bei Unterzeichnung des Optionsvertrags, weitere 10 000 Euro bei Unterzeichnung des Kaufvertrags beim Notar, dann die üblichen Kaufnebenkosten und 80 000 Euro nach vier Monaten, die momentan noch als Hypothek eingetragen waren. Louise musste bis dahin zusehen, dass sie ihre Ersparnisse zusammenkratzte und, wie mit Alex vereinbart, das Geld für ihren Teil des Hauses von ihm bekam. In der Zwischenzeit würden weitere kleine Beträge für die Nebenkosten und vor allem die Renovierung anfallen.

Louise hatte mit zitternder Hand den Kaufvertrag unterschrieben und anschließend mit Maurice bei einem Glas Cola

Zero mit Zitrone angestoßen. Es war der offizielle Startschuss für einen neuen Lebensabschnitt gewesen. Danach war sie wieder nach Wiesbaden geflogen, um die Überfahrt vorzubereiten.

Zu gern hätte Louise Herrn Gonzáles gefragt, welche Geschichte sich hinter dem Haus verbarg. Warum hatte es fast fünfzig Jahre leer gestanden und war vollständig eingerichtet verlassen worden? Warum hatte es einmal für zwei Tage zur Vermietung gestanden und war danach wieder unvermietbar und unverkäuflich gewesen? Und was hatte Louises Aussehen mit seiner Verkaufsbereitschaft zu tun? Louise hatte von Anfang an vermutet, dass dieses Haus eine Geschichte erzählte, und konnte es nicht abwarten, diese zu erfahren. Vielleicht würde sie Herrn Gonzáles in den nächsten Tagen aufsuchen, sich vorstellen und ihre Fragen loswerden. Ja, das war eine gute Idee.

Jetzt allerdings hatte Louise andere Pläne. Zuallererst benötigte sie einen Drogeriemarkt, einen Baumarkt und einen Supermarkt. Sie brauchte verschiedene Dinge, um die Bretterverschläge an den Fenstern und die schweren Vorhängeschlösser vom Nebengebäude zu entfernen, Putzzeug, um zumindest einen Raum bewohnbar zu machen, und einige Lebensmittel für die nächsten Tage.

Dann stand sie vor ihrem Auto und stellte fest, dass kein Kubikzentimeter Platz war, um Einkäufe darin verstauen zu können. Sie änderte ihre Pläne entsprechend, krempelte die Ärmel hoch und lud zunächst einmal den gesamten Inhalt des Autos wahllos in ihrem neuen Wohnzimmer ab.

Schweißgebadet suchte sie auf dem Handy nach den nächsten Einkaufsmöglichkeiten und machte sich auf den Weg.

Bis zum Abend wollte sie den ersten Raum gesäubert und ihre Luftmatratze aufgeblasen haben. Die Nacht auf der muffigen Couch oder gar in dem schimmeligen alten Bett zu verbringen war keine erheiternde Vorstellung für die erste Übernachtung.

Zwei Stunden später hatte Louise einen Grundvorrat an Lebensmitteln, Getränken und Putzzeug besorgt und parkte den Wagen vor einem kleinen Baumarkt im Nachbarort. Na ja, es war weniger ein Baumarkt als ein winziger Laden, der bis unter die Decke mit den nötigsten Werkzeugen, Farben und Gartenutensilien vollgestopft war. Die alte Dame an der Kasse wirkte nett und hilfsbereit und würde ihr sicher ein anderes Geschäft empfehlen, sollte Louise nicht finden, was sie brauchte.

Sie schob sich durch die schmalen Gänge mit den überfüllten Regalen links und rechts. Unentwegt ließ sie den Blick über die Auslage schweifen und griff nach einem blauen Brecheisen. Louise wog es in der Hand, es war schwer und robust. Damit sollte sie die Bretterverschläge aufstemmen können, um dem Licht endlich wieder eine faire Chance zu geben, in das Haus zu gelangen.

Sie nickte und suchte weiter. Womit ließ sich ein Vorhängeschloss am besten öffnen? Mit einer Metallsäge? Konnte funktionieren, war aber etwas aufwendig. Dann fiel ihr ein Bolzenschneider ins Auge, eine Art massive Gartenschere mit langen Hebeln, geeignet, um Metall zu zertrennen. Perfekt, dachte Louise und ging in die Knie, um das Werkzeug aus einer Schublade zu fischen.

Ein frischer Duft stieg ihr in die Nase, der nicht so recht in diesen Baumarkt passen wollte.

»Ich würde den größeren nehmen«, sagte eine freundliche Männerstimme hinter Louise in schnellem Spanisch. Sie drehte den Kopf und sah in ein Paar funkelnd braune, beinahe bronzefarbene Augen, die Louise für einen wundervollen Moment lang festhielten.

Hektisch drückte sie ihre Knie durch, stand auf und blieb mit dem Brecheisen an einer Schublade voller Schraubzwingen hängen. Krachend entleerte sich der Inhalt auf den Betonboden.

Vor Schreck ließ Louise das Brecheisen fallen, das scheppernd neben ihrem Fuß landete.

»Das war knapp«, sagte der Mann lächelnd, bückte sich und sammelte die Schraubzwingen auf. Dann reichte er Louise das Brecheisen. Ihre Hände waren dabei mehrere Zentimeter voneinander entfernt, doch es fühlte sich an wie ein elektrischer Leiter zwischen ihnen. Dann gab der Mann das Werkzeug frei.

Er musste etwas älter als Louise sein, hatte volles hellbraunes Haar, einen gestutzten Bart, in dem sich erste graue Stellen zeigten, und trug ein lockeres Jackett über einer grünen Stoffhose. Seine Augen musterten Louise.

»Sind Sie Einbrecherin?«, fragte er sanft lächelnd.

Es zuckte in Louises Magengegend. Sie kam sich total dämlich vor und brachte kein Wort heraus. Sie gab sich Mühe, seinen Blick zu erwidern, und bewegte langsam den Kopf von links nach rechts und wieder zurück.

»Wie gesagt, an Ihrer Stelle würde ich den größeren Bolzenschneider nehmen«, sagte der Mann freundlich, drehte sich um und verschwand.

Als sich Louise endlich aus ihrer Schockstarre befreit hatte, klingelte das Glöckchen der Eingangstür und der Mann verließ den Laden.

»Oh mein Gott«, flüsterte sie entsetzt. »Was bin ich für ein Idiot. Sind wir wieder siebzehn oder wie?« Sie schüttelte heftig den Kopf und griff nach dem kleinen Bolzenschneider. »Der reicht vollkommen«, sagte sie sich und marschierte zur Kasse. Die Begegnung hatte etwas Vertrautes gehabt, doch Louise war viel zu sehr damit beschäftigt, sich zur Contenance zu zwingen, als weiter darüber nachzudenken.

Sie durfte bloß Caro nichts von dem Zwischenfall erzählen. Die hätte sich direkt eine Liebesgeschichte daraus zusammengereimt und gesagt, sie solle auf die Zeichen achten. Das konnte Louise jetzt wirklich nicht gebrauchen.

Sie bezahlte Brecheisen und Bolzenschneider bei der netten alten Dame an der Kasse und fuhr wieder zurück nach Caimari. Als Erstes wollte sich Louise um die Vorhängeschlösser kümmern. Sie konnte es gar nicht abwarten, zu sehen, was sich im Nebengebäude verbarg.

Louise nahm das neu erstandene Werkzeug, setzte es an dem dickeren der beiden Vorhängeschlösser an und drückte die Hebel so fest zusammen, wie sie nur konnte.

In dem Moment stellte ihr Gehirn eine unerwartete Verknüpfung her.

»Das kann doch nicht … Ich bin so blöd!«

Louise setzte erneut den Bolzenschneider an.

Der Geruch, das Eau de Toilette. »Er war der Mann auf der Vespa! Natürlich!«, rief sie mit aufgerissenen Augen, legte ihre ganze Kraft auf die Hebel des Werkzeugs, als dieses knackte und in zwei Teile zersprang.

»Verdammte Scheiße!«, stieß sie aus. »Hätte ich doch den größeren genommen!«, zischte sie und kniff nachdenklich die Augen zusammen. Moment! Woher hatte der Mann das gewusst?

14

»… und dann hat mein Bruder durchs Fenster runter auf die Straße gebrüllt, sie solle sich ihre Beine selber rasieren! Wie peinlich! So hat jeder seine Vorlieben.« Caro kicherte.

Louise hing in Gedanken bei dem gestrigen Erlebnis mit dem »duftenden Vespa-Mann«, wie sie ihn getauft hatte. Irgendetwas hatte dieser gut aussehende Mallorquiner doch mit dem Haus zu tun, das spürte sie. Aber wie verrückt war es, dass ausgerechnet er quasi überhaupt dafür verantwortlich war, dass Louise es entdeckt hatte. Sie musste der Sache auf den Grund gehen. Womöglich wohnte er in Caimari oder einem der Nachbardörfer und sie würde ihn bei einem nächsten Treffen zur Rede stellen. Wenn sie denn dieses Mal einen Ton herausbekam. Noch jetzt, einen Tag später, färbte sich ihr Gesicht rot bei dem Gedanken daran, wie sie dagestanden und ihn vermutlich angeschmachtet hatte. Er sah zugegebenermaßen verdammt gut aus und seine sonore Stimme war wie ein melodisches Schnurren gewesen.

»Lou?«

Louise räusperte sich. »Ja?«

»Du wolltest doch noch von deiner ersten Nacht im Haus erzählen.«

»Ach so, ja!« Jetzt war Louise wieder ganz bei Caro. Denn ihre erste Nacht im Haus hatte einen ebenso bleibenden Eindruck hinterlassen wie der Vespa-Mann.

»Ich hatte mir ja ein wenig Platz im Wohnzimmer gemacht und die große Luftmatratze aufgeblasen. Das Bett war dermaßen ekelig.«

»Na ja, es stand ja auch nur gerade mal so fünfzig Jahre da rum.« Caro lachte.

»Ja … ach so, und es war ganz schön kalt heute Nacht. Ich bin heute Morgen sofort losgefahren und habe in so einem Chinesen-Laden Feuerholz gekauft.«

»Oh, ist die Heizung kaputt?«

»Nun ja … es gibt keine Heizung«, gab Louise zögerlich zu. »Nur einen Kaminofen.« Sie musste sich eingestehen, dass sie darauf überhaupt nicht geachtet, geschweige denn bei Maurice nachgefragt hatte. Irgendwie war sie davon ausgegangen, dass es schon eine Art Heizung geben würde, Gas, Öl, was auch immer. Offenbar war es aber auf der Insel weitverbreitet, lediglich einen Ofen oder eine Feuerstelle zu betreiben, die in den kalten Wintermonaten bis in den Frühling hinein für Wärme sorgten. In einem derart alten Haus hätte man natürlich mit so etwas rechnen müssen.

»Oh.«

»Ja, so was lässt sich irgendwann sicher nachrüsten. Es wird ja auch nicht so kühl hier. Bald ist schon Mai, da brauche ich wahrscheinlich eher eine Klimaanlage.«

»Stimmt. So, jetzt zu heute Nacht.«

»Ja. Ich war gerade dabei einzuschlafen, als ich komische Geräusche im Haus gehört habe. So ein kontinuierliches Klacken oder ein Kratzen.«

»Oh Gott, wie unheimlich!«

»Total unheimlich. Ich bin dann mit dem Handylicht durchs Haus geschlichen und hatte echt Schiss. Ich sag dir, hätte ich vorher einen Horrorfilm geschaut, wäre ich schreiend zum Auto gelaufen. Allerdings war es noch schlimmer, ehrlich gesagt.«

»Noch schlimmer?«

»Ich habe die Geräuschquelle schließlich gefunden. Es war Putz, der von der Decke gebröckelt ist, oben im Gästezimmer.«

»Oh nein!«

»Ich muss nachher noch einmal schauen, aber ich vermute, da ist das Dach undicht und die Wand ist feucht geworden, oder so.« Louise schnaufte. »Sind ganz schön viele Baustellen hier«, sagte sie laut ausatmend.

»Ich weiß, Lou. Aber du hast Wasser, Strom, ein Dach über dem Kopf ... okay, es hat wohl ein Loch, aber das kriegst du schon geflickt ... und du weißt jetzt, wie man es im Haus warm kriegt. Du machst einfach eins nach dem anderen und bald nehme ich mir noch mal eine Woche Urlaub und helfe dir. Vielleicht kann Uli ja mitkommen, er ist handwerklich ganz geschickt. Sagt er zumindest von sich selbst.« Sie lachte.

Louise wurde warm ums Herz, wenn sie daran dachte, dass Caro in so vielen Jahren des Suchens den Richtigen vielleicht die ganze Zeit vor der Nase gehabt hatte. Uli war ein feiner Kerl, dagegen konnte man nichts sagen, und es war sehr romantisch, sich die beiden als Paar vorzustellen.

Uli hatte Louises Kündigung allerdings zuerst ein wenig missmutig entgegengenommen. »Du weißt, wie schwer es ist, einen annähernd guten und bei den Schülern beliebten Ersatz zu finden, oder? Dieser Arthur, der alte Mann, war kurz davor, eine Petition für deinen Verbleib in Wiesbaden zu starten.« Louise und Uli hatten herzlich gelacht und anschließend auf der Abschiedsfeier mit den Kollegen im Irish Pub das ein oder andere Glas zusammen getrunken. Es war ein sehr schönes Fest gewesen, zu dem auch Louises Brüder, Hanne aus der

Nachbarstraße und einige weitere Freunde dazugestoßen waren. Alle fanden es mutig und vor allem inspirierend, was Louise vorhatte, und hatten glücklicherweise nicht zu tief nach dem Grund für ihre Entscheidung gebohrt.

»Ich freue mich total für euch, Caro. Und es wäre total lieb, wenn du mir etwas helfen könntest!«

»Klaro, mache ich doch gerne. Ich muss dann jetzt mal wieder los, Süße. Ich habe gleich noch zwei Kurse. So langsam ärgere ich mich, dass ich statt Englisch nicht auch Spanisch gelernt habe. Dann würde ich irgendwann nachkommen.«

»Aber nur, wenn deine Eltern, deine Brüder und Uli gleich mitkommen.«

»Auch wieder wahr. Wir werden sehen. Du bist ja so gesehen nur zwei Stunden entfernt!«

Caro versprach, bald wieder anzurufen, und sagte Louise noch einmal, sie solle sich selbst nicht so viel Stress machen, es werde sich schon alles fügen.

»Eins nach dem anderen, jaja«, hatte Louise sie gelangweilt nachgemacht und dann durch das Telefon abgeknutscht. Sie steckte das Handy in die Brusttasche ihrer kurzen Latzhose und klatschte in die Hände. »Auf geht's! ¡Vamos!«, sagte sie sich und legte los.

Auf einem Zettel hatte sie einen groben Schlachtplan skizziert und mit Klebeband an der Wand befestigt.

Entrümpeln, Sperrmüll wegfahren (Wohin?)
Dach anschauen (Loch in 2. Schlafzimmer stopfen)
Wände ausbessern, spachteln und streichen
Deckenbalken schleifen und ölen
Neue Küche kaufen und montieren (lassen?)
Bäder neu machen? (Brauche Hilfe?!)
Außenbereich …

Nachdem Louise mit dem Brecheisen die letzten Bretterverschläge von den Fenstern gehebelt hatte, begann sie die Zimmer zu entrümpeln, und schleppte alles, was kaputt, eklig oder furchtbar hässlich war, in den Innenhof. Der Haufen wurde größer und größer und es war schnell absehbar, dass mehrere Transporterladungen nötig waren, um den Sperrmüll zu beseitigen. Im Prinzip handelte es sich um einen fast vollständigen Haushalt. Nur einige wenige Teile, wie ein paar handgearbeitete Holzschränke, ein massiver Tisch, eine Sitzbank, ein mit Schnitzereien verzierter Schreibtisch aus Olivenholz, ein antiker Plattenspieler, eine Schreibmaschine oder eine Reihe schöner Keramikstücke wollte sie behalten. Sie stellte die Stücke in das alte Büro neben dem Wohnzimmer. Die Bretter vor den Fenstern des Nebengebäudes hatte Louise zwar ebenfalls entfernt, doch waren die Scheiben von innen abgeklebt, sodass man nichts erkennen konnte. Dem Problem wollte sie sich später widmen.

Einige neugierige Dorfbewohner hatten immer mal wieder die Nase durch das Tor gesteckt und sich offenbar gewundert, was hier vor sich ging. Louise war gespannt, wie lange es dauern würde, bis sie erste Kontakte im Dorf und möglicherweise auch in anderen Teilen der Insel schloss.

Nach der Schlepperei, mit der sie noch lange nicht fertig war, brauchte Louise erst einmal eine Pause. Sie ließ sich schnaufend auf die verblichene Bank vor dem Nebengebäude sinken und trank einen Schluck Wasser. Bisher hatte sie im Haus nur wenige Hinweise auf den Vorbesitzer gefunden, es musste definitiv mal eine Frau hier gewohnt haben, vielleicht sogar Kinder. Jedenfalls wies die Einrichtung eine klare weibliche Note auf. Kleidung, Schmuck, Fotos oder Ähnliches gab es leider nicht, alles war vermutlich mitgenommen worden. Dafür hatte Louise eine Menge Papierkram im Büro gefunden, Steuerunterlagen,

Quittungen, Stromrechnungen, stapelweise Bücher über Geschichte, Pflanzenkunde oder Holz. Diese Sachen hatte Louise bisher unangetastet gelassen. Wichtiger war erst mal, die großen, sperrigen Teile aus dem Haus zu räumen, um Platz zu schaffen und die Wände für die Renovierung frei zu bekommen. Der Boden war offenbar völlig in Ordnung, hier musste nichts erneuert werden. Das gesamte Haus war mit Terrakottaplatten ausgestattet, schönen handgearbeiteten und glasierten Fliesen, wie man sie heute kaum noch fand. Einige bunt verzierte Kacheln und kunstvolle Umrandungen waren noch zusätzlich in den Boden integriert. In der Küche gab es wunderschöne blau-weiß bemalte Kacheln in verschiedenen Mustern, die charmante Unebenheiten aufwiesen. Der Boden war zwar abgenutzt und einige kleine Stücke waren herausgebrochen, doch Louise liebte genau diesen Charakter, der das Haus so besonders machte.

Außerdem war es eine Kostenfrage, denn so günstig das Haus gewesen war, bis man es wirklich bewohnen konnte, würde Louise sicher noch einige Euro in die Renovierung stecken müssen. Und von irgendetwas musste sie ja auch leben.

Nachdem Alex sich dafür entschieden hatte, ihr gemeinsames Haus nicht zu verkaufen und Louise stattdessen auszubezahlen – was für diese sogar bequemer war –, hatte er versprochen, bei der Bank innerhalb der nächsten Woche eine Lösung zu finden. In wenigen Wochen würde Louise das Geld auf dem Konto haben und könnte davon rechtzeitig die letzte Rate für das Haus bezahlen. Bis dahin versuchte sie, sparsam zu sein und dennoch mit der Renovierung voranzukommen. Eine kleine Reserve hatte sie sich dafür aufgehoben.

Zum Glück war sie nach wie vor in einer Übersetzungsagentur gelistet und hatte Bescheid gegeben, dass sich ihre freien Kapazitäten erhöht hatten, sie also mehr Aufträge als bisher annehmen konnte. Seitdem waren nur ein paar kleine Jobs angefallen, ein zu übersetzender Newsletter, eine Produktbeschreibung oder ein Vorstandsschreiben für einen Pharmakonzern.

Aus finanziellen Überlegungen heraus ergaben sich weitere Punkte auf ihrer immer länger werdenden To-do-Liste. Zwar war Louise in Wiesbaden gemeldet, früher oder später musste sie sich allerdings hier in Spanien registrieren lassen. Damit ging es dann immer weiter ins Detail, von einer Krankenversicherung, Autoversicherung bis zu einem Handyvertrag und, und, und. Alles Dinge, um die sie sich nach und nach würde kümmern müssen. Dinge, um die sich meistens Alex gekümmert hatte. Er hatte ihre gemeinsame Steuererklärung erledigt, genauso wie er eine Familienversicherung ausgewählt und eine Versicherung für das Alter abgeschlossen hatte. Selbst die Finanzierung des Hauses lief über seinen Freund und Steuerberater Philipp, der ihn schon seit dem Studium in solchen Angelegenheiten beriet.

Ein kalter Schauer überlief Louise, als ihr klar wurde, dass sie bald eine geschiedene Frau sein würde. Wie auch immer das ablaufen würde. *Familienstand: Geschieden,* dachte sie. Ihr Ringfinger, auf dem nur noch ein feiner Abdruck ihres Eherings zu sehen war, pochte, und Louise tastete mit der anderen Hand über die schmale Vertiefung, die der Ring in der Haut hinterlassen hatte.

Seit ihrer Hochzeit hatte Louise ihn nicht abgenommen, nicht einmal zum Kneten von Plätzchenteig oder für die Gartenarbeit. Das Tauschen der Ringe war für Louise nicht nur eine Formalität gewesen, etwas, was man eben so macht. Nein, für sie war es ein Zeichen ihres gegenseitigen Vertrauens, ihrer Zusammengehörigkeit, ihrer Vergangenheit und ihrer Zukunft gewesen. Gemeinsam hatten sie die Eheringe bei einer Goldschmiedin selbst geschmiedet, was die Symbolik noch maßgeblicher gemacht hatte. Nun lag Louises Ring erstmals in ihrem Schmuckkästchen bei dem restlichen Gepäck. Sie brauchte ihn nicht mehr und er sollte nicht Teil ihres Neuanfangs werden. Nicht, dass Louise vorhatte, sofort als Single erkannt zu werden, doch sie wollte es vorerst vermeiden, über ihre Ehe sprechen zu müssen.

Je länger Louise vor dem Nebengebäude saß, desto unruhiger wurde sie, bis die Neugier sie schier auffraß. Was verbarg sich darin? Sie musste es jetzt wissen. Hätte sie nur auf den Vespa-Mann gehört und den größeren Bolzenschneider gekauft.

Louise beschloss, ihre Schaffenspause etwas zu verlängern, setzte sich in den Wagen und fuhr erneut zu dem Baumarkt, bei dem sie sicher schon bald Stammkundin werden würde. Sollte sie nach einer Kundenkarte fragen? Der große Bolzenschneider war nicht gerade günstig, doch die Sache war es hoffentlich wert. Die Dame an der Kasse erkannte Louise prompt wieder und freute sich über ihren erneuten Besuch. Louise versprach, schon bald wiederzukommen, warf das Werkzeug auf den Beifahrersitz und machte sich auf den Weg *nach Hause.* Seltsam, sie hatte es zum ersten Mal gedacht, und es dachte sich gar nicht so übel.

Ohne Umschweife stapfte sie auf die massive Flügeltür zu, als gäbe es einen Westernschurken zu besiegen, setzte das schwere Gerät an und drückte mit aller Kraft zu. Knack. Das erste Schloss war geschafft. Knack. Beim nächsten ging es sogar noch leichter. Siegesbewusst entfernte sie die Schlösser, warf sie auf den Haufen neben dem Brunnen und zog an der Tür. Sie klemmte etwas, doch mit einem Ruck gab sie nach und ließ sich quietschend öffnen. Der Rost hatte den Scharnieren zugesetzt und es kostete Louise etwas Mühe. Ihr Puls beschleunigte sich deutlich. Was für ein Geheimnis steckte hinter dieser Tür? War hier womöglich etwas Wertvolles gelagert? Oder etwas, was niemand zu Gesicht bekommen sollte? Oder war es doch nur ein alter, muffiger Stall?

Louise machte einen Schritt durch die Tür. Staunend ließ sie den Blick durch den Raum schweifen.

»Wow«, flüsterte sie aufgeregt. Damit hatte sie nicht gerechnet.

15

Louise hinterließ Fußabdrücke in dem dichten Staub, der den gesamten Boden bedeckte. Vorsichtig tastete sie sich an der Wand entlang und zog die Pappe weg, die mit kleinen Nägeln vor die Fenster genagelt worden war. Immer mehr Licht flutete durch das schmutzige Glas und Louise war etwas wohler dabei, sich hier allein umzusehen.

Der Raum war wesentlich größer als das Wohnzimmer des Haupthauses und die Deckenhöhe enorm, beinahe wie in einer Lagerhalle. Überall standen hölzerne Arbeitstische, Werkbänke, Maschinen mit riesigen Gewindestangen und massiven Zahnrädern. Zu dem Staub auf dem Boden gesellten sich Sägespäne und größere Holzteile. An der Wand waren Regale angebracht, in denen unzählige Schraubzwingen aufgereiht hingen. Daneben standen geschlossene Schränke mit Schubfächern. Auf der anderen Seite des Raums war ein Bereich, in dem Louise weitere, größere Regale vorfand, die voll mit Brettern waren, dicken Bohlen samt Rinde und einigen kurzen Ästen.

»Das ist ja eine richtige Werkstatt«, flüsterte sie fassungslos.

Sie ging auf die lange Werkbank in der Mitte des Raums zu. Darauf stand ein Tischgestell, bei dem erst zwei Beine montiert waren. Die fehlenden Teile lagen daneben. An die Werkbank gelehnt stand die passende Tischplatte.

»Eine Schreinerei!«, sagte Louise leise. »Es ist eine komplette Schreinerei!«

Ungläubig umrundete sie den Tisch. Zwei Türen führten in weitere Räume, die offenbar als Materiallager und als Büro gedient hatten. Den Werkzeugen und vergilbten Unterlagen zufolge musste diese gesamte Einrichtung um die fünfzig Jahre alt sein. Genau wie das Haupthaus schien auch die Werkstatt von einem auf den anderen Augenblick verlassen worden zu sein. Selbst das letzte Stück war nicht fertiggestellt worden.

Sachte strich Louise über das Holz der Tischplatte. Es war Olivenholz mit einer aufregenden Maserung, völlig glatt geschliffen und wahrscheinlich geölt. Ein wunderbares Stück, so kurz vor der Vollendung und dennoch fehlten die letzten Arbeitsschritte. Dann ging Louise zu der bemerkenswerten Konstruktion aus Gewinden und Zahnrädern. Offenbar handelte es sich um eine völlig antiquierte Bohrmaschine, die nur mit Muskelkraft betrieben wurde. Auf anderen Tischen standen weitere Geräte, mit denen Louise allerdings nichts anzufangen wusste. Sie hatte zwar im Zuge der Renovierung in Wiesbaden schon das ein oder andere Mal mit Holz gearbeitet, doch hatte das mit echtem Handwerk wenig zu tun gehabt.

Beim Anblick der antiquierten Apparate und dem Duft von Holz im Raum dachte Louise unweigerlich an ihren Opa. Er war Bootsbauer gewesen und hatte zahlreiche schwimmende Kunstwerke auf den Rhein geschickt. Louise hatte ihn nie kennengelernt, zu früh war er gestorben, doch einige wenige Erinnerungsstücke ließen sie immer an ihn denken. So auch ein zauberhaft gearbeitetes Schmuckkästchen mit filigranen Intarsien, die mit glänzendem Bootslack überzogen waren. Louise hatte sich als Kind aus ebendieser Schmuckkiste ihrer Mutter bedient, wenn Linda und sie Erwachsene spielten. Nie hatte sie über die Leidenschaft nachgedacht, die in die feine Arbeit geflossen sein musste. Ob Louise etwas vom Talent ihres Opas mitbekommen hatte?

Als sie die Fenster öffnete, um ein wenig frische Luft hereinzulassen, überlegte sie, was sie mit einer voll ausgestatteten, antiquarischen Schreinerei anfangen sollte. Gab es Interessenten für solche Geräte? Sollte sie alles wegwerfen und den Raum zu einem Gästeapartment ausbauen? Vielleicht konnte man es ja sogar vermieten. Eine zusätzliche Einnahmequelle wäre keine schlechte Idee. Vorerst entschied sich Louise aber, alles so zu lassen, wie es momentan war. Es war sicher nicht sinnvoll, direkt die nächste Baustelle aufzumachen, bevor sie im Haupthaus einige Schritte weitergekommen war. Außerdem konnte sie ein paar Werkzeuge und einen Platz zum Arbeiten für die Renovierung gut gebrauchen.

Louise hörte ein lautes Klopfen und zuckte heftig zusammen. Ruckartig drehte sie sich herum. Dort stand ein Mann in der Tür. Er trug blaue Jeans, eine braune Jacke und eine helle Schiebermütze. Sein Gesicht war braun gebrannt, durchzogen von langen, tiefen Falten und seine dunklen Augen hatten etwas Trauriges. Er musste mindestens siebzig Jahre alt sein.

»Hallo, kann ich Ihnen weiterhelfen?«, fragte Louise, nachdem sie den ersten Schreck überwunden hatte.

»Sie sprechen Spanisch. Das ist gut. Das wird Ihnen helfen.« Der Mann sah sich in Ruhe um, machte einige langsame Schritte und lächelte sanft. »Sie haben die Schlösser also aufbekommen«, stellte er fest.

Louise fiel es wie Schuppen von den Augen. Er war es, Xisco Gonzáles, er war der alte Mann, dem das Haus so lange gehört hatte und der es offenbar hatte konservieren und niemandem zugänglich machen wollen. Er war der Vorbesitzer.

»Sie sind Herr Gonzáles«, sprach Louise es laut aus.

Er nickte einmal. »Bitte nennen Sie mich Xisco.«

Louise nickte ebenfalls. »Ich heiße Louise, wie Sie ja bereits wissen.« Sie lächelte.

Er lächelte zurück.

Es entstand eine seltsame Stille, die sich aber nicht unangenehm anfühlte. Trotzdem war Louise aufgeregt. Nicht wegen seiner Anwesenheit, sondern wegen der Möglichkeit, die sich bot. Sie konnte ihn fragen, was es mit dem Haus auf sich hatte, was mit der Schreinerei. Doch dafür musste sie erst einmal das Eis brechen.

»Möchten Sie einen Tee?«

Er nickte schon wieder.

»Okay, ich gehe schnell in die Küche. Sie … wollen sich vielleicht noch ein wenig umsehen, oder?«

Louise wartete kurz, doch als er nicht widersprach, ging sie an ihm vorbei rüber ins Haupthaus und setzte auf dem Gasherd einen Topf mit Wasser auf, warf Teebeutel in zwei Tassen und war wenig später wieder zurück in der Werkstatt.

»Wir könnten uns raussetzen«, schlug Louise vor und Xisco folgte ihr. Sie ließen sich auf der Bank vor der Werkstatt nieder, die einen wunderschönen Sonnenplatz bot, windstill und angenehm warm. Louise reichte ihm eine Tasse, die er dankend annahm.

Xisco blieb still, also entschied Louise, den ersten Schritt zu machen.

»Das Haus ist traumhaft«, sagte sie. »Es war ein absoluter Zufall, dass ich überhaupt hierhergefunden habe. Da war ein Mann auf einer Vespa und ich bin zur Seite gesprungen und auf einmal sind die Bretter da vorn gebrochen und ich lag hier im Hof.« Sie lachte unsicher. Oh je, sie redete wie ein Wasserfall. Der Mann würde noch denken, sie sei verrückt. Xisco zeigte ein verhaltenes Lächeln auf seinen schmalen Lippen, unter denen ein tiefes Grübchen saß.

»Wohnen Sie in Caimari?«

Xisco schüttelte langsam den Kopf. »Ich wohne in Santa Margalida.«

Louise wusste, wo das lag, nur zwanzig Minuten entfernt, Richtung Osten.

»Und haben Sie selbst einmal hier im Haus gewohnt?«

»Ja«, sagte er und senkte den Blick. »Doch das ist lange her.« Es fiel Louise schwer, den Mann einzuschätzen, da er wieder schwieg und man sein Verhalten auf verschiedene Art und Weise interpretieren konnte.

Xisco nippte an dem heißen Tee und sah zu dem Berg von Gerümpel, den Louise neben dem Brunnen aufgetürmt hatte.

Louise errötete. Es war ihr auf einmal peinlich, dass sie die ganzen Sachen, seine Sachen, wegwerfen wollte. Vielleicht waren Dinge dabei, die ihm etwas bedeuteten? Louise entschied sich für die Flucht nach vorn.

»Warum hat das Haus so lange leer gestanden?« Es kribbelte in ihrem Bauch, so gespannt war sie auf die Antwort.

Xisco blieb ruhig sitzen. Sein bedrückter Blick veränderte sich kaum. Dann wieder dieses feine, schmale Lächeln.

»Warum sind Sie hier, Louise?«

Louise bekam schwitzige Finger. Er hatte ihren Vorstoß ignoriert und kam seinerseits direkt zum Kern der Sache. Oder war er etwa senil? Ja, warum war sie hier? Sie hatte sich noch keine Antwort auf diese Frage zurechtgelegt. Louise zögerte, bevor sie die richtigen Worte fand.

»Ich brauchte eine Veränderung. Und plötzlich war da dieses Haus … es fühlte sich richtig an.« Oh mein Gott, warum war sie so ehrlich zu diesem Fremden, der ihr jetzt auch noch so eindringlich in die Augen sah, als wüsste er, dass viel mehr dahintersteckte?

Wieder nickte er sanft. Diesmal wurde sein Lächeln etwas ausgeprägter. Dann stand er auf und stellte die Tasse auf der Bank ab.

»Ich werde Ihnen jemanden schicken, der sich das Dach anschaut.« Er deutete oben auf den zweiten Stock. »Im Gästezimmer.«

Louise nickte. »Vielen Dank, das wäre toll.« Irgendwie wunderte es Louise nicht, wie gut er offenbar das Haus und seine Schwachstellen kannte.

Dann reichte Xisco ihr die Hand, sah ihr dabei tief in die Augen und legte seine andere Hand auf Louises, die damit vollständig umschlossen war.

Es war, als würden ihre beiden Seelen miteinander sprechen. Louise spürte eine bedeutsame Vertrautheit, sie spürte Zuneigung und diese unendliche Traurigkeit, die er trotz seiner reservierten Art preisgab.

Dann gab er Louises Hand frei, drehte sich um und verschwand durch das Eingangstor.

Louise blieb wie angewurzelt stehen. Was war das denn, dachte sie. Dann fuhr sie sich durch die Locken und räusperte sich kräftig. Ohne viele Worte zu verlieren, strahlte dieser Mann eine seltsame Energie aus, die Louise gar nicht weiter benennen konnte.

Im nächsten Moment schlug sie sich mit der Hand gegen die Stirn, als sie merkte, dass sie ihre Chance auf Information verspielt hatte. Sie war so beeindruckt von Xiscos Erscheinung gewesen, dass sie nicht weiter nachgebohrt hatte, als er ihrer ersten Frage nach dem Leerstand ausgewichen war. Hoffentlich ergab sich bald die Möglichkeit, die Frage zu wiederholen und neue Fragen zu stellen: warum er es ausgerechnet ihr verkauft hatte, was ihr Aussehen damit zu tun hatte und was es eigentlich mit der Werkstatt auf sich hatte.

Eines konnte sie aber mit ziemlicher Sicherheit sagen: Ein Perverser war dieser Xisco nicht. Er war seltsam, ja, aber er hatte nicht den Eindruck gemacht, als hätte er es auf Louise abgesehen. Sein Motiv musste ein anderes sein, wenn sie auch noch nicht wusste, welches.

Louise brachte die Tassen zurück in die Küche und spülte sie aus. So viel stand fest, sie musste Xisco wiedersehen. Louise nahm sich vor, Maurice nach seiner Telefonnummer zu fragen, dann würde sie ihn anrufen, zum Essen einladen und in Ruhe mit ihm über alles sprechen. Aber als Erstes musste sie das Haus weiter entrümpeln und den riesigen Abfallberg im Hof beseitigen. Sie hatte genau gesehen, dass es Xisco in der Seele wehgetan hatte, einen Teil seines Lebens als Müll vorzufinden.

Louise suchte auf dem Handy nach einem Autoverleih in der Gegend und buchte gleich für den nächsten Tag einen großen Transporter.

Voller Tatendrang arbeitete sie so lange weiter, bis es schon längst dunkel war, ehe sie sich erschöpft, aber zufrieden auf ihre Luftmatratze fallen ließ und die müden Augen schloss.

16

So müsste es funktionieren, dachte Louise, als sie einmal um den Transporter herumgelaufen war, um seine Parkposition zu begutachten. Die Autovermietung hatte ihr das größte Modell gegeben, einen wirklich langen und hohen Mercedes Sprinter, bei dessen Anblick Louise etwas mulmig geworden war. Eine kleinere Variante gab es nicht, also war sie eingestiegen, hatte die Seitenspiegel eingestellt und war losgefahren. Die Autobahn hatte kein Problem dargestellt. Spannend war es erst auf der schmaleren Landstraße geworden, als sich Louise durch die kleinen Dörfer hatte schlängeln müssen. Doch auch das hatte sie gemeistert und den Wagen wenig später direkt vor dem Tor zum Haus abgestellt. Er stand so nahe daran, dass sie den Spiegel hatte einklappen müssen. Somit war auf der anderen Seite noch genau so viel Platz, dass ein Auto passieren konnte. Das hoffte sie jedenfalls.

Bereits als sie die Türen zur Ladefläche öffnete, erntete Louise erste skeptische Blicke aus vorbeifahrenden Autos. Das konnte ja heiter werden. Sie beschloss, sich mit dem Aufladen zu beeilen.

Es fühlte sich befreiend an, den Müll bald entsorgt zu wissen. Wenn das Haus erst einmal leer war, würde es gleich gemütlicher aussehen und mehr Lust auf die kommende Renovierung machen. »Man muss sich ein Haus erarbeiten«, hatte mal jemand in einer amerikanischen Handwerkersendung gesagt, und nun verstand Louise, was er damit gemeint hatte.

In Gedanken hatte sie sich ausgemalt, was für ein Schmuckstück es einmal werden würde, mit einer offenen Wohnküche, einem direkten Zugang nach draußen, alles unter Verwendung bereits vorhandener Materialien, um den Charakter des Hauses zu bewahren.

Der Parc Verd, eine Art Wertstoffhof zwischen Inca und Biniamar, war heute den ganzen Tag über geöffnet, das hatte Louise im Internet recherchiert. Somit konnte sie den gesamten Sperrmüll wegfahren und den Transporter noch am Abend zurückbringen, so zumindest der Plan.

Ein Stück nach dem anderen landete im Inneren des Wagens. Bei dem Gedanken an Xiscos traurigen Blick fischte Louise einige kleine Teile wieder aus dem Haufen heraus, um sie eventuell aufzuarbeiten, wie zum Beispiel ein Serviertablett aus Olivenholz, dessen Oberfläche leider von Feuchtigkeit angegriffen war. Mit dem Wissen um die alte Schreinerei vermutete Louise, dass ein Großteil der Möbel und Holzarbeiten hier im Haus entstanden war und Erinnerungen bei Xisco hervorrufen würden. Sie wollte ihn damit überraschen, vielleicht würde er dann etwas auftauen und mehr über die Geschichte des Hauses und seiner Bewohner preisgeben.

Gerade machte sich Louise an dem großen Sofa zu schaffen, das sie wegen seines Gewichts in den Hof hatte ziehen müssen, als sie das Eingangstor zufallen hörte.

Ruckartig drehte sie sich um und erschrak. Wenige Meter entfernt sah sie einen Mann stehen. Wieso wurde sie hier nur ständig erschreckt? Sie brauchte dringend eine Klingel am Tor. Plötzlich erkannte Louise den Duft, der herüberwehte, und dann das dazugehörige Gesicht.

»Sie!«, stieß Louise aus und stemmte die Hände in die Hüfte. Der Mann aus dem Baumarkt, der Vespa-Mann!

»Darf ich Ihnen helfen? Das sieht ziemlich schwer aus.« Lächelnd trat er auf Louise zu. Er trug eine dunkle Stoffhose und ein lockeres hellblaues Hemd.

Louises Hals wurde auf einmal ganz trocken. Sie wollte etwas entgegnen, doch er hatte bereits die eine Seite des Sofas gepackt und war im Begriff, es anzuheben. Automatisch griff Louise ebenfalls nach dem Möbelstück und gemeinsam hievten sie es keuchend auf die Ladefläche.

Der Mann klatschte sich den Staub von den Händen und streckte dann seine Rechte aus.

»Ich heiße übrigens Noah.«

Hastig rieb sich Louise ebenfalls die Hände und blickte dabei an sich hinunter. Wie sehe ich eigentlich aus, dachte sie entsetzt. Sie trug schon wieder ihre kurze Latzhose, die sich zum Arbeiten bewährt hatte, aber leider mittlerweile total verdreckt war, genau wie ihre ehemals weißen Sneakers. Im nächsten Moment ärgerte sie sich über ihre Eitelkeit. Schließlich war sie zum Renovieren hier und dieser Typ platzte einfach so herein.

»Louise«, sagte sie kurz und schüttelte Noah zu kräftig die Hand.

»Starker Händedruck«, bemerkte er angetan.

»Sie haben mich fast über den Haufen gefahren!«, sagte Louise deutlicher als beabsichtigt.

Noahs nettes Lächeln verschwand und er sah Louise irritiert an. »Ich verstehe nicht ...«

»Egal, was wollen Sie hier?«, unterbrach sie ihn und warf einige Kleinteile in den Transporter.

»Ich ... soll mir das Dach ansehen«, sagte er langsam und zeigte verhalten, aber dennoch irgendwie amüsiert mit dem Finger Richtung Dach.

Louise merkte, wie ihr Gesicht knallrot anlief und die feinen Äderchen ihrer Wangen zu platzen drohten. Am liebsten wollte sie in den Transporter springen und die Türen hinter sich zuziehen. Dauerhaft! Wie peinlich. Er war der Dachdecker, den Xisco hatte schicken wollen. Ausgerechnet er!

»Ah«, stammelte Louise. Wie hätte sie ahnen können, dass die Dachdecker hier in normaler Kleidung herumliefen und nicht ... im Blaumann ... oder so.

Noah lächelte wieder, dieses Mal etwas breiter, und zeigte dabei seine gepflegten Zähne. »Genau«, sagte er grinsend.

Machte er sich über sie lustig? »Na, dann schauen wir mal hoch. Äh, haben Sie gar kein Werkzeug?«

»Das hole ich, wenn ich weiß, was ich brauche.«

»Verstehe.« Louise zögerte einen Moment, dann ging sie voraus durch die Eingangstür, den Flur entlang und die Treppe hinauf. Noah folgte ihr. Aus dem Augenwinkel bemerkte Louise, wie er sich interessiert im Haus umsah.

Im zweiten Stock angekommen, deutete sie auf die Decke im Gästezimmer. »Da ist es.«

»Okay«, sagte er kurz und ging so nah an Louise vorbei, dass sich ihre Schultern leicht berührten.

Louise durchfuhr ein Ziehen im ganzen Körper. Sie bemerkte, wie sie kurz ihre Augen schloss und seine Nähe genoss. Dann schüttelte sie den Kopf und fuhr sachlich mit der Erklärung fort: »Also, da bröckelt ganz schön viel Putz herunter. Vor allem nachts.« Vor allem nachts? Was rede ich da, ermahnte sie sich. »Ich denke, dass dort Feuchtigkeit eindringt«, erklärte sie etwas sachlicher.

Noah ging in die Ecke des Raums, klopfte an verschiedenen Stellen gegen die Wand und sah sich den Putz genau an.

»Ja, das sieht nach Feuchtigkeit von oben aus«, bestätigte er. »Ich muss aufs Dach, um mir das genauer anzusehen.«

»Klar, verstehe.«

125

»Da draußen müsste eine Leiter zum Kamin führen«, sagte er und war bereits auf dem Balkon.

»Könnte sein«, sagte Louise mehr zu sich selbst. Weshalb war er sich dessen so sicher? Als Louise den Balkon betrat, war Noah schon auf die schmale Leiter geklettert.

»Ich schau mir das kurz an. Sie brauchen nicht auf mich zu warten. Ich komme gleich wieder runter und hole das Werkzeug.«

Louise war froh, seiner Anwesenheit entfliehen zu können, und ging wieder in den Hof. Einerseits zog dieser Mann sie in seinen Bann, andererseits hatte Louise sich ihm gegenüber zum zweiten Mal benommen wie ein Teenager-Trampel und das war ihr absolut unangenehm.

Gerade war sie dabei, die nächsten Müllsäcke in den Transporter zu schleudern, als Noah lächelnd an ihr vorbeiging.

Louise schien es, als habe sie ihn angestarrt wie einen Außerirdischen, denn er deutete erst auf sich, dann auf das Tor und sagte lächelnd: »Werkzeug.«

»Ja, natürlich.«

Eine Minute später kam er mit einem Eimer voller Kleinteile und einem einzelnen Dachziegel aus Ton wieder, lief erneut lächelnd an ihr vorbei, dieses Mal ohne eine pantomimische Geste und verschwand im Haus. Einen kurzen Moment fragte sich Louise, wieso er genau diesen passenden Dachziegel dabeihaben konnte, verwarf den Gedanken jedoch schnell wieder. Die meisten Häuser hier hatten solche Ziegel aus Ton und es kam sicher regelmäßig vor, dass sie ausgebessert oder gewechselt werden mussten.

Eine Viertelstunde später warf Louise die Türen der Ladefläche zu und die erste Fuhre war verstaut. Der Wagen war voll bis unter das Dach und der Müllberg bereits deutlich kleiner. Doch sie musste mindestens ein zweites Mal fahren, so viel stand fest.

Gerade wollte Louise Noah fragen, wie lange er noch für das Dach brauchen werde, als er pfeifend aus dem Haus trat und auf sie zuging.

»Jetzt ist es wieder dicht. Es war nur der eine Ziegel kaputt und ein paar andere waren verrutscht.«

»Das ist prima, vielen Dank!«

»Kein Problem. Das ging ja schnell.«

»Was bin ich Ihnen denn schuldig?«

»Nein, nein, gar nichts. Das habe ich gerne gemacht.«

Louise sah ihn verdutzt an. »Sind Sie sicher? Ich meine ...«

Noah nickte freundlich.

»Ich habe noch nie einen so netten Dachdecker getroffen«, sagte Louise und hätte sich umgehend dafür ohrfeigen können.

Noah lachte. »Eigentlich bin ich Architekt«, sagte er und seine funkelnden Augen waren weiterhin auf Louise fokussiert.

»Oh, okay.« Die nächste innerliche Ohrfeige. Sie hatte angenommen, er sei der Dachdecker, den Xisco wegen des Dachs geschickt hatte. »Na ja, jedenfalls vielen Dank. Ich hoffe, ich kann mich eines Tages revanchieren. Leider muss ich jetzt los.« Sie deutete auf den Wagen.

Noah zögerte einen kurzen Augenblick. »Darf ich Sie begleiten?«, fragte er dann.

Louise merkte, wie ihre Gesichtszüge langsam entgleisten. »Zum Parc Verd?«, fragte sie ungläubig.

»Ja«, sagte er, als wäre das selbstverständlich. »Ich habe noch etwas Zeit und das Sofa ist wirklich sehr schwer.« Noah legte den Kopf schief und wartete auf Louises Reaktion.

Was sollte man darauf nur antworten? Louise wollte gar nicht, dass er mitkam. Es war ihr unangenehm. Sie war dreckig, verschwitzt, sicherlich hatte ihr Deo mittlerweile versagt und sie hatte sich mehrfach absolut peinlich benommen. In Gedanken ging sie die verschiedenen Antwortmöglichkeiten durch wie

»Vielen Dank, aber ich schaffe das schon« oder »Das ist sehr nett, aber ich will Sie wirklich nicht zu sehr beanspruchen«.

»Okay, gerne. Das wäre sehr nett«, hörte sie sich stattdessen laut aussprechen.

Louise lenkte den Transporter mit fest an den Körper gepressten Armen. Sie fühlte sich eklig und roch mit Sicherheit unter den Achseln. Auf den Gedanken, kurz vor der Abfahrt noch einmal frisches Deo aufzulegen, war sie leider zu spät gekommen. Noah saß neben ihr auf der breiten Sitzbank des Transporters und Louise fühlte sich wie in der fast zwanzig Jahre zurückliegenden Fahrprüfung.

Nach einer kurzen, schweigsam absolvierten Fahrt hatten Louise und Noah den Wagen wesentlich schneller entleert, als es gedauert hatte, ihn zu beladen, und waren kurz darauf schon wieder auf dem Rückweg.

Noah bot an, ihr auch mit der zweiten Fuhre und den sperrigen Teilen wie den Matratzen und dem Bettgestell zu helfen, was Louise wieder dankbar annahm. Sie musste zugeben, dass sie sich allein hätte abkämpfen müssen und heute wahrscheinlich nicht mehr fertig geworden wäre. Außerdem musste sie sich eingestehen, dass das Entrümpeln mit Noah auch deutlich mehr Spaß machte.

Er war sehr interessiert und stellte eine Frage nach der anderen. Louise erzählte von ihrem Beruf, ihren Nichten, von Caro und von ihrer erst vor Kurzem wiederentdeckten Liebe zu Mallorca und wie sie durch ihn zu dem Haus gekommen war.

Es stellte sich heraus, dass Noah nichts davon mitbekommen hatte, Louise beinahe überfahren zu haben. Er entschuldigte sich ausgiebig und schien dennoch irgendwie froh zu sein, sie damit in seine Nähe gerückt zu haben.

Noah erzählte, dass er gespannt sei, was Louise aus dem Anwesen machen werde, denn er habe sich als Architekt darauf spezialisiert, traditionelle mallorquinische Häuser authentisch und mit ursprünglich verwendeten Materialien zu restaurieren. Ihm liege die Insel sehr am Herzen und er wolle einen kleinen Teil dazu beitragen, dass sie ihren Charakter behalte.

Es beeindruckte Louise, wie leidenschaftlich Noah von seiner Arbeit erzählte und wie viel ihm seine Heimat bedeutete. Nach der zweiten Fuhre und einigen gemeinsamen Stunden gestand sich Louise ein, dass sie Noahs Nähe durchaus genoss. Auch wenn die beiden einen holprigen Start gehabt hatten und Louise die ganzen Peinlichkeiten nicht vollständig verdrängen konnte, gefiel es ihr, etwas Zeit mit ihm verbringen zu können.

Louise war beinahe ein wenig traurig, als sie ihn am späten Nachmittag an seinem Auto absetzte, um den Transporter wieder beim Verleih abzugeben.

»Ich kann mich wirklich nicht genug bedanken«, sagte sie über die heruntergelassene Scheibe hinweg. Um eine weitere Peinlichkeit bei der Verabschiedung zu vermeiden, hatte sie entschieden, einfach im Wagen sitzen zu bleiben, während Noah um den Transporter herumgegangen war und vor dem Fahrerfenster stand. »Allein hätte ich das nicht geschafft.«

»Ich bin mir sicher, das hätten Sie«, sagte Noah und suchte Augenkontakt mit Louise. »Und es hat Spaß gemacht.«

»Das stimmt«, gab Louise zu.

»Wenn Sie noch einmal Hilfe benötigen …« Noah fummelte eine Karte aus seiner Hosentasche und reichte sie Louise. »…, dann melden Sie sich einfach.« Er lächelte aufrichtig. »Oder wenn Ihnen mal die Decke auf den Kopf fällt. Also sprichwörtlich … ich meine … Sie wissen schon.«

Louise lachte und Noah stimmte ein.

»Das mache ich, Herr …«, grinsend warf Louise einen Blick auf die Visitenkarte. Das konnte doch nicht … »Noah Gonzáles?«

»Ja, das ist mein Name«, sagte er verwundert.

»Sind Sie, ich meine Xisco und Sie …?«

»Er ist mein Onkel, ja.«

17

Mit einem voll beladenen Einkaufswagen kam Louise aus dem Baumarkt. Spachtelmasse, einige Werkzeuge, Abdeckfolien, ein Akkuschrauber, der im Sonderangebot war, Farben, Rollen, Pinsel. Sie belud das Auto, brachte den Einkaufswagen zurück in den Laden und fuhr nach Hause.

Die nette Frau an der Kasse hatte sich wie immer gefreut, Louise zu sehen, und sie bei der Auswahl der Farben und Werkzeuge ausführlich beraten. Louise hatte von ihrem Renovierungsprojekt erzählt und die alte Dame fand es wunderbar, dass die Frauen von heute selbst zupacken konnten.

Mit einem guten Gefühl und hoch motiviert legte Louise wieder los, rührte Spachtelmasse exakt nach Anleitung an, begann, die Unebenheiten in den Wänden auszugleichen und den bröckelnden Putz auszubessern.

Der gestrige Tag mit Noah war von einer Peinlichkeit in die nächste übergegangen und hatte mit der Erkenntnis geendet, dass er sogar Xiscos Neffe war, kein Dachdecker. Warum hatten weder Xisco noch er das erwähnt? Dann hätte Louise sich vielleicht nicht benommen wie ein Vollidiot. Na ja, jedenfalls hatte sie damit wenigstens eine weitere Chance, etwas mehr über das Haus zu erfahren.

Die Stunden mit Noah hatten in Louise viel Positives hinterlassen und waren lange in ihr nachgeschwungen. Widerwillig musste sie sich eingestehen, dass Noah offenbar ein feiner Kerl war und sie ihn gern um sich hatte.

Einen Haken hatte das Ganze: Sie war nicht länger darum herumgekommen, Caro zu erzählen, dass ihr Dachdecker der mysteriöse Vespa-Mann und gleichzeitig Xiscos gut aussehender Neffe war. Louise hatte sie am Abend angerufen und war auf laute und schrille Zustimmung bei dem Wunsch gestoßen, ihn wiedersehen zu wollen. Obwohl Louise versucht hatte, sachlich zu klingen, hatte ihre Freundin sie sofort durchschaut und gespürt, dass Louise den Tag eindeutig genossen hatte. Caro wusste gar nicht, wo sie anfangen sollte, so viel Interpretationsspielraum bot sich für schicksalhafte Verkettungen.

In der folgenden Nacht war es dann völlig still gewesen. Kein bröckelnder Putz mehr im Obergeschoss, stattdessen nur Gedanken an den vergangenen Tag.

Louise machte sich auf dem Handy etwas Musik an und spachtelte die Wände zu allem, was ihre Playlist hergab, von Miles Davis bis Miley Cyrus. Sie kam gut voran, selbst wenn sich ihre Arme nach einiger Zeit wie zerkochte Spaghetti anfühlten und sie gegen Mittag eine Pause einlegen musste.

Sie machte sich auf dem Herd einen Kaffee mit der kleinen Bialetti-Espressomaschine, setzte sich einen Moment nach draußen und genoss die zauberhafte Aussicht auf das Tal. Ob sie sich jemals daran sattsehen könnte?

Beim Duft des Kaffees fiel ihr ein, dass sie unbedingt eine Küche aussuchen und bestellen musste. Momentan hatte sie nicht einmal einen funktionierenden Kühlschrank. Auch eine Waschmaschine musste sie dringend besorgen, denn das Waschen mit der Hand war mühsam und würde ihr schon bald lästig werden.

Nach dem Espresso drückte sich Louise auf die schweren Beine und schlenderte zur Werkstatt. Sie konnte einfach nicht fassen, dass sie zusammen mit dem Haus eine komplette Schreinerei gekauft hatte. Als sie den Raum betrat, fiel ihr der nicht fertiggestellte Tisch ins Auge und der warf weitere Fragen auf. Wenn Xisco selbst hier gelebt hatte, hatte er auch die Werkstatt betrieben? Seine rauen Hände deuteten jedenfalls auf jahrelange körperliche Arbeit hin. Aber wenn er Schreiner war, wieso hätte er dann die Werkstatt verfallen lassen sollen? Das ergab wenig Sinn. Es sei denn, er wäre körperlich nicht mehr in der Lage gewesen. Doch das lag alles so lang zurück, da war er ja noch ein junger Mann und sicher fit gewesen.

In einem Regal hatte Louise eine Art Brenneisen mit den Buchstaben *AM* gefunden. So wie es heute einige hippe Möbelmanufakturen taten, hatte man vielleicht auch damals schon sein Logo oder seine Initialen in die fertigen Möbelstücke gebrannt. Xisco Gonzáles … AM … egal, wie man es drehte und wendete, es wollte nicht zusammenpassen.

Louise widmete sich wieder dem Tisch mit der Olivenholzplatte, der, wie es aussah, ohne eine einzige Schraube auskam. Ausschließlich durch handgearbeitete Holzverbindungen und etwas Leim waren die Einzelteile stabil zusammengefügt worden. Louise verglich die beiden bereits montierten Tischbeine mit den zwei danebenliegenden, von denen offensichtlich nur ein wenig Holz abgetragen werden musste, damit sie in das Gestell passten. Sogar die Striche dafür waren bereits angezeichnet. Man musste die Bereiche irgendwie wegschnitzen oder -sägen.

Louise gefiel der Tisch, optisch und handwerklich. Er war äußerst liebevoll gearbeitet, was selbst ein Laie erkennen konnte. Genau so ein Exemplar konnte sie sich in ihrer zukünftigen Wohnküche vorstellen.

»Das kann doch nicht so schwer sein«, murmelte sie und beschloss, ihn selbst fertigzustellen und als Esstisch zu verwenden. Das wäre ein schönes Projekt und so behielte die Werkstatt erst einmal ihre Daseinsberechtigung.

Es klopfte an der Tür. Es war Xisco.

»Oh, guten Tag«, sagte Louise überrascht, doch freute sie sich über seinen unangekündigten Besuch.

Xisco nickte freundlich. »Ein schönes Stück, nicht wahr?« Er deutete auf den Tisch.

»Das ist es. Ich möchte ihn gern fertigstellen und als Esstisch verwenden.« Sie sah, wie Xisco den Tisch gründlich begutachtete, und ergriff die Chance. »Haben Sie ihn gebaut?«

Xisco strich mit den Händen über die glatten Tischbeine.

»Nein«, sagte er wehmütig.

Louise ließ den Kopf hängen.

»Aber ich weiß einiges über die Arbeit mit Holz. Ich könnte Ihnen helfen.«

»Oh, das wäre ganz toll!«, sagte Louise beschwingt. Sie war überrascht und zugleich erfreut über Xiscos Angebot.

»Na dann«, sagte er und krempelte die Ärmel seines Pullovers ein wenig nach oben.

»Jetzt sofort?«, fragte Louise verdutzt.

Xisco nickte wieder, ging zu einem der Schränke, öffnete ihn und griff nach einer kleinen Handsäge, einem Holzhammer und einer Art Meißel mit einer messerscharfen Kante an der Vorderseite.

»Also gut.« Eigentlich sah Louises Zeitplan vor, im Haus weiterzumachen, doch sie wollte dem alten Mann weder widersprechen noch ihn wegschicken oder gar allein arbeiten lassen. Sie hatte keine Ahnung, wie lange das hier dauern würde, doch nun änderte sich der Plan eben. Wie so oft, dachte Louise.

Xisco trat neben sie an die Werkbank und griff nach einem der Tischbeine. Er spannte es in eine Vorrichtung am Rand der

Arbeitsplatte, sodass es sich nicht mehr bewegen ließ. Dann deutete er auf die angezeichneten Linien auf dem Sockel des Holzes.

»Hier muss gesägt werden. Bis hier unten.« Dann setzte er die etwas angerostete Handsäge an, die ein schmales, längliches Sägeblatt und einen langen, dünnen Griff hatte, und machte einige vorsichtige Züge. Etwas holprig fuhr die Säge durch das harte Holz und einige Sägespäne rieselten zu Boden. Anschließend reichte er Louise das Arbeitsgerät.

Sie sah Xisco an, der ihr ermutigend zunickte, und griff danach. Mit einigen festen Zügen war sie am unteren Rand der Linie angekommen. Xisco zeigte mit dem Finger auf eine weitere Linie.

»Hier auch noch?«

Xisco nickte wohlwollend.

Louise setzte an und sägte an der zweiten Linie entlang, bis zum unteren Rand. Sie wiederholte den Vorgang noch zweimal, bis Xisco das nächste Werkzeug in die Hand nahm.

»Das ist ein Stechbeitel«, erklärte er und fuhr mit dem Daumen über die scharfe Kante. Dann sah Louise, wie er das Gerät an der unteren Sägekante ansetzte und der Stechbeitel mit gezielten Schlägen des Hammers das Holz zwischen den Sägestellen abtrug.

»Ah«, machte Louise, als sie verstand, was er vorhatte. Wie bei zwei Puzzleteilen würden sie an dem Tischbein genau das Holz abtragen, was oben am Gestell überstand, in diesem Fall eine Art Kreuz. Damit passten die beiden Teile perfekt ineinander und man würde keine Schraube brauchen, damit eine stabile Verbindung entstand.

Xisco reichte ihr den Stechbeitel und sie war an der Reihe. Sie schwang den Hammer etwas zu fest und landete damit fast auf ihren Fingern. Zaghaft setzte sie erneut an.

»Noch einmal in Ruhe«, sagte Xisco lächelnd und ermutigte Louise zu weiteren Schlägen. Jetzt funktionierte es besser und kleine Holzteile lösten sich. Nach und nach kam das Werkstück in die gewünschte Form.

Anschließend holte Xisco ein weiteres Werkzeug, das er als Grundhobel bezeichnete, und schabte gezielt so viel Holz ab, dass zwischen den herausstehenden Keilen eine ebene Oberfläche entstand. Er reichte Louise das Werkzeug, die ebenfalls einige Züge machte, bis die Bereiche völlig glatt waren. Abschließend sahen sie sich ihre Arbeit zufrieden an.

Das zweite Tischbein bearbeitete Louise bereits allein, während Xisco nach etwas Schleifpapier suchte und die Kanten leicht anschliff.

Eine halbe Stunde später steckten sie die Tischbeine in das Gestell. Sie passten ziemlich gut. Der Leim in den Regalen war über die Jahre vertrocknet, also konnten sie nicht weitermachen, doch Xisco versprach, ihr auch damit zu helfen, bis der Tisch fertig sei.

Louise betrachtete das Stück voller Stolz und strich über das schöne Holz. Sie fand es beeindruckend, was für kunstvolle Arbeiten man mit einigen wenigen Werkzeugen, etwas Kreativität und dem richtigen Holz anfertigen konnte.

Es berührte Louise, als sie Xisco dabei zusah, wie er sich völlig selbstverständlich einen Besen griff und begann, den Boden zu fegen. Sie dachte an ihren Vater, der heute etwa im gleichen Alter wie Xisco gewesen wäre. Auch er war der Meinung gewesen, man habe seinen Arbeitsplatz stets sauber zu hinterlassen, damit man beim nächsten Mal wieder mit Freude ans Werk gehen könne. Als Ingenieur im Bereich Brückenbau war er in ganz Deutschland unterwegs gewesen. Er hatte es geliebt, zu sehen, welche Ordnung auf den nach außen hin chaotisch wirkenden Baustellen herrschte. Mit wie viel Sorgfalt gearbeitet werden musste, um optimale Ergebnisse zu erzielen, und wie die riesigen Bauwerke nach seinen eigenen Planungen entstanden. Louise erinnerte sich genau, wie sie mit Linda und ihrer Mutter über seine Brücken gefahren und stolz auf das gewesen waren, was er geschaffen hatte. Noch heute dachte Louise oft an ihren Vater, wenn sie eine Brücke passierte, und bei dem Gedanken an die damaligen Ausflüge wurde ihr warm ums Herz. Louise war erst sechs Jahre alt gewesen, als er an Krebs gestorben war und ihre Mutter die alleinige Verantwortung für sie und Linda hatte tragen müssen. Mit den Jahren verschwamm das Bild von ihm, bis es nur noch aus einigen wenigen Momenten bestand. Es war so lange her.

Schweigend fegten Xisco und Louise die Werkstatt. Dann stellten sie die Besen in die Ecke. Louise kochte Kaffee und sie setzten sich auf die Bank vor dem Eingang, die auch heute wieder von der kräftigen Sonne erwärmt wurde.

»Das haben Sie wirklich gut gemacht«, sagte Xisco anerkennend.

»Vielen Dank.« Louise freute sich aufrichtig über das Kompliment. »Es hat sehr viel Spaß gemacht.«

»Wenn Sie möchten, zeige ich Ihnen, wie die Maschinen funktionieren. Sie werden ja sicher noch weitere Möbel brauchen, nicht?«

»Das stimmt. Allerdings habe ich noch gar nicht darüber nachgedacht, selbst etwas anzufertigen. Das habe ich schließlich noch nie gemacht.«

Xisco lächelte. »Doch. Gerade eben.«

Louise erwiderte sein herzliches Lächeln und fühlte sich geborgen.

»Stühle«, sagte Xisco und trank einen Schluck Kaffee.

Louise sah ihn fragend an.

»Der Tisch braucht passende Stühle.«

»Ah.« Da hatte er allerdings recht. Stühle aus dem gleichen Holz würden toll dazu aussehen. Louise war dankbar für Xiscos

Hilfe, fragte sich aber gleichzeitig, worauf das Ganze hinauslaufen würde. Wollte er nun regelmäßig vorbeikommen und zusammen mit ihr Möbel bauen? Unbestritten, es machte wirklich Spaß und Xisco war nett und zuvorkommend. Er redete nicht viel, doch wirkte das, was er sagte, aufrichtig und liebenswert. Dennoch blieb die Frage, warum er das für sie tat. Louise grübelte und beschloss, einen weiteren Vorstoß in die Vergangenheit zu wagen, bevor Xisco sich verabschieden würde.

»Wer hat denn die Schreinerei damals betrieben?«, fragte sie und wartete gespannt auf seine Antwort.

Xisco sah wehmütig hinab ins Tal und ließ sich Zeit.

»Eine junge Schreinerin«, sagte er.

Louise merkte sofort, dass ihm die Erklärung schwerfiel und er nicht weiter darauf eingehen wollte. Es schien ihm unangenehm zu sein und Louise meinte eine Art Sehnsucht von seinem Gesicht ablesen zu können. Was hatte es mit dieser Schreinerin auf sich? Hatte er sie geliebt? Waren sie ein Paar gewesen? Doch Louise wollte ihn nicht weiter bedrängen.

Xisco stand langsam auf. Seine warmherzigen Augen musterten Louise, dann stellte er seine Tasse auf die Bank, verabschiedete sich und ging.

Nachdenklich blieb Louise sitzen. Xisco, ein Mann weniger Worte, schien gleichzeitig ein Mann voller Geheimnisse zu sein. Eine doofe Kombination, dachte Louise und lächelte. Zumindest für ihre Neugier.

18

Der nächste Morgen war angenehm ruhig und ein lauer Wind wehte durch die weit geöffneten Küchenfenster. Louise goss sich Kaffee ein und blickte nach draußen. Es zog sie in die Werkstatt, als würde der halb fertige Tisch nach ihr rufen. Auf einmal hörte Louise das Tor klappern. Sie ging nach draußen und sah Xisco im Hof stehen, als habe er gewusst, dass sie jeden Moment kommen werde. In der einen Hand hielt er einen kleinen Blumentopf, in der anderen einen Gegenstand mit einer roten Schleife.

»Guten Morgen. Es ist schön, Sie so schnell wiederzusehen«, sagte Louise erfreut.

Xisco lächelte und reichte Louise die lilafarbene kleine Blume. Louise erkannte sie sofort. Es war ein Veilchen. Genauso eines hatte im Hof gestanden, als sie vor Wochen mit Caro hier gewesen war.

Dann überreichte Xisco ihr etwas unbeholfen den Gegenstand mit der sorgfältig gebundenen roten Schleife, der sich als eine Flasche Holzleim herausstellte.

»Ein kleines Willkommensgeschenk«, sagte er schüchtern.

»Das ist ganz lieb, vielen Dank.« Auch wenn es keine große Sache war, Louise fand es äußerst aufmerksam und beinahe rührend.

»Möchten Sie einen Kaffee?«

Xisco schien kurz zu überlegen. »Würde es Ihnen etwas ausmachen, wenn wir *du* zueinander sagen? Wir Mallorquiner sind zwar etwas eigentümlich, aber mit der Anrede nehmen wir es nicht so genau.«

Louise lachte und war erleichtert. Selbst wenn er es als normal betrachtete, war es für Louise, als wären sie gerade einen weiteren Schritt aufeinander zugegangen. »Gern«, antwortete sie. »Dann ... möchtest *du* einen Kaffee?«

Jetzt lachte auch Xisco. »Nein, danke. Ich dachte, ich meine, wenn du Lust hast, machen wir vielleicht den Tisch fertig.«

»Ach so, ja. Okay, gern.« Dieser Mann machte keine halben Sachen, dachte Louise amüsiert.

Zugegebenermaßen gab es in letzter Zeit immer wieder Momente, in denen sie eine gewisse Einsamkeit verspürt hatte, die in den meisten Fällen traurige Erinnerungen hervorrief. Es war Louise bewusst, dass ein Neuanfang auch bedeutete, sich ein völlig neues Umfeld aufzubauen – und das ging nicht von heute auf morgen. Doch bei aller Vernunft setzte sich eben manchmal auch dieses unangenehme Bauchgefühl durch. Louise hatte den Eindruck, dass Xisco ihr etwas von dieser Einsamkeit nahm und freute sich, ihm offenbar etwas näher gekommen zu sein.

Mit Xiscos Holzleim bewaffnet gingen sie in die Werkstatt und brachten die fehlenden Tischbeine an. Xisco zeigte Louise, wie viel Leim sie brauchte, wie man ihn mit einem kleinen Stück Holz auf der Fläche verteilte und die Tischbeine dann mit riesigen Schraubzwingen fixierte. Eine Viertelstunde und einen Kaffee später war der Leim angetrocknet. Gemeinsam montierten sie die Platte auf das Gestell und gaben den Tischbeinen den letzten Schliff.

»Mein Großvater war Bootsbauer«, sagte Louise, als sie mit einem Schleifblock über den Tisch fuhr. »Ich habe ihn leider nie kennengelernt, aber in meiner Vorstellung hat er genauso gearbeitet, er hat das Holz mit seinen rauen Händen gespürt, es in Form gebracht und dann voller Freude das Ergebnis betrachtet.« Louise strich dabei über die abgeschliffenen Stellen und legte zufrieden den Schleifblock zur Seite.

»Ich bin mir sicher, dass er stolz auf dich wäre, wenn er dich so sehen könnte«, murmelte Xisco.

Louise schluckte. Seine Worte berührten Louise sehr.

»Und ich glaube, in dir schlummert sein Talent. Du machst das nämlich sehr gut und lernst schnell.«

Louise sah Xisco ergriffen und dankbar an. Sie spürte, dass sie nichts dazu sagen musste. Es tat einfach gut, seine Worte zu hören.

Nach zweimal Ölen mit jeweils einem vorangegangenen Schleifdurchgang war der Tisch fertig. Es fühlte sich großartig an, dieses schöne Stück vollendet zu sehen, nachdem es hier so viele Jahre unfertig gewartet hatte. Außerdem hatte Louise etwas geschaffen, was man anfassen, drehen und wenden konnte. Das war doch etwas anderes, als jemandem eine Sprache beizubringen oder ein virtuelles Dokument zu übersetzen. Es war ein richtiger Gegenstand, den man benutzen konnte und an dem hoffentlich eines Tages nette Menschen zusammensitzen und einen geselligen Abend verbringen würden.

Genauso stolz, wie Louise auf ihr gemeinsames Werk war, schien Xisco auf Louise zu sein. Anerkennend lächelte er sie noch einmal an und schlug vor, gleich morgen mit der Arbeit für die passenden Stühle zu beginnen. Lachend akzeptierte Louise seinen Vorschlag. Die beiden fertigten noch einige grobe Skizzen an, bevor Xisco sich schließlich auf den Heimweg machte.

Am nächsten Tag ging es weiter mit dem Aussuchen des Holzes für insgesamt sechs Stühle. Die Regale in der Werkstatt und im Lager waren voll mit brauchbaren Stücken, aus denen Xisco rasch die passenden Teile zusammenstellte. Er erklärte Louise, wie sich nicht nur die Holzarten, sondern auch die verschiedenen Bereiche eines Stamms unterschieden, welchen Einfluss Jahresringe und Astlöcher auf die Stabilität hatten und wie das Holz selbst nach Jahren noch arbeitete. Louise hatte sich nie Gedanken darüber gemacht, was es bei Holz alles zu beachten gab, bis es mal so weit war, dass ein Möbelstück daraus wurde. Interessiert folgte sie Xiscos Erklärungen und genoss es, etwas völlig Neues kennenzulernen. Sie war so beflügelt, dass sie sich abends unzählige YouTube-Videos über das Schreinerhandwerk ansah, von Techniken zur Holzbearbeitung über Bauanleitungen, Tipps und Tricks bis hin zu Werkzeugkunde und Projektbeispielen. Mit Freude sog sie alles in sich auf, was sie im Internet finden konnte.

Xisco taute nach und nach ein wenig auf und stellte sogar die Frage, wie sie Noah kennengelernt hatte. Dieser hatte ihm offenbar erzählt, dass es nicht bei der Ausbesserung des Dachs geblieben war. Mit hochrotem Kopf sagte Louise ein paar Sätze dazu und spürte schnell, dass er verstand, wenn sie sich nicht in Details verlieren wollte. Es war wie eine stillschweigende Übereinkunft, eine Harmonie, die man sich normalerweise erst in langen Freundschaften verdienen musste.

In den folgenden Tagen machte Louise ebenso große Fortschritte mit der Renovierung. Die Wände des gesamten Hauses waren glatt gespachtelt, geschliffen und bereit für einen neuen Anstrich. Bei Ikea in Palma hatte sie eine günstige Küche ausgesucht und direkt vor Ort bestellt. Sie würde in den nächsten Tagen geliefert werden, sodass Louise bald endlich ihre Lebensmittel und Getränke kühlen und anfangen konnte, es sich gemütlich zu machen. Bis dahin mussten der alte Herd entfernt und der gesamte Raum gestrichen werden. Die Einbauschränke hatte sie mit Noah bereits weggefahren.

Strom, fließendes Wasser oder eine funktionierende Heizung, Dinge, die für Louise immer selbstverständlich gewesen waren, bekamen hier auf der Insel eine völlig andere Bedeutung. Besonders bei den Fincas auf dem Land gab es nicht einmal fließendes Wasser aus dem Versorgernetz, sondern die Häuser hatten große Zisternen, die das Regenwasser auffingen und mit einem Wasserwagen oder aus einem Tiefbrunnen befüllt wurden. Auch gab es unzählige Anwesen, die völlig autark waren und somit Strom und Heizwärme selbst gewannen. Ganz so ausgeprägt war es hier in Caimari nicht, doch das Wissen um die nicht unendlich zur Verfügung stehenden Ressourcen machte es unabdinglich, dass man sparsam damit umging. Louise entwickelte tatsächlich einen gewissen Respekt vor dem Umgang mit Energie.

Jeden Nachmittag schlenderte Louise eine halbe Stunde durch Caimari, um den Ort kennenzulernen und sich auch mal einen Cappuccino auf dem Marktplatz zu gönnen.

Wenngleich sie zu Beginn das Gefühl gehabt hatte, auf eine gewisse Abneigung bei den Dorfbewohnern zu stoßen, die sie stets mit skeptischen Blicken musterten, so waren sie mittlerweile doch interessiert an dem neuen, stets lächelnden Gemeindemitglied.

Manche Leute nickten ihr freundlich zu, andere wünschten ihr einen schönen Tag oder fragten gar, ob sie Schreinerin sei und plane, die Werkstatt wieder in Betrieb zu nehmen. Und viele fanden es gut, dass sie sich um Xisco kümmerte, und sagten, es sei höchste Zeit, das Haus wieder mit Leben zu erfüllen.

Louise war sich nicht bewusst gewesen, dass sie sich um Xisco kümmerte, hatte eher das Gefühl gehabt, es sei genau andersherum. Na ja, offenbar hatte sich im gesamten Dorf herumgesprochen, dass sie mit Xisco in der Schreinerei arbeitete, woraus die wildesten Gerüchte entstanden waren. Wenn Louise im Gegenzug fragte, warum die Schreinerei so lange leer gestanden habe und was denn mit der Schreinerin passiert war, gaben alle vor, nichts darüber zu wissen, und meinten, Xisco sei der Einzige, der darüber Auskunft geben könne. Meist waren die netten Gespräche dann rasch beendet und die Dorfbewohner gingen hastig weiter.

Louise befand die ganze Angelegenheit als höchst seltsam und konnte sich keinen Reim auf diese Geheimnistuerei machen.

Die größten Chancen, etwas darüber zu erfahren, sah sie bei Noah, dem sie ohnehin noch einmal für seine Hilfe danken wollte.

In einem ruhigen Moment fasste sie sich ein Herz und tippte mit dem Handy eine Nachricht. Ihr Finger kreiste über dem Senden-Button und landete schließlich darauf. Wenig später schon kam eine Antwort. Er hatte zugesagt. Louises Herz flatterte. Sobald ihre Küche geliefert und angeschlossen war, würde sie für ihn kochen. Aber was sollte sie nur machen? Sollte sie sich in mallorquinischen Tapas versuchen? Oder erwartete er etwas aus ihrer Heimat? Sie konnte es auch bei einer leckeren Pasta belassen. Mit aller Kraft schob sie die Gedanken beiseite und machte sich daran, die Fliesen für die Malerarbeiten abzukleben.

Am Abend ließ sie sich erschöpft auf den Boden sinken und klappte ihren Laptop auf dem Schoß auf. Lustlos öffnete sie Facebook und scrollte sich durch die Neuigkeiten. Sie gehörte zu denen, die Social Media nur zur schnellen Ablenkung nutzten.

Dann sah sie sich total dämliche Videos an, deren Hauptakteure meistens tollpatschige Katzen oder Pandabären waren. Oder sie ließ sich von dem offenbar außergewöhnlichen Leben aller anderen ablenken. Sie selbst hatte zuletzt vor Ewigkeiten ein Bild von sich gepostet, und das auch nur, weil sie sich auf dem alten nicht mehr gefallen hatte.

Nach einigen Katzenvideos öffnete sie eine Excel-Tabelle, in die sie seit vier Wochen ihre Einnahmen und Ausgaben eintrug. Sie legte eine neue Zeile an und fügte die Summe der heutigen Baumarktausgaben hinzu. Leider waren aktuell deutlich mehr Ausgaben als Einnahmen zu sehen. Ihr angesparter Puffer wurde langsam, aber sicher aufgefressen und sie hatte noch die letzte große Zahlung für das Haus zu leisten. Louise wurde ein wenig schwummrig bei dem Gedanken. Sie war noch niemals in der Situation gewesen, keinen festen Job zu haben. Immer hatte sie Wert auf Planbarkeit gelegt, auf ein sicheres Angestelltenverhältnis mit Krankenversicherung, Urlaub und dem ganzen Paket. Sie hatte nie das Gefühl haben wollen, nicht zu wissen, ob sie die nächsten Rechnungen begleichen konnte.

Auch wenn mit der Zahlung von Alex für ihren Anteil des Hauses die Probleme erst einmal gelöst sein sollten, stellte sich bei Louise ein seltsames Gefühl ein. Sofort fing ihr Gehirn an, auf Hochtouren zu arbeiten. Sie suchte nach Stellenangeboten auf der Insel, fand einige Jobs als Bürokraft, Kellnerin, Gärtnerin oder Verkäuferin. Schon allein der Gedanke, dass es offensichtlich Arbeit gab, die sie in der Lage war auszuüben, beruhigte Louise und ließ ihre glühende Stirn etwas abkühlen. Es war zwar keine Stelle als Spanischlehrerin ausgeschrieben, doch es musste unglaublich viele Deutsche auf der Insel geben, die Spanisch lernen wollten, dachte sie und öffnete eine andere Internetseite mit Stellengesuchen. Louise wog ihre Idee ab, nickte, klickte auf »Stellengesuch schreiben« und fing an, einen Text zu tippen.

Sie möchten Spanisch lernen oder Ihre vorhandenen Sprachkenntnisse verbessern? Studierte Spanisch-lehrerin bietet Privatunterricht, für Einzelpersonen, Paare oder Gruppen. In Caimari oder auf Wunsch bei Ihnen zu Hause.

Umgehend fühlte sich Louise ein wenig besser. Ob sich jemand meldete, war nicht abzusehen, doch ihr Gewissen war fürs Erste beruhigt.

Sie klappte den Laptop zu und ging in die provisorische Küche, um sich ein Brot mit Pesto und Tomate zu machen. Sie öffnete das Glas mit der leckeren grünen Soße, als ihr Handy piepte. Es war Maurice. Ist etwas mit der Ratenzahlung schief-gelaufen, schoss es ihr sofort in den Kopf. Sie tippte auf die Nachricht.

Louise, ich hoffe, Sie haben sich gut eingelebt. Carlo (also Karl) hat mir ein Stellengesuch von einer netten, jungen Spanischlehrerin aus Caimari unter die Nase gehalten. Sie haben Ihren ersten Kunden. Carlo möchte gerne nächste Woche anfangen.

Louise war sprachlos. Grinsend steckte sie das Handy weg und strich eine großzügige Portion Pesto auf die dicke Brotscheibe, legte drei Tomatenscheiben darauf und bestreute sie mit ein paar groben Salzkörnern.

Sie hatte ihren ersten Kunden! Louise hatte Maurice längst schreiben und ihm noch einmal für seine Hilfe danken wollen und nun war sein Freund Carlo auf ihre Anzeige gestoßen. Tja, Mallorca ist eben ein Dorf, dachte sie und biss in ihr Brot.

Das Handy klingelte erneut. Louise leckte sich etwas Pesto vom Finger. Das war doch nicht etwa schon die nächste Anfrage? Sie fischte das Handy aus der Tasche. Nein, eine Nachricht von Alex.

Louise, ich kriege das Geld vielleicht nicht so schnell zusammen wie gedacht. Alex

19

Mit müden Augen starrte Louise auf den angebrochenen Henkel ihrer Kaffeetasse. Sie war damit am Türstock hängen geblieben und nun verlief ein feiner Riss durch das dünne Porzellan. Sie strich mit dem Finger darüber, löste dann den Blick und wickelte sich etwas fester in die Wolldecke. Letzte Nacht hatte ihr Kopf auf Hochtouren gearbeitet und sie erst stundenlang wachgehalten und anschließend miserabel schlafen lassen.

Sie war aufgestanden, hatte sich einen Kaffee gemacht und sich mit einer warmen Decke draußen unter den Rundbogen gesetzt. Völlige Dunkelheit lag über dem Tal. Lediglich einige vereinzelte Scheinwerferpaare zogen sich hin und wieder durch den frühen Morgen. Gespannt wartete Louise darauf, dass sich die Sonne über dem Tal erhob. Ein kleiner Streifen Horizont wurde gerade in ein zartes Orange getaucht.

Louise nutzte die Ruhe, um über die vergangenen Wochen nachzudenken, in denen so viel passiert war, dass es normalerweise für Jahre gereicht hätte. Ihr Neuanfang war ein regelrechtes Auf und Ab der Gefühle und vielleicht würde er bald schon eine unangenehme Wendung erleben. Dann nämlich, wenn Alex wirklich Probleme hatte, das Geld aufzubringen, um Louise ihren Anteil am Haus auszuzahlen. Alex hatte ihr ursprünglich zugesichert, das Geld innerhalb weniger Wochen auf ihr Konto überweisen zu wollen, und damit hatte sie fest gerechnet. Bekam sie das Geld nicht, würde sie die Schlusszahlung für das Haus nicht leisten können. Und welche Bank würde ihr einen Kredit geben? Sie war praktisch arbeitslos. An dieser Tatsache würde auch ein einzelner Sprachschüler nicht viel ändern.

Fast noch mehr als vor dem Fehlen des restlichen Geldes graute es Louise vor dem Gespräch mit Alex, das sie wohl oder übel führen musste. So etwas konnte man nicht mal eben per WhatsApp besprechen. Auf seine Nachricht hin hatte sie ihren Mut zusammengenommen und umgehend versucht, ihn zu erreichen, doch er hatte nicht abgehoben. Louise wusste, dass Alex jeden verfügbaren Euro in die Praxis gesteckt hatte, aber er musste doch kurzfristig einen Kredit bekommen können. Oder *wollte* er das Geld nicht so schnell aufbringen?

Louise wollte gar nicht erst anfangen, das Thema vor sich herzuschieben. Sie würde sich der Situation stellen und Alex gleich heute Abend nochmals anrufen, nachdem seine Sprechstunde vorüber war. Normalerweise schloss er die Praxis gegen neunzehn Uhr und fuhr danach ins Fitnessstudio. Auf dem Weg dorthin wollte sie ihn erwischen und wenn es sein musste, würde sie mit unterdrückter Nummer anrufen, um ihn ans Telefon zu bekommen. Bis dahin hatte sie genug zu tun, um sich abzulenken.

Louise entsperrte ihr Handy und scrollte durch die letzten Mitteilungen. Mit Maurice hatte sie gestern einige Nachrichten gewechselt, ihm natürlich zugesagt, Carlo zu unterrichten, und sich anschließend mit diesem und Maurice auf einen Kaffee verabredet. Sie freute sich auf ein Wiedersehen mit dem netten Makler, mit dem sie sich auch einen weiteren Kontakt gut vorstellen konnte.

Caro hatte von einem interessanten Abend mit Uli berichtet, von einem *Dinner in the Dark,* bei dem sie sich gegenseitig gefüttert hatten, was sich als keine geistreiche Idee herausgestellt, im Nachhinein aber für witzige Fotos gesorgt hatte.

Und die Nachricht von Linda. Sie hatte ein Bild von ihren kleinen Töchtern beim Reiten geschickt. Am Rand des Reitplatzes hatte Louise ihre Mutter entdeckt und ganz nah herangezoomt. Es war viele Wochen her, dass sie zuletzt miteinander gesprochen hatten. Louise war nach wie vor wütend auf sie und ihr Anblick, wie sie müde lächelnd dastand, als wäre nichts gewesen, verletzte Louise. Doch irgendwie vermisste sie auch die Gespräche mit ihr. Nach dem Tod ihres Vaters war es alles andere als einfach gewesen. Es hatte immer eine gewisse Anspannung zwischen Mutter und Tochter gegeben, dessen waren sich beide bewusst. Doch sie hatten sich gegenseitig vertraut und als Louise erwachsen wurde, waren sie aufrichtig miteinander umgegangen, hatten regelmäßigen Kontakt gehabt und trotz der Schwierigkeiten ein gutes Verhältnis gepflegt. Bis zu dem Tag, an dem Louise ihr mitteilte, dass sie sich gegen eine künstliche Befruchtung entschieden hatte und ihre Mutter ihr Entsetzen darüber nicht hatte für sich behalten können. Seitdem war das Vertrauensverhältnis zerstört, Funkstille auf unbestimmte Zeit.

Als Louise wieder auf Tina und Kathi zoomte und sah, wie begeistert sie mit den Pferden umgingen, hüpfte ihr Herz. Sie vermisste die beiden und schickte Linda ein Selfie mit sich in der Wolldecke und dem Sonnenaufgang im Hintergrund. Sie versprach, sich bald per Videoanruf zu melden und ihr und den Kleinen das Haus zu zeigen.

Anschließend streifte sich Louise ihre Arbeitskleidung über und begann damit, die Küche zu streichen. Sie beeilte sich, da sich Xisco für elf Uhr angekündigt hatte, um an den Stühlen weiterzuarbeiten.

Louise hatte die gefliesten Fußleisten sowie die Ränder der hölzernen Deckenbalken abgeklebt und mit einem dünnen

Pinsel alle Kanten gestrichen. Danach war sie mit einer breiten Malerrolle, die an einer Teleskopstange befestigt war, über die großen Flächen gegangen. Mit jeder Umdrehung der Rolle strahlte die Küche heller und freundlicher und schon bald war absehbar, dass es ein wundervoller Raum werden würde. Nach einer kurzen Pause machte Louise mit den Bereichen zwischen den Deckenbalken weiter. Mit dem letzten Zug der Rolle ließ sie das Arbeitsgerät erschöpft sinken und legte es auf der Abdeckplane ab.

Es klopfte an der Haustür, woraufhin ein Quietschen und das Geräusch von Schritten folgten.

»Ich bin in der Küche«, rief Louise und füllte etwas Kaffeepulver in die Maschine.

»Das sieht ja wunderbar aus!«

Louise drehte sich erstaunt um. »Noah? Was machen Sie denn hier?«

Sein verschmitztes Lächeln ließ Louises Knie weich werden.

»Zuallererst wollte ich vorschlagen, dass wir zum Du übergehen.« Er trat langsam einen Schritt nach dem anderen auf Louise zu.

Louise bewegte abwesend den Kopf von oben nach unten und wieder zurück. »Das finde ich gut«, murmelte sie.

»Dann werde ich dir heute bei den Stühlen helfen, wenn ich darf ...«

Louise stand wie erstarrt vor dem Herd. Noah kam immer näher, ganz langsam, bis er direkt vor Louise stehen blieb.

»Und vorher ...« Seine Hand fuhr behutsam hoch zu Louises Kopf.

Was hatte er nur vor? Wollte er sie küssen? Louises Haut kribbelte am ganzen Körper. Sie war geneigt, sich wegzudrehen und ein völlig anderes Thema anzuschlagen, wie beispielsweise das Aussterben der Eichen-Buntkäfer, doch ihr Mund bewegte sich nicht und ihre Beine waren wie angewurzelt.

»... vorher ...«, wiederholte Noah und seine Hand berührte sanft Louises Wange. »... befreien wir dich erst mal von der Farbe im Gesicht.« Er strich Louise lächelnd über die Wange und präsentierte anschließend den Farbklecks auf seiner Fingerspitze.

»Oh, danke«, stammelte Louise verlegen und ihre Augen waren von Noahs Blick gefangen. Dann meldeten sich ihre Beine zurück und sie drehte sich schnell zum Herd herum.

»Was ... was ist denn mit Xisco? Geht es ihm gut?«

Ein deutlich besseres Thema als die Eichen-Buntkäfer, dachte Louise stolz.

Noah räusperte sich und schlenderte dann durch die nach frischer Farbe riechende Küche. »Er ist ... alt«, sagte er etwas zurückhaltend. »Das mit dem Hausverkauf und die viele Arbeit, die er immer noch zu Hause macht ... er braucht ab und zu ein wenig Ruhe, das ist alles.«

»Oh, das ist doch nicht etwa meine Schuld?« Louise sah besorgt zu Noah rüber, der aber schon wieder lächelte.

»Nein, nein ... wenn du wüsstest ... es macht ihm viel Freude, mit dir in der Werkstatt zu sein.«

Es kam Louise etwas ungewöhnlich vor, wie Noah um die richtigen Worte rang. Bisher hatte er sich immer ausgesprochen wortgewandt und schlagfertig gegeben. Doch Noahs Bemerkung über Xiscos Freude, mit ihr zu arbeiten, ließ sie schmunzeln und hinterließ ein gutes Gefühl.

»Na dann«, sagte Noah und deutete durch das Fenster nach draußen. »Legen wir los?«

Stolz präsentierte Louise, was sie mit Xisco vorbereitet hatte. Anhand einiger angefertigter Schablonen waren alle Teile auf den entsprechenden Holzstücken aufgezeichnet und zwei Stücke schon ausgesägt. Außerdem hatte Xisco ihr die

Drechselmaschine gezeigt und Louise hatte einige Streben für die Rückenlehne gefertigt.

»Das sieht ja wirklich gut aus«, stellte Noah beeindruckt fest. »Das werden tolle Stücke. Sind sie zum Verkauf gedacht oder für deine Küche?«

Noahs Begeisterung klang ehrlich und erfüllte Louise mit Stolz. Freudig erklärte sie ihm, was sie mit den Möbeln vorhatte, und anschließend machten sich die beiden an die Arbeit. Noah sah sich die antike Bandsäge an, mit der sie die angezeichneten Teile aussägen wollten.

Das etwa zwei Meter hohe Gerät bestand fast vollständig aus Holz und hatte einen breiten Auflagetisch, durch den ein langes Sägeblatt lief. Oben und unten waren große Holzräder mit Zahnrädern dahinter montiert, die über einen Lederriemen in Gang gesetzt wurden und die Säge in hoher Frequenz hoch und runter bewegten.

Aus dem Lager holte Noah ein frisches Sägeblatt, bürstete den Rost etwas herunter, schliff es anschließend an einem großen fußbetriebenen Schleifstein und spannte es dann in die Apparatur. Dann drehte er die großen Räder, und das Sägeblatt begann, sich immer schneller zu bewegen. Louise legte ein Werkstück nach dem anderen auf den Auflagetisch, schob jedes auf das Sägeblatt zu und sägte akkurat entlang der Linien.

Noah nickte anerkennend und Louise musste schmunzeln bei dem Gedanken, dass Xisco es auf die gleiche Art und Weise getan hätte.

Eine Stunde später waren alle Teile ausgesägt und sie fegten gemeinsam die Sägespäne zusammen.

»Erzählst du mir etwas über dich, Louise?«, fragte Noah und hielt einen Moment inne. »Wo kommst du her? Kommen dich deine Eltern mal besuchen? Hast du Geschwister?«

Louise lehnte sich auf den Besen und lachte. »Wow, wo kommt das denn alles auf einmal her?«

Noah ließ sich nicht beirren. »Ich möchte einfach etwas mehr über diese junge, fleißige Deutsche erfahren, die hier das verschlafene Dorf aufmischt.«

Louise stieß einen Schwall Luft durch die Nase. *Die junge, fleißige Deutsche.* Interessant, wie man von außen wahrgenommen wurde. »Ich komme aus der Nähe von Frankfurt, habe in Wiesbaden studiert und bin dann auch dortgeblieben. Mein Vater ist leider gestorben, als ich sechs war, mit meiner Mutter habe ich momentan keinen Kontakt, sie kommt also eher nicht zu Besuch, und ich habe eine Schwester und zwei süße Nichten.«

Noah sah Louise bedrückt an.

»Das tut mir leid mit deinen Eltern.«

Louise schluckte. Es war komisch, das so auszusprechen, besonders vor jemandem, den sie kaum kannte. Doch mit Noah fühlte es sich weniger seltsam an, als sie vermutet hätte.

»Du bist dran«, sagte sie dann etwas gefasster und rang sich ein Lächeln ab.

»Außer meinem Namen ist alles an mir mallorquinisch, meine Eltern leben hier am Ortsrand von Caimari, deswegen bin ich öfter in der Gegend. Studiert habe ich in Madrid, lebe aber seitdem in Palma. Leider habe ich keine Geschwister, dafür einen tollen Onkel, der immer für mich da war.«

Louise schmunzelte. Es war erstaunlich, wie viel man aus drei kurzen Sätzen und der Art, wie sie gesagt wurden, über einen Menschen erfahren konnte.

»Deine Eltern leben also hier? Das ist ja witzig.«

»Nicht nur das. Meine Mutter würde sagen, mein Vater *ist* Caimari. Er ist nämlich seit über vierzig Jahren Bürgermeister.« Noah lachte laut. »Es wundert mich, dass er dich noch nicht mit einer Blaskapelle bewaffnet willkommen geheißen hat.«

Louise prustete los, dass der Staub von der Werkbank flog. »Das heißt, ich habe gerade den Prinzen von Caimari zu Besuch. Du bist sozusagen ein Promi.«

»So ist es.«, sagte er förmlich. »Völlig richtig.«

Sie amüsierten sich köstlich, fegten die letzten Sägespäne zusammen und schaufelten sie in einen großen Eimer.

Es klopfte an der Tür.

»Ja, hallo?«, rief Louise. Vielleicht wollte Xisco doch noch einmal schauen, ob sein Neffe alles im Griff hatte.

Louise trat um die Ecke und sah eine gebückte alte Dame im Eingang stehen.

»Guten Tag. Kann ich Ihnen weiterhelfen?«

Die Dame drückte sich auf ihrem Gehstock nach oben und lächelte Louise herzlich an.

»Sind Sie die Schreinerin?«, fragte sie, doch Louise hatte große Probleme, sie zu verstehen. Sie sprach kein Spanisch, sondern Mallorquinisch.

Noah kam zu Hilfe. »Ja, ihr gehört jetzt die Schreinerei, Señora Martell«, sagte er freundlich, ging auf sie zu und hakte sich bei ihr unter.

»Oh, hallo Noah. Arbeitest du auch hier?«

»Nein, ich bin nur zu Besuch.«

»Ah, ja.«

Louise wurde bei dem Anblick warm ums Herz, wie Noah mit der netten Dame umging.

»*Necessit una porta nova*«, sagte die Frau und deutete nach draußen.

»Sie braucht eine neue Tür«, übersetzte Noah, zuckte mit den Schultern, da er nicht zu wissen schien, was sie meinte, und die drei gingen langsam nach draußen.

Vor dem Eingang stand ein kleiner Rollwagen, auf dem ein hölzernes Nachttischchen mit zwei Gummibändern festgeschnallt war. Die obere Schublade sah in Ordnung aus, durch die untere Tür verlief jedoch ein langer Riss.

»Das haben Sie bis hierher gefahren?«, fragte Noah überrascht.

Die Dame nickte. Dann wandte sie sich zu Louise. »*Pots fer una porta nova, per favor? Por supost ets fuster ...*«

Noah lächelte sie schelmisch an und hob fragend Schultern und Augenbrauen.

Louise hatte verstanden, dass die Frau eine Tür wollte und davon ausging, Louise sei Schreinerin.

»Okay«, sagte sie dann und lachte zu Noah herüber. »Dann bin ich heute mal Schreinerin.«

20

Drei Tage später wurde endlich Louises neue Küche geliefert. Der Ikea-Transporter stand vor dem Haus und zwei Männer waren in der Küche dabei, die Unterschränke einzurichten und die Arbeitsplatte aus Holz zurechtzusägen. Louise war heilfroh, den Aufbauservice gebucht zu haben, vor allem, weil er nicht besonders teuer gewesen war. Für die gesamte Küche mit Montage hatte sie lediglich 3 500 Euro bezahlt, inklusive der Geräte.

Allein hätte sie das nicht geschafft, dafür war die Arbeitsplatte zu schwer, und selbst mit Hilfe hätte es Ewigkeiten gedauert. Die beiden Männer waren hingegen so routiniert, dass jeder Handgriff saß und keine drei Stunden verstrichen, bis alles aufgestellt, angeschlossen und einsatzbereit war.

Louise gab den beiden Männern ein Trinkgeld und verabschiedete sich fröhlich. Nun stand sie in ihrer neuen, eigenen Küche in ihrem alten, eigenen Haus und es fühlte sich absolut fantastisch an.

Natürlich war es keine hochwertige Designerküche, das konnte sie sich nicht leisten, doch Louise fand sie trotzdem hübsch. Sie hatte alles, was man brauchte, eine große Arbeitsfläche, ausreichend Stauraum in den Schubladen unter der Arbeitsplatte und in den Hängeschränken, Waschbecken, Kühlschrank, Backofen, Gasherd und sogar eine schmale Spülmaschine. Außerdem hatte Louise sich überlegt, wie sie die weiße Einbauküche mit einigen Verschönerungen zu einem individuellen Einzelstück machen konnte. Ein paar neue Türknaufe, etwas Tafellack, einige hübsche mallorquinische Accessoires und schon wäre die Küche etwas Besonderes.

In den letzten Tagen war die Renovierung weiter vorangeschritten und Louise hatte es geschafft, alle Räume des Haupthauses zu streichen. Sie wollte es gerne hell und freundlich halten, deshalb waren die meisten Wände strahlend weiß. Nur für einige wenige, wie zum Beispiel im Flur, im oben gelegenen Schlafzimmer und in einem kleinen Bereich des Wohnzimmers, hatte sie einen Petrolton genommen. Erst war sie sich nicht sicher gewesen, ob die etwas dunklere Farbe zu viel Licht schlucken würde, doch es sah harmonisch aus und passte zu den Fliesen genauso gut wie zu den naturbelassenen Türen und Türzargen.

Schritt für Schritt wurde aus dem alten verlassenen Haus ein gemütliches Heim und mit jeder Herausforderung lernte Louise dazu. Sie *erarbeitete* sich ihr Zuhause sozusagen.

Um es vollständig möblieren zu können, brauchte sie dringend das Geld von Alex. Nachdem er in dieser seltsamen Mitteilung angekündigt hatte, er habe Probleme bei der Beschaffung des Geldes für Louises Auszahlung, hatte er sich zwei Tage lang überhaupt nicht mehr gemeldet. Er hatte weder auf ihre Anrufe, selbst mit unterdrückter Nummer, noch auf ihre Nachrichten reagiert. Schweißgebadet hatte Louise nachts wach gelegen und sich Sorgen gemacht, wie sie die bald fällige Schlusszahlung für das Haus leisten und auch die nächsten ein bis zwei Jahre hier finanzieren sollte, bis sie sich beruflich neu aufgestellt hatte. Was war mit Alex los, dass er sich nicht meldete? Hatte er es sich mit dem Haus nun anders überlegt? Er wusste doch, wie viel für Louise daran hing. Sie dachte, ihn wirklich zu kennen, und normalerweise konnte man sich auf das verlassen, was er versprach, selbst in Zeiten wie diesen.

Nach zwei langen und zermürbenden Tagen kam endlich die Nachricht, er habe das Geld, und es könne alles so laufen wie geplant. Sein Anwalt werde entsprechende Unterlagen vorbereiten, in denen Louise die Zahlung bestätigen müsse, und ihre Anteile des Hauses würden dann im Nachgang an ihn übertragen werden.

Es klang alles ausgesprochen förmlich, kaum vorstellbar, dass sie noch verheiratet waren. Wie es generell weitergehen würde mit der Scheidung, der Praxis und so weiter, war Louise nach wie vor unklar. Sie verdrängte dieses Thema und wollte sich irgendwann in Ruhe damit beschäftigen, wenn etwas Normalität in ihr Leben eingekehrt war.

Alex hatte jedenfalls das Geld zusammen, die Unterlagen wurden vorbereitet und bald würde Louise die Sicherheit haben, ihr Haus abbezahlen zu können und genügend Puffer für einen Neustart zu haben.

Einen Moment lang hatte Louise überlegt, sich einen Anwalt zu nehmen, sich nach reiflicher Überlegung aber dagegen entschieden. Sie wollte nicht noch mehr Öl ins Feuer gießen.

Als die Displays der Küchengeräte leuchteten und die richtige Uhrzeit anzeigten, machte sie schnell zwei Bilder, schickte sie an Caro und wählte aufgeregt ihre Nummer. Sie wollte ihrer Freundin unbedingt mitteilen, dass die nächste Hürde für ein richtiges Zuhause genommen war.

»Lou, wie geht's dir?«, meldete sie sich nach nur einem Rufzeichen. »Ich habe gerade die Bilder gesehen. Das sieht ja super aus!«

»Ich habe eine Küche!«

»Du hast eine Küche!«

Die beiden kicherten.

»Wie geht's Uli?«, fragte Louise vorsichtig. Nach ihrem letzten Gespräch hatte Caro leise Zweifel an ihrer Kompatibilität geäußert. Obwohl die ersten Dates richtig gut gelaufen waren, war sie sich nicht mehr sicher, ob sie mit jemandem zusammen sein konnte, der zweimal im Jahr auf ein Rollenspielfestival fuhr, bei dem er einen mittelalterlichen Schmied mit Streitaxt spielte. Es gab ja einiges, worüber sie bei Uli hinwegsehen konnte, und es gab ebenso viel, was sie an ihm richtig toll fand, doch ein erwachsener Mann, der gern Mittelalterschmied war? Womöglich hatte er weitere Vorlieben, was das betraf, und lud sich nachts unzüchtige Dirnen in sein Zelt ein. Nein, das war zu viel.

»Ach, er ist in ein paar Wochen wieder auf so einem Rollendingsda«, sagte Caro gelangweilt. »Wir treffen uns übermorgen zum Abendessen, dann weiß ich vielleicht mehr.«

Plötzlich hob sich Caros Stimme um eine Tonlage. »Aber erzähl mir lieber von deinem hübschen Architekten. Er spielt schließlich auch gern den Dachdecker. Was sind seine verborgenen Schwächen? Hat er eine Warze am Po? Oder steht er auf beleibte Haitianerinnen?«

Louise lachte lauthals. »Ich habe bisher weder seinen Po noch eine Haitianerin in seiner Nähe gesehen, Caro.«

»Das ist gut!«, sagte sie begeistert. »Keine Haitianerin ist gut! Dass du seinen Po noch nicht gesehen hast, weniger.«

»Ich will seinen Po auch gerade noch nicht sehen.« Louise lachte. »Ich …«

Plötzlich klopfte es am Fenster, das zum Innenhof führte. Louise drehte sich um. Dort stand Noah und lächelte sie an. Louise fiel beinahe das Handy runter, als sie sich mit der Hand an die Stirn schlug.

Oh mein Gott, dachte sie. Hoffentlich hatte er nichts gehört! Wie peinlich!

»Lou? Hallo, hallo?«, rief Caro in den Hörer.

»Äh, ja, ich bin noch dran«, stammelte Louise, grinste blöd und bedeutete Noah mit Handzeichen, dass sie telefoniere. Dann drehte sie sich aus seinem Sichtfeld. »Er steht vor dem Fenster«, flüsterte sie mit zusammengepressten Zähnen.

»Wer? Der Po?«, fragte Caro amüsiert.

»Ja, der Po.«

Caro lachte. »Dann trink mal mit deinem Po einen Kaffee, ich muss wieder rein in die Klasse. Hab dich lieb, Kleines.«

»Bis bald, Carolein.«

Louise ging in den Flur, fuhr sich einmal durch die Locken und trat in den Innenhof. Noah hatte es sich auf dem Rand des Brunnens bequem gemacht und krempelte die Ärmel seines Hemdes nach oben.

»Hallo. Was machst du denn hier?«

»Hallo, Louise. Xisco schickt mich schon wieder. Er meint, du hättest weitere Aufträge bekommen und ich solle dir helfen.«

So selbstsicher Noah auch wirkte, irgendwie schien es ihm peinlich zu sein, dass sein Onkel ihn zu ihr schickte. Zumindest spielte er nervös an einem Faden herum, der aus dem Inneren seines Ärmels lugte.

»Das ist lieb«, sagte Louise aufrichtig erfreut. »Tatsächlich kamen noch zwei weitere Damen vorbei. Eine mit einem Serviertablett, dessen Griff angebrochen ist, und eine mit einem Foto in Sondergröße, für das sie einen Bilderrahmen haben möchte.«

Noah grinste.

»Aber das wusstest du vermutlich schon.« Louise zwinkerte ihm zu und er zwinkerte zurück.

»Der Ort ist klein«, bestätigte er.

Louise entschied sich für die Flucht nach vorn, statt weiter darüber nachzudenken, ob Noah vielleicht ihrem Po-Gespräch durchs Fenster hatte folgen können.

»Also, willst du hier weiter herumsitzen oder können wir an die Arbeit gehen?«, fragte sie und konnte sich dabei ein Lächeln nicht verkneifen.

»Okay, okay«, antwortete Noah verteidigend und sprang auf. »Was soll ich tun?«

Zwei Stunden lang waren sie in der Werkstatt und arbeiteten Hand in Hand an den beiden Projekten. Xisco hatte seinem Neffen sogar einige Geräte für Louise mitgegeben, die er offenbar nicht mehr benötigte. Darunter waren eine elektrische Oberfräse, die sie prompt für den Bau des Bilderrahmens benutzten, ein Fuchsschwanz sowie eine Stichsäge.

Louise war den beiden dankbar für ihre Unterstützung. Zwar ging es ihr mehr um den Spaß an der Sache als darum, die Schreinerei zu benutzen, doch nach und nach wurde sie sicherer im Umgang mit den Geräten und konnte die meisten Maschinen schon allein bedienen.

Außerdem mochte sie es, wie Noah ihr in einigem Abstand über die Schulter sah und, wie sein Onkel, meist zufrieden nickte.

Schon bald war das Serviertablett repariert und ein schlichter, aber dennoch wunderschöner Bilderrahmen aus Kirschholz gebaut, für den Louise nur noch eine passende Glasscheibe besorgen musste.

Eigentlich hatte sie für die Reparatur des Nachttischchens kein Geld nehmen wollen, doch als Noah und Louise das Möbelstück zu ihrem Haus gefahren und im Schlafzimmer aufgestellt hatten, ließ die alte Dame nicht mit sich reden. Sie steckte Louise fünfzig Euro zu und duldete keine Widerworte.

Das Geld war Louise nicht wichtig, aber die Dankbarkeit, die Señora Martell ausstrahlte, war ein wunderbarer Lohn. Sie war froh gewesen, das hübsche Teil gemeinsam mit Noah für sie reparieren zu können.

Offenbar hatte die Frau ihren Freundinnen von ihrem Werk berichtet, denn am nächsten Tag hatten die beiden nächsten Damen an Louises Tür geklopft und ihre Reparaturen in Auftrag gegeben.

Nachdem Noah und Louise aus der Werkstatt kamen und er sich verabschiedete, fasste Louise sich ein Herz und wiederholte ihre Einladung zum Abendessen als Dank für seine Hilfe. Sie nahm die neue Küche zum Anlass, sie mit ihm einweihen und ihn bekochen zu wollen. Um sich diese Gelegenheit offen zu halten, hatte Louise Noah die Küche bisher absichtlich vorenthalten.

Der Plan ging auf. Mit seinem Lächeln, bei dem Louise jedes Mal ein Kribbeln auf den Lippen spürte, willigte er dankend ein und versprach, sich nur kurz zu Hause frisch zu machen und pünktlich um neun Uhr wieder hier zu sein.

Louise stieg sofort ins Auto, tätigte einen ganzen Wocheneinkauf und füllte erstmals ihre neuen Küchenschränke und den Kühlschrank auf. Es sollte Spaghetti aglio e olio mit gebratenen Garnelen geben, dazu eine Flasche Weißwein.

Es war seltsam, den neuen Küchentisch, den sie mit Xisco fertiggestellt hatte, mit dem Geschirr aus Wiesbaden zu decken. Es fühlte sich befremdlich an und Louise beschloss, es bald durch ein anderes zu ersetzen.

Nachdem sie geduscht und sich etwas frisch gemacht hatte, begann sie mit einem Handtuch im Haar und spanischer Musik aus dem Handylautsprecher damit, Knoblauch zu schneiden und die Garnelen anzubraten, die anschließend noch von der Schale befreit werden mussten. Diese Sauerei wollte sie Noah und vor allem sich selbst beim Essen ersparen.

Erst danach duschen zu gehen, wäre die klügere Wahl gewesen, dachte sie, als ihr der Knoblauchgeruch in die Nase stieg. Egal.

Plötzlich klopfte es dreimal kräftig an der Tür. Louise sah auf die Uhr. Es war noch viel zu früh! Das musste Noah sein. Warum war er schon da? Oh Gott, ihre Hände stanken nach Knoblauch, sie hatte ein Handtuch im Haar und trug eine schlabbrige Jogginghose. Hektisch sah Louise durch das Fenster in den Hof, erkannte aber nichts und niemanden. Dann lief sie zur Treppe, um nach oben zu sprinten und sich in Rekordzeit etwas Hübscheres überzuziehen. Es klopfte erneut. Dieses Mal mit mehr Nachdruck. Na toll, dachte Louise und blieb abrupt vor der Treppe stehen. Sie hastete zurück in die Küche, wusch sich wenigstens noch die Hände und ging dann langsam zur Haustür. Na ja, dachte sie. Er ist ja auch nur ein Mensch. Dann öffnete sie schwungvoll die Tür.

Zu Louises Überraschung war es nicht Noah, sondern ein großer, stämmiger alter Mann mit Halbglatze und Vollbart. Er sah grimmig aus, woran selbst sein helllilafarbenes Hemd nichts änderte.

Bevor Louise etwas sagen konnte, ergriff der Mann das Wort und feuerte schnelle spanische Sätze ab, die immer mal wieder einige mallorquinische Wortfetzen beinhalteten.

»Guten Abend, die Dame. Wenn ich mich kurz vorstellen darf, mein Name ist Mauro. Als Bürgermeister von Caimari heiße ich Sie herzlich in unserem wundervollen Ort willkommen. Ich hoffe, Sie konnten sich bereits etwas einleben. Normalerweise sind wir Fremden gegenüber etwas vorsichtig gestimmt, doch ich hoffe, unsere Gemeindemitglieder haben sich von ihrer besten Seite gezeigt.«

Der Mann gestikulierte dabei wild mit den Armen. »Bleiben Sie denn länger in unserem Ort?« Er sah Louise eindringlich an.

Louise war völlig überfordert von dem Vortrag. »Äh, ja. Ich denke schon«, stammelte sie.

»Sie denken also schon«, wiederholte Mauro skeptisch. »Das klingt ja nicht besonders überzeugt. Also gefällt es Ihnen nicht so gut hier in unserem schönen Caimari?«

»Doch. Doch, es ist toll hier. Ganz wunderschön.«

»Aha, aha.«

Es fehlte nur noch, dass sich der Mann Notizen machte.

»Ich gehe davon aus, dass Sie Schreinerin sind?«

Louise zog die Brauen nach oben.

»Oder wie kommen Sie darauf, die alte Schreinerei zu betreiben?«

»Ich, äh, nein.« Louise wusste gar nicht, was das hier sollte. Worauf wollte der Mann hinaus?

»Aha, aha«, sagte er erneut und musterte Louise skeptisch. »Bitte verstehen Sie mich nicht falsch, junge Dame, aber unser Ort ist ein Ort der Tradition und Harmonie. Was wir hier nicht gebrauchen können, sind Störfaktoren, die das Gleichgewicht unseres wunderschönen Orts durcheinanderbringen. Sie wissen, was ich meine?« Er sah Louise erwartungsvoll an, redete jedoch einfach weiter. »Wie ich hörte, haben Sie meinen Bruder bereits mehrfach empfangen, der daraufhin deutlich geschwächt zur Ruhe gezwungen war. Das ist nicht die Art Harmonie, die wir hier suchen, ich hoffe, Sie verstehen das? Vielleicht werden Sie sich erst einmal klar darüber, was Sie hier erwarten. Caimari ist kein Ort für eine kurze Durchreise auf der Suche nach etwas Spaß und Ablenkung.«

Louise bemerkte, wie ihr Mund offen stand, presste die Kiefer aufeinander und schluckte schwer.

»Ich danke Ihnen für das offene Gespräch und wünsche einen schönen Abend«, sagte der Mann und nickte. »Ich werde Sie im Auge behalten.« Dann drehte er sich offenbar zufrieden um und verließ den Hof.

Louise blieb verwirrt an der offenen Tür stehen und sah ihm ausdruckslos hinterher. Was war das denn gewesen? Sie versuchte, seine Botschaft zu verstehen, doch es waren nur vereinzelte Worte in ihrem Gedächtnis hängen geblieben. Kein Ort der Durchreise? Sie hatte seinen Bruder geschwächt? Störfaktor? Bürgermeister?

Dann erst dämmerte es Louise. Das war Noahs Vater, der Bürgermeister! Xiscos Bruder, na klar! Aber was sollte das? Hatte Louise irgendetwas falsch gemacht?

Sie schloss die Tür. Ihr Kopf glühte. Sollte sie Noah von der Begegnung erzählen? Am liebsten hätte sie das Abendessen abgesagt, doch Noah war mittlerweile sicher schon unterwegs. Fassungslos ging sie in die Küche, überlegte einen Moment und goss sich dann ein Glas Wein ein.

»Herzlich willkommen in Caimari, Louise«, flüsterte sie und trank einen großen Schluck.

21

Noah trug ein dunkles Jackett aus grobem Stoff, eine passende Stoffhose und braune Schuhe. Seine Haare waren nach hinten gekämmt, doch hatte er es nicht geschafft, sie zu bändigen.

»Hallo«, sagte Louise verlegen, nachdem sie ihm die Tür geöffnet hatte, und lächelte sanft, als sie die Blumen in seiner Hand bemerkte.

Noah überreichte ihr den kleinen Topf mit lilafarbenen Veilchen. Es war die gleiche Sorte, die schon Xisco mitgebracht hatte. Ob sie hier im Ort eine besondere Bedeutung hatte?

»Vielen Dank. Das wäre wirklich nicht nötig gewesen.«

Noah trat herein und musterte Louise.

»Du siehst ...« Er stockte einen Moment und ließ den Blick zurück zu Louises Gesicht wandern. »... wirklich toll aus.«

Louise wich seinem Blick aus und errötete bei dem Kompliment.

Sie hatte mehrere Outfits anprobiert, doch war sie sich in den meisten zu chic und in anderen zu normal für ein Abendessen mit Männerbesuch vorgekommen. Dennoch, sie wollte keine große Sache daraus machen und hatte sich für einen schlichten grünen Rock und ein weißes T-Shirt entschieden, das sie in den Rock gesteckt hatte. Die Kombination ließ ihr genügend Bewegungsfreiheit und betonte dennoch ihre schlanke Figur. Sie fühlte sich wohl darin. Dazu trug sie braune halbhohe Schuhe. Sie wollte es nicht übertreiben, hatte sich sowieso schon viel zu viele Gedanken gemacht und musste sich förmlich zur Ruhe zwingen.

»Bitte, komm rein«, sagte sie. »Du kennst dich ja schon aus.«

»Okay, danke.«

Er schien Louises Nervosität nicht bemerkt zu haben. Ob sie auch die Ratlosigkeit wegen des Besuchs seines Vaters überspielen konnte?

Als Noah die Küche betrat, blieb er stehen und betrachtete Louises Werk. Der handgearbeitete Tisch in der Mitte des Raums, an dem zwei der geplanten sechs selbst gebauten Stühle standen. In einer L-Form die neue Einrichtung mit weißen Unterschränken, dunkelgrauen Knäufen, darüber die schöne Holzarbeitsplatte, ein Gasherd mit vier Flammen und eine metallene Abzugshaube. Und auch den alten Spiegel mit Fliesen in unterschiedlich gemusterten Blautönen hatte Louise aufgehängt. Sie gaben der schlichten Küche einen leicht mediterranen Touch und sahen toll aus.

»Die Küche ist wirklich sehr schön geworden«, bestätigte Noah zu Louises Erleichterung. Er war schließlich Architekt und hatte ein Gespür für Materialien, Räume und deren Ausstattung.

»Danke, das freut mich sehr. Möchtest du einen Schluck Wein?«

»Gern.«

Louise nahm die geöffnete Flasche Weißwein aus dem Kühlschrank, schenkte sich einen Schluck nach und ihm ein Glas ein.

»Danke. Dann auf deine neue Küche und dein neues Leben in Caimari«, sagte Noah und streckte sein Glas in Richtung

Louise, die mit ihrem leicht dagegen stieß. Und ein liebliches Klirren erklang.

Louise war total durcheinander und hatte keine Ahnung wieso. Es war kein Date. Sie konnte einfach sie selbst sein und war auch nicht verpflichtet, Noah von dem Besuch seines Vaters zu erzählen. Oder wusste er, dass der hier gewesen war? Tranken sie deshalb auf Louises *neues Leben in Caimari*?

Louise brauchte eine Beschäftigung und beschloss, die Nudeln ins kochende Wasser zu geben und langsam die Soße mit den Garnelen zu erhitzen.

»Kann ich dir irgendetwas helfen?«, fragte Noah.

»Nein, nein. Setz dich ruhig.«

»Das duftet richtig gut. Wo hast du so kochen gelernt?«

»Hmm, das ist eine gute Frage. Ich schätze, von meiner Mutter. Oder durch viel Ausprobieren und Nachkochen.«

Noah nickte. »Familie ist etwas sehr Schönes.«

Louise kam sich schlecht vor, da sie mit ihrer Mutter keinen Kontakt hatte, während Noah sich wahrscheinlich liebevoll um seine Eltern kümmerte, genau wie um Xisco.

Sie sah zu Noah hinüber und bemerkte, dass er leise lachte. »Und etwas sehr Anstrengendes«, sagte er dann und beide lachten.

»Oh, ja«, erwiderte Louise. »Hast du ein gutes Verhältnis zu deinen Eltern?«

Noah trank einen Schluck Wein, drehte einen der beiden Stühle in Louises Richtung und setzte sich.

»Irgendwie schon. Mit meiner Mutter verstehe ich mich sehr gut. Eigentlich immer schon. Mit meinem Vater ist es hingegen immer etwas kompliziert. Er hat eben nicht nur mich, sondern den ganzen Ort voller Schützlinge, denen er sein Leben gewidmet hat. Aber wir haben uns damit ganz gut arrangiert.«

Louise bemerkte die Melancholie in seiner Stimme. Auch sein Gesichtsausdruck bekam etwas Ernstes, was sie so noch

169

nicht an ihm kannte. Offenbar bedrückte ihn das Verhältnis zu seinem Vater und Louise beschloss, Noah nun erst recht nichts von seinem Besuch und der seltsamen Ansprache zu erzählen. Wer wusste, wie er damit umgehen würde.

»Und Xisco?«, fragte Louise. Sie bemerkte, wie Noahs Gesichtsausdruck sanfter wurde. »Ich habe das Gefühl, dass du dich mit ihm sehr gut verstehst, kann das sein?«

»Xisco ist ein toller Mensch«, sagte Noah. »Nichts gegen meinen Vater, wirklich, aber Xisco hat sicherlich einen großen Teil seiner Rolle übernommen. Er war immer für mich da und ich bin es auch für ihn.«

»Aber er redet nicht besonders gerne, oder?«

Noah schmunzelte. »Das stimmt. Kaum zu fassen, dass er der Bruder meines Vaters ist.«

Louise ließ den Löffel durch die Garnelensoße gleiten, die leise vor sich hin köchelte.

»Einerseits kommt er mir immer etwas traurig und zurückgezogen vor, aber andererseits strahlt er auch eine gewisse Lebensfreude aus, finde ich. Irgendwie kann ich ihn schwer einschätzen.«

»Das geht den meisten so. Xisco ist etwas scheu und gerne für sich. Das war nicht immer so, früher ...« Noah zögerte und beendete den Satz nicht. »Ich bin einer der wenigen Menschen, denen er wirklich vertraut. Wir spielen jede Woche Schach und erzählen uns Dinge, die wir sonst niemandem anvertrauen.«

Louise sah, wie Noah grinste, konnte es jedoch nicht deuten. War sie etwa Bestandteil eines dieser Gespräche gewesen? Ihr Herz klopfte laut in einem schnellen Takt. Sie suchte nach einem Themenwechsel und ihr Blick fiel auf das Veilchen, welches Noah mitgebracht hatte.

»Was hat es mit den Veilchen auf sich? Xisco hat mir auch so eins mitgebracht.«

Noah strich mit den Fingern über die kleinen Blüten der zarten Pflanze.

»Sie heißt Violeta Jaubertiana, man nennt sie auch Mallorca-Veilchen. Diese spezielle Art gibt es nirgendwo sonst auf der Welt, nur hier im Tramuntana-Gebirge.«

Louise konnte es nicht fassen und betrachtete die Pflanze noch einmal genauer. Die kleinen violetten Blüten hatten einen weißen Ansatz und waren von sattgrünen Blättern umgeben.

»Sie steht sogar auf der Liste der bedrohten Pflanzenarten. Ihre Blüten haben einen kräftigen Geschmack, der leider den Wildziegen sehr zusagt. Sie haben nahezu alle Veilchen auf der Insel aufgefressen, noch bevor diese die Möglichkeit hatten, sich zu vermehren. Sie sind nur noch in einigen schwer zugänglichen Felsspalten zu finden, besonders in den Torrents, den Trockenflussbetten, die bei heftigen Regenfällen zu reißenden Flüssen werden.«

»Aber wie kommst du dann an die Pflanze? Sollte man sie nicht lieber dort lassen, wo sie wächst?«

Louise war dankbar für das schöne Geschenk, wollte jedoch keine vom Aussterben bedrohte Pflanzenart weiter dezimieren.

»Es freut mich, dass du das so siehst«, sagte Noah sichtlich erleichtert. »Allerdings habe ich diese Blume von Xisco. Er hat nämlich ein besonderes Verhältnis zum Mallorca-Veilchen. Viele Jahre hat er versucht, sie zu züchten, um sie vor dem Aussterben zu bewahren. Vor ungefähr dreißig Jahren ist es ihm endlich gelungen. Seitdem züchtet er sie zu Hause und pflanzt sie an verschiedenen Stellen in der Tramuntana, damit sie nicht gänzlich verschwinden.«

»Wow, das klingt toll«, sagte Louise beeindruckt. »So etwas hätte ich ihm gar nicht zugetraut.«

»Er liebt seine Mallorca-Veilchen. Sie stehen für Hoffnung.«

»Hoffnung«, murmelte Louise nachdenklich. »Hat das einen bestimmten Hintergrund? Oder warum hat Xisco dann auch eine Pflanze hier in den Hof gestellt?«

Noah lächelte, offenbar wegen Louises Neugier.

»Das weiß niemand so genau«, sagte er und zwinkerte ihr zu.

Was sollte das nun heißen? Wusste Noah etwas, was er ihr nicht preisgeben wollte oder nicht preisgeben durfte?

»Vielleicht erzählt er es dir eines Tages«, sagte er, offenbar Louises Gedanken lesend.

»Mir scheint, als wäre dieser Ort voller Geheimnisse«, sagte sie unzufrieden, lächelte dann aber und ging zum Herd, um die Nudeln abzugießen.

Noah spielte an den Blättern des Veilchens herum, strich darüber und betrachtete sie von allen Seiten.

»Was bedeutet *Hoffnung* für dich?«

Louise strich sich eine Locke aus der Stirn und sah zu Noah hinüber, der immer noch mit der Pflanze beschäftigt war.

»Ich glaube, Hoffnung ist schlicht und einfach der Wunsch danach, dass sich etwas zum Positiven verändert, und der Glaube daran, dass es eines Tages geschehen wird. Manchmal ist es vielleicht auch der Wunsch, etwas zu vergessen, was einen traurig macht, der Wunsch danach, es mit einem schönen Erlebnis zu überlagern.«

Noah nickte. »Ja, das stimmt wahrscheinlich.« Er ließ das Blatt los und wandte sich Louise zu. »Bist du ... also ...« Er schluckte und unternahm einen zweiten Anlauf. »Ist das Haus eigentlich für dich allein? Oder ... kommt da noch jemand?«

Louise musste grinsen und wandte sich schnell wieder den Nudeln zu. Man konnte förmlich seiner Stimmlage anhören, wie er die Frage zu umschiffen versuchte, ob Louise Single war.

»Nein, ich bleibe allein hier. Also … ich meine …« Jetzt war sie es, die herumdruckste. »Nein, es kommt niemand mehr«, sagte sie kurz. »Bist du denn … also, wohnst du allein?«, schoss sie schnell hinterher, drapierte die Nudeln auf zwei Tellern und gab etwas von der köstlich duftenden Soße darüber.

»Ich wohne nicht allein«, sagte Noah.

Louise hielt kurz inne.

»Sie heißt Jola …«

»Ah, ja. Das … ja … dachte ich mir schon. Ja.« Oh Gott, wie peinlich, schoss Louise in den Kopf, und sie schob die Garnelen von links nach rechts und wieder zurück, nur um noch nicht zum Tisch gehen zu müssen. Und was war das für ein seltsames Gefühl, was in ihr aufstieg? War das Enttäuschung? Sie hatten doch gerade erst über Hoffnung gesprochen.

»Jola ist mein Hund«, sagte er amüsiert.

Das wird ja immer peinlicher, dachte Louise.

»Sie ist ein Pastor-Mallorquin-Mischling.«

»Ah, ja.«

Louise sprang über ihren Schatten, drehte sich zu Noah und stellte die beiden Teller auf den Tisch. Lächelnd goss sie ihm einen Schluck Wein nach und setzte sich ihm gegenüber.

»Das sieht wirklich lecker aus und duftet herrlich«, sagte Noah und hob sein Glas. »Vielen Dank für die Einladung. Ich hoffe, ich darf mich demnächst revanchieren.«

»Sehr gern«, sagte Louise und stieß erneut mit ihm an.

Louise wurde flau im Magen. Es war allerdings definitiv mehr das Gefühl, wenn der Hunger ins Unermessliche wuchs und man kurz davorstand, eine riesige Portion seines Lieblingsgerichts zu essen.

Louise dachte an das, was in den letzten Wochen und Monaten geschehen war. Doch etwas überlagerte all diese Ereignisse. Es war das Gefühl von Hoffnung. Der Wunsch danach, dass sich etwas zum Positiven hin veränderte. Und irgendwie fühlte es sich an, als wäre diese Veränderung bereits in vollem Gange.

Dann dachte Louise an Xisco. War es vielleicht die Hoffnung, die ihn dieses Haus so lange hatte leer stehen lassen? Und war es ebenso die Hoffnung, die ihn dazu gebracht hatte, das Mallorca-Veilchen vor dem Aussterben zu retten?

22

Vier Wochen später

Louise umklammerte die Leine mit festem Griff. Jola lief so selbstverständlich neben ihr her, dass dies eigentlich nicht nötig gewesen wäre, doch Louise war froh, sich an etwas festhalten zu können.

»Sie steht dir wirklich gut«, sagte Noah, der neben ihr ging und sie ab und zu lächelnd von der Seite anblickte.

»Vielleicht springt sie ja nachher zufällig in meinen Kofferraum.«

Noah lachte. »Ich könnte mir sogar vorstellen, dass sie das wirklich tut. Sie ist die beste Freundin, die man sich vorstellen kann.« Noah sah zu Louise hinüber und musterte sie aufmerksam. »Okay, sie sabbert ein wenig, aber wer tut das nicht?«

Louise lachte, als sie an die Morgen dachte, an denen auch sie auf einem feuchten Kopfkissen aufgewacht war, vorzugsweise auf dem Bauch liegend und völlig in sich verdreht.

Es wurde langsam dunkel und sie steuerten auf Noahs Wohnung zu. Die Verabredung schloss Noahs Versprechen ein, Louise seine Wohnung zu zeigen und sie mit einem mallorquinischen Gericht zu bekochen. Louise war gespannt darauf, zu sehen, wie er wohnte, und zugleich unfassbar aufgeregt. Zwei Wochen lang hatte sie sich einreden wollen, dass es nur ein netter Abend zwischen zwei unabhängig voneinander lebenden Erwachsenen war, die sich einfach sympathisch fanden, bis sie endlich den Hörer in die Hand genommen und Noah zugesagt hatte. Sie wusste, wie schnell sich das Ganze in eine andere Richtung entwickeln konnte. Was sie nicht wusste, war, ob sie diese andere Richtung mochte, geschweige denn bereit dazu war, sie einzuschlagen.

Doch die Zeit mit ihm war angenehm und aufschlussreich. Sie waren durch die Stadt geschlendert und Louise hatte einen Eindruck von seinem Alltag bekommen. Noah hatte Louise beinahe vergessen lassen, warum sie sich so lange geziert hatte, ihm für heute zuzusagen. Er hatte ihr sein kleines Büro, das er sich mit einer Eventmanagerin und einem Grafiker teilte, einige Restaurants, in denen er öfter zu Mittag aß, und ein winziges Eckcafé abseits des Trubels gezeigt, in dem es einen richtig guten Espresso gab. Danach hatten sie sich einfach treiben lassen, bis sie schließlich am Torrent de Sa Riera, der die Altstadt von Santa Catalina trennte, zurück zu Noahs Wohnung gingen.

»Es ist nur ein Abendessen«, sagte Louise sich, als sie durch ein Flügeltor traten und in einem charmanten Hinterhof standen. Es war einer dieser verwunschenen Orte, die man niemals hinter den verrammelten Türen entlang der Gassen erwartete. In einer Ecke entdeckte Louise Noahs rote Vespa.

»Gleich haben wir es geschafft«, sagte Noah und hielt Louise und Jola die Haustür auf. »Der Aufstieg lohnt sich, versprochen.«

Jola flitzte los und verschwand im Treppenhaus. Louise seufzte beim Anblick der vielen Stufen, doch sie erklomm tapfer eine nach der anderen. Vier Stockwerke später öffnete Noah die Wohnungstür und bat Louise hinein. Sie schnaufte.

»Das Sauerstoffzelt ist da hinten rechts.«

»Na danke«, sagte Louise und musste zwangsläufig lachen. Feine Schweißperlen bildeten sich auf ihrer Oberlippe.

»Also, herzlich willkommen. Fühl dich bitte wie zu Hause. Magst du ein Glas Wein?«

»Gern, danke. Aber nur einen Schluck, ich muss ja noch fahren. Und ein Wasser wäre auch toll.«

»Bringe ich dir. Du kannst dich gern schon mal umsehen.«

Hinter dem kleinen Eingangsbereich öffnete sich ein geräumiges, hohes Wohnzimmer, in das eine moderne Küche integriert war. Die Front zum Balkon hin war beinahe komplett verglast und erlaubte eine atemberaubende Aussicht über die Dächer Palmas bis hin zum angestrahlten Jachthafen. Noah hatte nicht zu viel versprochen, der Blick war absolut sehenswert.

Die Wohnung war eine Art Loft und auch entsprechend eingerichtet. Eine große freistehende Sofalandschaft aus braunem Leder, die auf einem riesigen Teppich stand, hohe Bücherregale an den Wänden, einige Kunstwerke aus behauenem Stein und an den Wänden großformatige Fotos traditioneller Fincas, wahrscheinlich einige von Noahs Projekten. Die Luftbilder erinnerten Louise an die Yoga-Finca, in der sie mit Caro gewohnt hatte.

Louise hörte das Ploppen einer Weinflasche und scheute sich, weitere Räume ohne Noah zu erkunden. Stattdessen ging sie zurück in den Flur, kramte in ihrer Handtasche herum, zog einen Deoroller heraus und machte sich schnell frisch. Mehr als zwei Stunden lang waren sie durch Palma spaziert und Louise wollte heute keinesfalls den ganzen Abend mit zusammengeklemmten Achseln dasitzen, wie bei ihrem Kennenlernen, als Noah beim Entrümpeln geholfen hatte.

Während sie auf Noah wartete, streichelte sie Jola, die sich auf dem Teppich streckte und genüsslich auf den Rücken rollte.

Wenig später kam Noah mit zwei beschlagenen Weingläsern in der einen Hand, einem kleinen Wasserglas in der anderen und einer Schüssel mit frischem Wasser dazwischen.

»Hier, meine Hübsche«, sagte er zu Jola, bückte sich und stellte die Schüssel vorsichtig vor der Balkontür ab.

Louise konnte gar nicht anders, als ihm lächelnd dabei zuzusehen, wie er neben Jola kniete und wartete, bis sie trank, als wollte er sichergehen, dass es ihr auch wirklich gut ging. Dann richtete er sich auf und reichte Louise das Wasser und eines der Weingläser.

Louise sah Noah an, gespannt darauf, ob er auch ihr etwas sagen würde, doch der verzichtete auf einen Kommentar und erwiderte einfach nur Louises Blick.

»Schön, dass du da bist und endlich meiner Einladung nach Palma gefolgt bist«, sagte er schließlich und hob sein Glas.

»Ich entschuldige mich öffentlich für die Verzögerung«, antwortete Louise und senkte lächelnd den Kopf. »Ich habe es einfach nicht früher geschafft.«

Louise errötete, als sich feine Lachfalten in Noahs Augenwinkeln bildeten. Sie fühlte sich bei ihrer kleinen Notlüge ertappt. Etwas zu hektisch stieß sie ihr Glas gegen seines und probierte den Wein, der kühl und fruchtig war.

»Sehr lecker«, kommentierte sie wenig originell.

»Ich kenne den Winzer, der den Wein herstellt«, sagte Noah. »Ich durfte den Umbau des Anwesens planen.« Er deutete auf eines der Fotos an der Wand. »Das da ist es. Mittlerweile sind wir ganz gut befreundet und er schickt mir immer mal wieder eine Kiste.«

»Wie praktisch.«

Louise kühlte langsam etwas ab, doch sie hatte unglaublichen Durst und leerte das Wasserglas in einem Zug.

»Wow, okay«, sagte Noah überrascht. »Magst du noch ein Glas?«

»Nein, danke, jetzt ist alles gut.« Louise wischte sich etwas Wasser von der Lippe, was Noah genau zu beobachten schien.

»Hast du schon alles gesehen?«, fragte er schnell.

Louise schüttelte den Kopf. »Hab mich nicht getraut.«

Noah lachte. »Ist auch nicht mehr viel zu entdecken.« Er ging zum Ende des Raumes, von dem drei Türen abgingen, und öffnete eine nach der anderen.

Louise folgte ihm neugierig.

»Hier ist ein Büro, Schrägstrich Gästezimmer. Das ist mein Schlafzimmer. Und hier ist das Bad.«

Auch diese Zimmer waren durchdacht und individuell eingerichtet, ohne ungemütlich zu wirken. Im Gegenteil, Louise fühlte sich auf Anhieb wohl.

»Und das Herzstück«, begann Noah, ging auf die Balkontür zu und öffnete sie, »ist natürlich der Balkon. Eigentlich bin ich nur deswegen hier eingezogen. Und wegen der Bäckerei zwei Häuser weiter.«

Louise betrat den Balkon, der nicht so groß war, wie man vermutet hätte, aber ausreichend Platz für eine schöne Sitzecke und einen Grill bot. Nebeneinander lehnten sie sich an das Geländer und Louise genoss die besondere Atmosphäre, den gedämpften Lärm der lebhaften Stadt, die Nähe zum Hafen und den endlosen Horizont. Sie blieben eine Weile still. Es war ein angenehmes Schweigen, ein vertrautes Schweigen.

»Ich werde mal anfangen zu kochen«, sagte Noah dann. »Du kannst gerne mit reinkommen oder auch noch etwas hierbleiben. Ganz wie du magst.«

»Nein, nein. Ich komme mit. Du wolltest mir noch von Caimari erzählen. Wann würde das besser passen als beim Kochen, was du vermutlich von deiner Mutter gelernt hast.«

Noah grinste. »Na gut.«

Sie folgte ihm in die Küche und Noah deutete auf einen der beiden Barhocker, die vor der Kochinsel standen.

»Bitte, setz dich.« Dann begann er einige Küchenutensilien aus den Schränken und Schubladen zu nehmen.

»Und ich darf dir wirklich nicht helfen?«

»Nein, darfst du nicht«, erwiderte er lächelnd. Dann krempelte er die Ärmel seines Hemds nach oben und begann, Auberginen, Paprikaschoten, Kartoffeln, Tomaten und Knoblauch zu zerkleinern. Louise sah ihm interessiert zu und nickte anerkennend. Dabei musste sie zwangsläufig an Xisco denken und grinste.

»Erzähl mir von Caimari. Bist du dort aufgewachsen?«

»Ja, bin ich. Es war eine schöne und wilde Zeit. Diese Unbeschwertheit als Kind, das ist etwas Besonderes, etwas, was man so nie wieder erfährt im Leben. Denke ich zumindest. Es ist ja noch nicht vorbei.«

Sie grinsten sich an und Louise forderte ihn auf, weiterzureden. Sie mochte es, wie er über sich und sein Leben erzählte, seine Art, wie er Situationen und Menschen beschrieb, respektvoll, interessiert und voller Leidenschaft. In allem, was er tat, konnte Louise seine Liebe zu dieser Insel und deren Bewohnern spüren.

»Wir waren höchstens zwanzig Kinder im Dorf. Und es gab nicht viel um uns herum. Der Bus fuhr nur zur Schule und wieder zurück. Es war eine kleine, heile Welt. Zumindest kam es uns so vor. Das Dorf lebte von der Landwirtschaft, Ackerbau unten im Tal, Schafe und Ziegen in den Bergen. Nach der Schule halfen die meisten Kinder in den Betrieben ihrer Eltern. Erst am späten Abend hatten wir Zeit, Unsinn zu machen und den Mädchen nachzustellen.« Noah grinste. »Vorzugsweise beides zusammen.«

In diesem Moment sah Louise ganz deutlich den kleinen Lausbuben in ihm.

»Wie beeindruckt ein kleiner Junge in den Bergen denn die Mädchen?«

»Zum Beispiel indem er das wildeste Schaf der Herde einfängt und auf ihm durch den Ort reitet.«

Louise lachte laut auf.

Noah hielt sich eine Auflaufform vor das Gesicht. »Oh Gott, das klingt wirklich erbärmlich.«

»Nein, nein. Das ist ganz männlich und wirklich imposant. Wie hieß das Mädchen, das du beeindrucken wolltest?« Louise kicherte.

»Laura Bibiloni. Sie war bildhübsch, mutig und wusste, was sie wollte.«

»Ach ja? Was wollte sie denn?«

»Mich jedenfalls nicht«, gestand Noah schmunzelnd. »Ich habe ihr bis zur neunten Klasse nachgestellt, ohne Erfolg. Ab und zu sehe ich sie in der Stadt. Sie ist jetzt bei der Mordkommission.«

Louise bemerkte, wie ein Hauch von Eifersucht in ihr aufstieg, und sie musste über sich selbst lachen. Sie war auf die mädchenhafte Version einer Frau eifersüchtig, in die Noah als Junge verknallt gewesen war. Und überhaupt. Louise zwang sich zur Selbstbeherrschung.

»Was ist los?«, fragte Noah aufmerksam, als er das Gemüse in der Auflaufform verteilte und etwas Öl darüber gab.

»Nichts«, tat Louise ihren gedanklichen Ausflug ab. »Und nach deinen erfolglosen Versuchen in der Welt der Frauen … wieso bist du Architekt geworden? Wie kam es dazu?«

Noah erzählte von seiner Leidenschaft für das traditionelle Mallorca und die traditionelle Bauweise, die er wahrscheinlich seinem Vater zu verdanken habe. So lange Noah zurückdenken konnte, habe der sich für den Erhalt der rustikalen Gebäude, vor allem auf dem Land, eingesetzt. Auch wenn sein Vater so einiges falsch gemacht habe, für diese Erkenntnis sei Noah ihm sehr dankbar. Louise hörte gespannt zu, wie er von der Zusage der Universität in Madrid berichtete, den langen Gesprächen mit seinen Eltern, die ihn dazu bewegen wollten, auf der Insel zu bleiben, und der Entscheidung, den Platz an der Uni in Madrid schließlich anzutreten.

Eine halbe Stunde später erzählte Noah gerade von seiner Studienzeit in Madrid, die ihm eine völlig neue Welt eröffnet hatte, als er den Auflauf aus dem Ofen zog und sie es sich auf dem Balkon gemütlich machten. Der Tumbet, ein mallorquinischer Gemüseauflauf, schmeckte köstlich und die Zeit verstrich wie im Flug.

Sie lachten, erzählten sich Anekdoten aus ihren Studentenjahren und es entstand eine ganz andere Art der Vertrautheit. Eine Vertrautheit, die Louise nervöser werden ließ, je weiter der Abend fortschritt.

Als sie nach drinnen auf die Couch wechselten, schmiegte sich Jola zwischen ihre Beine, bereit, von allen Seiten gestreichelt zu werden. Schweigend kamen sie Jolas Wunsch nach. Im Hintergrund lief leise Musik. Noahs Hand schien Louises bei jeder Kraulbewegung etwas näherzukommen, bis sie sich schließlich zart berührten.

Louises Magen zog sich blitzartig zusammen. Sie bemerkte, wie sich ein Kribbeln von ihrer Hand auf ihren Arm und schließlich bis zu ihrem Nacken ausbreitete.

Langsam näherte sich Louise einer Grenze, die zu überschreiten sie noch nicht bereit war. Als Noah ihr in die Augen sah und behutsam nach ihrer Hand tastete, zuckte sie zurück. Erst beim zweiten Mal ließ sie es geschehen, ergriffen von Noahs ehrlichen Augen. Louise genoss seine Nähe bei jedem Atemzug, seine Aufrichtigkeit, seinen Duft. Sie biss sich leicht auf die Lippe. Ihr Herz raste.

Dann, aus einem Impuls heraus, stand sie plötzlich auf.

»Ich … also, es ist schon spät«, stammelte sie. »Ich denke, ich werde jetzt fahren.« Louise wandte sich zur Seite, um seinem Blick zu entgehen.

Noah stand langsam auf. Er sagte nichts.

Aus dem Augenwinkel sah Louise, dass er, entgegen ihrer Erwartung, verständnisvoll lächelte.

Louise ging zur Tür und griff nach ihrer Handtasche.

»Ich bringe dich noch zum Auto, okay?«

»Danke, aber das brauchst du wirklich nicht. Ich parke ja direkt vor der Tür.«

Louise sah die Enttäuschung in Noahs Gesicht, entschied sich aber dafür, dass es jetzt noch blöder gewesen wäre, ihn nun doch darum zu bitten.

»Es war ein wunderschöner Abend, Louise.«

»Das stimmt«, gab sie mit gesenktem Kopf zu. »Es tut mir leid, dass er so abrupt zu Ende geht, aber ich muss wirklich fahren.«

»Das ist völlig in Ordnung, mach dir keine Gedanken.«

»Ehrlich?«

»Ganz ehrlich.«

Louise war erleichtert.

Noah beugte sich vor und Louise spürte einen zarten Kuss auf ihrer Wange. Kurz schloss sie die Augen und genoss das Nachbeben von Noahs Lippen in ihrem Körper. Dann drehte sie sich um.

»Gute Nacht«, hauchte sie.

»Gute Nacht, Louise.«

In den folgenden Tagen suchte Louise jede Gelegenheit, um sich mit allerlei Aufgaben abzulenken und bloß nicht darüber nachzudenken, ob sie stolz auf sich sein sollte, sich nicht kopflos in etwas hineingestürzt zu haben, wofür sie noch nicht bereit war, oder ob sie es schlicht und einfach verbockt hatte. Ein Dazwischen gab es nicht. Der Abend war wunderschön gewesen, keine Frage. Es war aufregend, gefühlvoll und vertraut gewesen. Aber ihr Verstand sagte ihr mit erhobenem Zeigefinger und überdeutlicher Artikulation, dass es zu früh war, um ihr zerbrechliches Herz jemandem anzuvertrauen, dessen Absichten sie nicht kannte. Ihre Gefühlswelt war in ein Ungleichgewicht geraten und Louise durfte ihr nicht über den Weg trauen. Ende der Diskussion.

Die Arbeit tat Louise gut und es gab eine Menge davon. Nach den ersten Spanischstunden mit Carlo, dem Freund von Maurice, hatte dieser es sich nicht nehmen lassen, seinem Freundeskreis von Louise zu erzählen. Die Empfehlung hatte dafür gesorgt, dass nun zweimal wöchentlich eine Gruppe von vier aufgeweckten Frisören und zwei Hundetrainern zum Spanischunterricht erschien. Einige von ihnen äußerten obendrein bereits den Wunsch nach Einzelstunden. Louise war dankbar für die zusätzlichen Einnahmen und der Unterricht machte großen Spaß. Außerdem ließ sie diese Runde von Männern, die sich gegenseitig hochnahmen, schmunzelnd an ihren ehemaligen Schüler Arthur denken, der hoffentlich schon bald ein Sechsgängemenü samt Verdauungsschnaps auf Spanisch bestellen konnte. Louise hoffte, dass der alte Mann dem Sprachunterricht treu geblieben war und auch mit dem neuen Lehrer weiterhin Freude daran hatte.

Nach dem Unterricht telefonierte Louise ausführlich mit Linda. Ganze drei Stunden redeten sie und verabschiedeten sich erst, als Louise bereits die Augen zufielen. Linda versprach hoch und heilig, sie bald mit den Kindern zu besuchen, um ihr neues Leben kennenzulernen und bei den letzten Renovierungsarbeiten zu helfen.

Anschließend fiel Louise erschöpft, aber voller Vorfreude ins Bett. Vorfreude auf ihre Schwester und die Kinder, und besonders auch auf Caro, denn Louise würde sie schon morgen am Flughafen abholen. Für eine ganze Woche würde sie auf der Insel bleiben. In Gedanken begann Louise durchzugehen, was sie mit Caro alles machen wollte, doch bereits der dritte Punkt wurde von einem tiefen und ruhigen Schlaf vereinnahmt.

* * *

»Ich bin ja so gespannt!«, rief Caro und sprang aus dem Wagen.

Louise lächelte und stieg ebenfalls aus, um Caro mit dem Gepäck zu helfen. Mehrere Wochen hatte sie nun auf ihren Besuch hingefiebert und endlich war ihre beste Freundin für eine ganze Woche hier. Louise war ihr am Flughafen strahlend in die Arme gefallen und obwohl sie fast täglich telefonierten, hatten sie das Gefühl, so viele Neuigkeiten austauschen zu müssen, als hätten sie ewig nichts voneinander gehört. Seit ihrem letzten Wiedersehen hatte sich der Sommer mit voller Überzeugung über der gesamten Insel ausgebreitet. Jeden Tag kletterte die kraftvolle Sonne ein Stück höher am Himmel hinauf und lieferte Temperaturen von über dreißig Grad, was an vielen Tagen von Louise die typisch südländische Siesta einforderte. Und dennoch, sie genoss das beständige Wetter und freute sich jeden Tag über die angenehmen Sonnenstrahlen.

Nachdem Caro aus dem Auto gesprungen war, schnappte sie sich ihre große Reisetasche und lief los, durch den Eingang zum Hof. Louise griff nach Caros Rucksack und ging ihr lachend hinterher. Ihre Aufregung und ihre staunenden Blicke waren sehr wohltuend, denn Louise hatte viel Arbeit und Mühe in die Instandsetzung gesteckt und hegte ab und an leise Zweifel, ob sie das Richtige tat. Was auch immer das sein mochte.

In den beiden letzten Wochen hatte Louise Tag und Nacht daran gearbeitet, das Anwesen zu einem Wohlfühlort zu machen, und war große Schritte vorangekommen.

Der Hof war von Unkraut und Wildwuchs befreit, sodass die schönen Pflastersteine wieder zur Geltung kamen. Bunt blühende Wandelröschen, Oleander und Weinranken wuchsen am

Rand des Patio und in der Mitte plätscherte der große Brunnen, den Xisco wieder in Gang gesetzt hatte. Mit großen Augen lief Caro umher und schien den Hof nicht wiederzuerkennen.

Louise hatte die Holzfenster der Werkstatt und des Haupthauses geschliffen, in einem seidigen Honigton geölt und anschließend den Schmutz der letzten Jahrzehnte von den Scheiben gewischt. An den Stützpfeilern des umlaufenden und überdachten Rundgangs rankte sich lilafarbene Bougainvillea, die sie in große Terrakottatöpfe gepflanzt hatte. Unter dem Rundbogen, der den Blick aufs Tal freigab, standen an einem Tisch zwei Holzbänke, auf denen dicke Polster lagen und förmlich zum Entspannen im Schatten einluden.

Die Sitzecke hatte Louise zusammen mit Xisco gebaut, genauso wie die restlichen Stühle in der Küche und Louises neues, riesiges Bett, auf dem auch Caro Platz finden würde.

»Das ist so wunderschön, Lou. Ich weiß gar nicht, was ich sagen soll. Ich bin einfach nur froh, dass unser Reifen kaputtgegangen ist und du hier reingestolpert bist. Selbst wenn du dabei wie ein Actionheld dein Leben riskieren musstest.« Caro lachte, hielt sich dann die Hände vor den Mund und schüttelte fassungslos den Kopf. »Du hast ein richtiges Schmuckstück daraus gemacht! Darauf kannst du wirklich stolz sein.«

»Warte erst mal, bis du die Wohnräume siehst«, sagte Louise munter und genoss die Anerkennung ihrer Arbeit.

»Darf ich?«, fragte Caro und deutete auf die Haustür.

»Na klar, fühl dich wie daheim.«

Sofort stürmte Caro los und Louise eilte ihr nach. Auch die Innenrenovierung war so weit abgeschlossen und die Zimmer erstrahlten in neuem Glanz, ohne den Charme des alten Hauses zu schmälern, in den sich Louise vor knapp drei Monaten verliebt hatte. Die glatten weißen Wände passten hervorragend zu dem abgenutzten Boden. An den hohen Decken hingen dezente und dennoch moderne Hängeleuchten aus Messing, die große

Wohnküche hatte Louise wie geplant durch einige Änderungen individualisiert und alle Holzbestandteile wie die Fenster, das Treppengeländer, die Deckenbalken oder den Dachüberstand auf dem Balkon im zweiten Stock abgeschliffen und geölt. Die Kombination aus Holz, Keramik, Metall und weißen Wänden gefiel Louise besonders gut und schien auch bei Caro auf deutliches Wohlgefallen zu stoßen.

Noah mit seinem Fachwissen hatte großartige Vorschläge beigesteuert, welche Materialien sich für dieses Klima eigneten, wie man am besten mit der hohen Luftfeuchtigkeit umging und welche kleinen Details den Charakter des Hauses noch unterstreichen würden.

Nach ihrem Streifzug durch alle Zimmer blieb Caro vor Louise stehen und blies einen Schwall Luft durch die aufgeplusterten Wangen.

»Also ich bin wirklich überwältigt, Lou. Das Haus ist der absolute Knaller!«

Louise spürte Caros Arme um sich und ergab sich der herzlichen Umarmung.

»Ich bin froh, dass du da bist«, flüsterte Louise Caro ins Ohr, die daraufhin lächelte. So schön es hier war und so sehr Louise beschäftigt gewesen war, sie hatte sich immer noch nicht an die leere Bettseite gewöhnt, neben der sie abends einschlief und morgens aufwachte. Caros Gesellschaft, auch wenn sie nur temporär war, würde Louise definitiv guttun.

Caro und Louise verharrten einen Moment in der Umarmung, bis Caro sich losmachte und Louise ernst ansah.

»Jetzt muss ich noch zwei Sachen sehen. Erstens: deine geheimnisvolle Schreinerei. Und zweitens: deinen geheimnisvollen Noah!«, sagte sie strahlend und war bereits unterwegs nach draußen.

Caro sah sich jeden Winkel der Werkstatt an und stellte Louise eine Frage nach der anderen, über Geräte, Materialien und die angefangenen Werkstücke. Zum Erstaunen ihrer Freundin konnte Louise alles ausführlich und fachgerecht beantworten.

»Wir kennen uns so lange und so gut und trotzdem überraschst du mich so sehr, dass ich es gar nicht richtig glauben kann«, sagte Caro verdutzt, nachdem ihr klar geworden war, welche Fertigkeiten sich Louise in den letzten Wochen angeeignet hatte.

»Und all das hast du gebaut und repariert?«

»Natürlich nicht allein. Xisco und Noah waren mindestens genauso viel daran beteiligt wie ich.«

»Trotzdem, Lou. Du bist der Wahnsinn. Ich finde, du solltest mehr daraus machen. Es scheint dir Spaß zu machen und meiner bescheidenen Meinung nach machst du das verdammt gut.«

Nachdem sie sich noch einmal ausgiebig umarmt und anschließend Caros Klamotten im Schlafzimmer verstaut hatten, spazierten sie eine Runde durch den Ort. Bevor sie den Marktplatz erreichten, tippte Louise eine kurze Nachricht an Alex. Sie hatte ihn in den vergangenen Wochen schon beinahe mit Anrufen und Nachrichten bedrängt, doch sie musste sichergehen, dass er sich an die Abmachung halten und ihr das Geld pünktlich überweisen würde. Er hatte zwar versichert, dass alles laufen werde wie geplant, doch machte er sich rar und beantwortete ihre Anrufe nicht.

Louise tippte auf Senden und steckte das Handy wieder weg. Die Zeit mit Caro war rar und sie wollte jede Minute davon genießen. Sie suchten sich einen schattigen Tisch auf dem Marktplatz und bestellten einen Café con leche.

In dem kleinen Ort war Louise mittlerweile überall bekannt und konnte auch schon viele Gesichter zuordnen. Sie grüßte freundlich, hielt ein Pläuschchen mit dem Postboten Andrés, der Louise bisher noch keinen einzigen Brief gebracht hatte und trotzdem jeden Tag mit dem Fahrrad Halt bei ihr machte, mit der alten Käserin Mireia, die an Markttagen mittlerweile immer ein Stück ihres würzigen Ziegenkäses für sie bereithielt oder dem Café-Besitzer Sergi, der Louise jedes Mal ein weiteres Wort Mallorquinisch beibrachte, wenn sie sich sahen.

»Lou, ich glaube, die Insel tut dir sehr gut«, sagte Caro amüsiert, als sie im Café Platz nahmen und Louise vertraut mit Sergi scherzte.

»Ich fühle mich wohl, wenn du das meinst«, erwiderte Louise verlegen.

»Nein, ganz im Ernst, Lou, das steht dir alles wirklich gut hier. Dieses Dorfleben, die ganzen Leute, die du schon kennst, du als Schreinerin. Das ist einfach cool und ich habe dich selten so ausgelassen gesehen. Es ist fast so, als wärst du nie woanders gewesen.«

Louise ließ den Blick lächelnd zu den Bergen schweifen und ihr wurde bewusst, dass Caro absolut recht hatte. Sie hatte stets nach Plänen und Verantwortungen gelebt. Wegen Alex' strukturierter Art hatten sie stets mindestens drei Schritte vorausgedacht, sei es beim Hauskauf, bei der Planung für das tägliche Abendessen und den daraus resultierenden Wocheneinkäufen oder beim Abschluss ambulanter Zusatzversicherungen. Es war ein enges Korsett gewesen, in dem Louise sich zwar nicht unwohl gefühlt hatte, das ihr aber den Einblick in ein lebhafteres, ungezwungeneres Leben verwehrt hatte. Louise war immer davon ausgegangen, dass sie diese Struktur und die Rolle, die sie darin einnahm, gebraucht hatte. Nun stellte sich heraus, dass es auch noch etwas anderes gab. Etwas, was ihr Freude bereitete, etwas, was sie erfüllte.

Natürlich war nicht alles besser als zuvor und ihre seelischen Wunden waren längst nicht verheilt. Doch die neue Umgebung und die neuen Aufgaben gaben Louise jeden Tag einen frischen

Impuls, der Dinge veränderte, ihren Horizont erweiterte und sie ihre Lebenseinstellung überarbeiten ließ.

»Wann lerne ich denn deinen Noah kennen?«, riss Caro Louise aus ihren Gedanken.

»Äh, keine Ahnung. Er wird wohl die nächsten Tage wieder vorbeikommen, denke ich«, stammelte Louise. »Und außerdem ist er nicht *mein* Noah«, fügte sie verlegen hinzu.

»Ach nein? Also bist du vor ein paar Tagen nicht auf deiner ganz persönlichen Wolke sieben nach Hause geschwebt, nachdem du ihn und seine süße Hündin zu Hause besucht hast?«

Louise spürte, wie sie errötete und an dem Etikett der Wasserflasche herumknibbelte.

»Es ist kompliziert.«

»Es ist nie kompliziert. Der Kopf macht es kompliziert. Es ist immer nur der Kopf.«

Louise dachte über Caros Worte nach. Wahrscheinlich hatte sie recht. Trotzdem war es Louises Kopf, der das Thema beiseiteschob und entschied, sich wieder der Wasserflasche zu widmen.

Am Abend lagen Caro und Louise in dem großen, kuscheligen Bett und trotz müder Augen redeten die beiden weiter, bis selbst die Fledermäuse schlafen gingen.

Caro erzählte von ihren letzten Treffen mit Uli und dass der Sex mit ihm als Erlebnis bei Jochen Schweizer angeboten werden könne, als sie plötzlich innehielt und nachdenklich aus dem Fenster sah.

»Lou?«, fragte Caro sie in die Dunkelheit hinein.

»Ja, ich bin immer noch da. Auch wenn ich gerne auf intime Details zu Ulis Liebeskünsten verzichtet hätte.«

»Blödi«, sagte Caro und stieß Louise kichernd in die Seite. »Ich habe eine Idee.«

Louise wartete gespannt auf die nächtliche Eingebung ihrer Freundin.

»Wir basteln morgen ein Schild und eröffnen offiziell deine Schreinerei.«

Ein seltsames Kribbeln erfasste Louises Arme, als würde eine Ameisenstraße ihren Körper kreuzen. Während sie mit der Hand darüberstrich, bemerkte sie, dass sie Gänsehaut hatte.

Minuten vergingen, in denen Caro und Louise still nebeneinanderlagen.

»Meinst du wirklich, Caro?«

Keine Reaktion.

»Caro?«

Ein leises Schnarchen ertönte.

Caro war eingeschlafen.

23

Mit festen Schlägen ließ Louise den Hammer auf die langen Nägel sausen. Der ein oder andere Schlag landete zwar daneben, doch wenige Minuten später hing das Holzschild fest über dem Eingangstor und Louise stieg die wacklige Leiter hinab.

»La Fusteria« stand in großen geschwungenen Lettern darauf, was auf Mallorquinisch *Die Schreinerei* bedeutete. Darunter hatte Louise versucht, einen Handhobel zu zeichnen, der ihrer Meinung nach nun aber mehr wie ein behinderter Wal aussah, und am unteren Rand stand in etwas kleinerer Schrift »Caimari«. Louise hatte alles mit schwarzer Farbe auf helles, geöltes Holz gemalt.

Caro und Louise gingen auf die andere Straßenseite und begutachteten ihr Werk.

»La Fusteria Caimari«, las Louise aufgeregt vor. »Klingt doch gut. Oder was meinst du?«

»Natürlich klingt das gut. Und es wird auch gut. Wir müssen unbedingt darauf anstoßen. Du hast eine Schreinerei eröffnet!«

»Oh Gott, wenn man es ausspricht, klingt es gleich ganz anders«, rief Louise lauthals und hob lachend die Hand vor den

Mund. »Caro, ich habe gerade mal ein paar wenige Möbelstücke gebaut. Unter Anleitung!«

»Weiß doch keiner«, erwiderte Caro kichernd. »Außerdem werden dir die Leute nicht sofort die Bude einrennen, nur weil hier ein Schild hängt. Schau mal, so kannst du dich ein bisschen ausprobieren, und wenn es funktioniert, machst du in Ruhe ein Stück nach dem anderen. Ist doch perfekt.«

»So weit die Theorie. Und spätestens dann muss ich mich um die Formalitäten kümmern. Allerspätestens.«

Sie gingen zurück in den Hof und Louise grübelte bereits über die nächsten Schritte. Nach einer spontanen Spanischstunde mit Carlo, in der Louise von ihrem Vorhaben erzählt hatte, hatte Maurice angeboten, Louise bei den anstehenden Formalitäten zu helfen. Man sei zwar in Spanien, doch Louise solle aufpassen, was die Gewerbeanmeldung anging, und einen Steuerberater brauche sie auch. Umgehend hatte er ihr einige Kontakte vermittelt und entsprechende Unterlagen zukommen lassen. Auf die Ämter wolle er sie ebenfalls begleiten und handelte dafür augenzwinkernd eine kostenlose Spanischstunde für Carlo aus. Louise wusste, dass er ihr bereits mehr geholfen hatte als nötig und natürlich würde sie sich gern auch in Zukunft bei ihm revanchieren, wenn es sich anbot.

Keine fünf Minuten, nachdem das Schild hing, klopften die ersten Dorfbewohner am Tor und gratulierten Louise zu ihrem Mut und ihrer Entscheidung. Sie brachten kleine Geschenke, von Wein und Wurst über Bleistifte bis hin zu ausgemusterten Schnitzwerkzeugen. Es war schier unglaublich und Louise war völlig überwältigt von dem vielen positiven Zuspruch.

»So weit die Theorie«, raunte sie Caro zu, die dem unverhofften Trubel amüsiert zusah.

Die Nachricht über die wiedereröffnete Schreinerei verbreitete sich wie ein Lauffeuer und eine halbe Stunde später stand auch Xisco im Hof. Er trug einen Karton vor sich und Louise sah ihn direkt auf die Werkstatt zusteuern. Kurz darauf standen fünf wunderschöne Mallorca-Veilchen vor dem Eingang.

»Das wäre doch nicht nötig gewesen«, meinte sie gerührt, als sie auf ihn zutrat.

Xisco sah Louise lange an, ohne ein Wort zu sagen. Louise erkannte Glück und Zuversicht in seinen feucht glänzenden Augen. Leise schluckte Xisco seine Tränen runter und atmete schwer aus. Dieser Moment bewegte Louise so sehr, dass sie selbst mit den Tränen zu kämpfen hatte.

»Ich wusste, dass ich mich nicht in dir getäuscht habe«, flüsterte er. »Ich habe etwas ganz Besonderes in dir gesehen, etwas, was uns verbindet.«

Louise wollte gerade etwas erwidern, als sie in seinem Blick erkannte, dass er noch nicht bereit war für eine Erklärung. Dann legte Xisco seine Hand fest auf Louises Schulter.

»Ich bin dir sehr dankbar«, sagte er, drehte sich um und verließ den Hof.

Louise blieb wie angewurzelt stehen. Sie spürte die Besonderheit seiner Zuneigung, sein verletztes Herz, seine tief sitzende Traurigkeit, und da war auch ein Anflug von Hoffnung gewesen, als er seine Hand auf ihre Schulter gelegt hatte.

Doch seine Worte warfen weitere Fragen auf und ließen Louise noch lange darüber nachdenken. In den letzten Wochen hatte sie bemerkt, dass Xisco sich ihr gegenüber jeden Tag ein wenig mehr geöffnet hatte. Sie konnten stundenlang schweigend nebeneinandersitzen oder zusammen arbeiten, ohne dass es je unangenehm wurde. Louise spürte, dass der Tag bald kommen würde, an dem Xisco ihr erzählte, was es mit all dem hier auf sich hatte. Zumindest hoffte sie das, und Hoffnung war schließlich etwas, mit dem Xisco sich auszukennen schien.

Am Tag nach der Eröffnung nahm Louise aufgeregt ihren ersten Auftrag an. Ein alter Mann aus den Bergen benötigte neue Fensterläden für seine Finca und bat Louise um Hilfe. Bei einem Kaffee besprachen sie sich und da Louises Werkstatt noch kein offizielles Unternehmen war, wofür der Mann vollstes Verständnis hatte, einigten sie sich auf ein Tauschgeschäft. Louise würde ihm seine Fensterläden bauen und er ihr im Gegenzug eine alte Hobelmaschine überlassen, die seit Jahren ungenutzt in seiner Garage stand. Caro verfolgte das Gespräch aufmerksam aus der Ferne. Als Louise es ihr im Anschluss erzählte, war sie glücklich und stolz auf ihre Freundin und sie fuhren sofort los, um die bisherigen Fensterläden zu fotografieren und auszumessen.

Zwei Tage später hatte Louise mithilfe von Xisco, Caro und Noah bereits fünf der benötigten zwölf Fensterläden fertiggestellt und sie hatten sich eine Mittagspause redlich verdient.

Noah hatte nichts weiter zu Louises abruptem Abbruch des schönen Abends bei ihm zu Hause gesagt und gab ihr damit ein positives Gefühl, schließlich war er trotzdem zusammen mit Xisco hergekommen, um sie bei den Fensterläden zu unterstützen.

Bereits als Noah den Hof betreten und Caro ihn zum ersten Mal gesehen hatte, hatte sie von ihm geschwärmt, dass er »nett«, »charmant« und »ein echter Hauptgewinn« sei. Weder hatte Noah bis dahin einen Ton gesagt, noch hätte Caro verstanden, was er sagte. Doch Louise solle dafür sorgen, dass er öfter vorbeikam. Mit anderen Worten, Caro fand ihn attraktiv.

»Du hast schon verstanden, dass er total auf dich steht, oder?«, fragte Caro Louise in einem ruhigen Moment. »Wenn du ihn nicht nimmst, dann mach ich es!«

»Und was ist mit Uli?«, entgegnete Louise spitzbübisch.

»Ach, der wird das verstehen. Ich meine, sieh ihn dir doch an.« Caro deutete auf Noah, der verstaubt und schmutzig über einer Maschine lehnte und sein Gesäß in die Luft streckte.

Caro fing laut an zu lachen und auch Louise prustete los, woraufhin sie schnell aus der Werkstatt liefen und einen irritierten Noah zurückließen.

»Du bist unmöglich!«, schalt Louise ihre Freundin zum wiederholten Mal. »Wann bist du noch mal erwachsen geworden? Ach ja, nie!«, rief sie lachend und verschwand ins Haus.

Der heutige Tag war brütend heiß und Louise lief der Schweiß den Rücken hinunter, als sie wenig später Brot, Butter, Wurst, Käse und eine Kanne Eistee auf einem großen Holzbrett nach draußen brachte. Noah und Caro hatten in der Zwischenzeit Tisch und Bänke mit einem Lappen von Blütenstaub befreit. Xisco saß mit geschlossenen Augen im Schatten und erholte sich ein wenig.

Louise stellte das Servierbrett ab und goss Eistee in die vier Gläser. Dann strich sie Xisco vorsichtig über die Schulter und reichte ihm ein Glas. Er unterbrach sein kurzes Nickerchen, nahm den Eistee dankend an und leerte das Glas in einem Zug. Dann stibitzte er sich ein Stück Käse, aß es auf und schloss wieder die Augen.

»Seine Mittagsruhe ist ihm heilig«, scherzte Noah in einer Kombination aus Spanisch und Englisch.

Da Caro nur einige Brocken Spanisch verstand, wechselten Louise und Noah zwischen Spanisch, Deutsch und Englisch hin und her, mischten dabei fröhlich die Wörter und untermalten sie, wenn nötig, mit selbst ausgedachter Zeichensprache. Hauptsache, man verstand sich. Es machte großen Spaß, die Sprachbarrieren zu sprengen, und Caro lernte schnell dazu.

Immer wieder fühlte sich Louise von Caro beobachtet, wenn sie mit Noah scherzte oder sie etwas zu nah beieinanderstanden. Sie sah nicht nur zu, mit großen Augen schien sie Louise ermutigen zu wollen, sich Noah weiter zu nähern.

Nach der wohltuenden Mittagspause unter dem schattenspendenden Rundbogen half Noah Louise den Tisch abzuräumen, als ein Mann den Hof betrat.

»*Bon dia*«, grüßte er auf Mallorquinisch.

Er wirkte unscheinbar, schlank, kariertes Hemd, dicke schwarze Brille und dunkles, lockiges Haar. Was Louise sofort ins Auge fiel, war die große Kamera in seiner Hand, an der ein ebenso großer Blitz montiert war.

Aus dem Augenwinkel sah sie Caro grinsen und fragte sich, was es damit auf sich hatte.

»Hallo«, erwiderte Louise und rieb sich die Krümel von den Fingern. »Kann ich Ihnen helfen?«

»Ich suche Louise Hartmann. Sind Sie das?«

Louise bestätigte ihre Identität und gab dem Mann die Hand. Er erklärte, er sei Jordi, Journalist einer großen mallorquinischen Tageszeitung und wolle einen Artikel über Louise schreiben.

»Über mich?«, fragte sie überrascht. »Aber ...«

»Ich finde Ihre Geschichte sehr interessant. Sie sind doch erst vor Kurzem auf die Insel gekommen und haben vor einigen Tagen diese alte, traditionelle Schreinerei wiedereröffnet, richtig?«

»Ja, aber woher ...«

Der Mann deutete auf Caro. »Sind Sie Caroline Irmer?«

Louise drehte sich verwirrt zu Caro herum, die ihren Namen verstanden hatte und mit zusammengepressten Lippen nickte.

Mittlerweile war Xisco wieder aufgewacht, neben dem Noah saß und die Szene gespannt verfolgte.

»Caro, was hat das zu bedeuten?«, fragte Louise unruhig.

»Also, das wollte ich dir noch erzählen«, begann Caro vorsichtig. »Ich dachte, ein wenig Werbung würde nicht schaden und habe dieser Zeitung eine Mail geschrieben und zum Glück konnte jemand dort Englisch und …«

Louise war fassungslos, dann gerührt über Caros Unterstützung, und wieder fassungslos.

»Caro, ich …« Louise wandte sich zu Jordi. »Einen Moment, bitte«, sagte sie. »Caro, ich wollte …« Sie hielt kurz inne. »Also, ich meine … erst mal danke. Ich weiß, das ist total lieb gemeint.«

Caro lächelte zufrieden.

»Aber ich wollte es doch erst einmal langsam angehen lassen. Das ist doch alles noch gar nicht offiziell … und überhaupt.«

»Lou, das ist doch nur ein kleiner Artikel. Außerdem … erstens hast du es verdient und zweitens hast du doch schon alle Unterlagen zusammen, um es bald offiziell zu machen.«

Louise dachte darüber nach und beratschlagte sich auch mit Noah und Xisco. Eigentlich sprach ja nichts dagegen. Die Leute würden ihr schon nicht den Laden einrennen und kostenlose Werbung war nie verkehrt.

Eine Viertelstunde später stand sie vor der Werkstatt und die Kamera klackte ein ums andere Mal. Jordi hatte Louise vorher einige Fragen zu ihrer Person, Herkunft, Ausbildung und weiteren Dingen gestellt sowie zu der Geschichte, wie sie zu der Schreinerei gekommen war und warum sie diese nun eröffnet hatte.

»Noch ein wenig nach rechts«, sagte Jordi. »Und jetzt lächeln. Und noch einen Schritt zurück. Ja, das sieht toll aus.«

Louise sah, wie Caro, Noah und Xisco sie strahlend beobachteten. Plötzlich winkte Louise die drei zu sich herüber.

Jordi sah sie fragend an.

»Sie müssen mit aufs Bild. Ohne sie wären wir alle überhaupt nicht hier.«

Der Journalist hatte nichts dagegen einzuwenden. Lachend gruppierten sie sich unter dem neuen Schild und Jordi löste die Kamera aus. Louise spürte Noahs Hand sanft um ihre Hüfte, als Jordi die Gruppe enger zusammenstellte. Sie musste sich stark zusammenreißen, um sich weiterhin auf die Kamera konzentrieren zu können.

Sie hatten eine Menge Spaß bei dem kleinen Fotoshooting und die Bilder, die Jordi ihnen im Anschluss zeigte, sahen toll aus. Überhaupt hatte Louise bisher viel zu wenige Fotos gemacht und nahm sich vor, dies zu ändern. Jordi versprach, eine Bildauswahl per E-Mail zu senden und Bescheid zu geben, wenn der Artikel erschien. Er würde versuchen, die positive Atmosphäre, die er gespürt hatte, bestmöglich einfließen zu lassen.

Als Xisco längst wieder nach Hause gefahren war, öffnete Louise eine Flasche Wein. Aus dem Küchenfenster sah sie, wie sich Caro und Noah mit Händen und Füßen unterhielten, lachten und sich wunderbar verstanden. Als Louise drei Weingläser aus dem Regal holen wollte, sah sie durch das Fenster jemanden am Tor stehen. Das war doch Mauro. Was wollte Noahs Vater denn schon wieder hier? Er hatte seinen Standpunkt klargemacht und offenbar war Louise für ihn nicht willkommen in Caimari. Selbst Noah schien ein angespanntes Verhältnis zu seinem Vater zu pflegen. Louise hatte kein gutes Gefühl bei der Sache. Nicht nur, dass er ihr nach seiner Ansprache suspekt und unsympathisch war, sondern auch, weil Louise Noah nichts von seiner Begrüßungsrede erzählt hatte.

Als Louise noch einmal nach draußen blickte, war Mauro wieder verschwunden. Sie atmete tief durch, griff nach den Weingläsern und gesellte sich zu Caro und Noah. Es war Caros letzter Abend. Morgen würde Louise sie zum Flughafen fahren und sie würden sich erst in Wochen, vielleicht Monaten wiedersehen.

Doch heute war sie da, es war ein wunderschöner Tag gewesen und der Termin mit dem Journalisten hatte Spaß gemacht. Louise entschied, keine Trübsal zu blasen, und erhob stattdessen ihr Glas.

»Auf dich, Caro. Danke für alles!«

Caro lächelte wehmütig. »Und auf La Fusteria Caimari«, sagte sie und die drei ließen die Gläser klirren.

24

»Ich sag's dir, wenn du anfängst zu heulen, dann komme ich nie wieder«, sagte Caro mit brüchiger Stimme. Ihre Augen glänzten im hellen Sonnenlicht.

Louise zog Caros Koffer aus dem Auto und schob ihn auf den Gehweg des Parkplatzes der Abflughalle.

»Komm her und halt die Klappe«, sagte Louise, umarmte Caro und drückte ihr einen Kuss auf die Wange.

Als sie sich voneinander lösten, piepte Louises Handy.

»Schau ruhig, ich hab noch Zeit«, sagte Caro und deutete auf Louises Hosentasche.

Sie zog das Handy heraus und warf einen Blick auf das Display. Aufgeregt hielt sie Caro die Nachricht unter die Nase.

»Das ist Jordi. Der Artikel ist online!«

Caro wischte sich eine Träne aus dem Augenwinkel und stellte sich eng neben Louise. »Los, zeig schon her.«

Louise tippte auf den Link und ein neues Browserfenster öffnete sich. Es dauerte etwas, bis die Seite geladen war, doch plötzlich poppte das Titelbild auf und sprang Louise förmlich ins Gesicht.

»Oh mein Gott, ihr seht ja schon aus wie ein Paar!«, rief Caro hysterisch und lachte sich kaputt.

Louise rutschte das Herz in die Hose. Jordi hatte ausgerechnet das eine Bild ausgesucht, auf dem Noah ganz nah bei Louise gestanden und den Arm um ihre Hüfte gelegt hatte.

Sie ging nicht auf Caros dezenten Kommentar ein, sondern scrollte schnell weiter in dem Artikel und übersetzte Caro einige markante Passagen.

»Aufstrebende Schreinerei-Besitzerin. Haucht einer traditionellen Schreinerei neues Leben ein. Beispiel für die erfolgreiche Verbindung von Tradition und Moderne.«

Der Artikel war durchweg positiv und mit künstlerischen Bildern des Werkstattinneren aufgewertet, auf denen die traditionellen Maschinen und jede Menge Sägespäne zu sehen waren. Ein grandioser Abschluss für Caros Aufenthalt und Sinnbild ihrer Hilfe in der vergangenen Woche. Dankbar, traurig, fröhlich und wehmütig zugleich schloss Louise ihre beste Freundin noch einmal in die Arme. Gemeinsam betraten sie die Abflughalle und fuhren mit der Rolltreppe ein Stockwerk höher.

»Danke für alles, Carolein. Ich komme dich bald in Wiesbaden besuchen!«

Dann betrat Caro die Sicherheitskontrolle und verschwand in einer Menschentraube.

»Und denk dran, wenn du ihn nicht nimmst, mache ich es!«, rief sie aus der Menge und zog damit die Aufmerksamkeit von Passanten und Sicherheitspersonal auf sich.

Lachend und zugleich wehmütig machte sich Louise auf den Heimweg.

Als Louise wieder zu Hause angekommen war, fand sie eine handgeschriebene Nachricht von Noah unter ihrer Tür. Er lud sie zum Essen bei seinen Eltern ein. Heute Abend. Ausgerechnet bei seinen Eltern! Erst dachte Louise, es könne nur ein schlechter Scherz sein, doch Noah meinte es ernst. Seine Eltern wollten gern die Frau kennenlernen, die Schwung in das gesamte Dorf brachte und mit der ihr Sohn mittlerweile so viel Zeit teilte. Lange haderte Louise mit sich, wog Für und Wider ab, sagte Noah aber letztendlich doch zu. Wenigstens einen Vorteil hatte die Sache: Louise musste sich keine Gedanken darüber machen, ob sie Noah womöglich zu nahe kam.

Louise zog das Tor hinter sich zu und ging die Straße hoch Richtung Marktplatz.

»Es wird schon nett werden«, sagte sie sich und lief über den Platz zum nördlichen Dorfausgang. Vielleicht hatte sich Mauro ja wieder beruhigt und freute sich vielleicht, dass Louise die Schreinerei wiedereröffnet hatte.

Mit einem Kloß im Hals und einer guten Flasche Rotwein in der Hand ging Louise auf ein großes schmiedeeisernes Flügeltor zu, von dem aus sich links und rechts hohe Steinmauern erstreckten. Noch bevor Louise die Klingel betätigen konnte, öffnete sich das Tor und sie trat hinein auf den langen Kiesweg, der unter ihren braunen Sandaletten knirschte. Dazu hatte sie sich für ein dezentes Sommerkleid mit floralem Muster entschieden. Sie wollte nicht zu dick auftragen, aber auch nicht wie ein Mauerblümchen auftreten. Wieso machte sie sich schon wieder so viele Gedanken darüber, wie Noahs Eltern sie wahrnehmen würden?

Das gesamte Anwesen war um ein Vielfaches größer als die eng bebauten Dorfgrundstücke. Louise sah hohe Palmen neben dem Kiesweg, blühende Büsche, die wahrscheinlich jeden Abend bewässert werden mussten, sowie in Reihen gepflanzte Mandel- und Zitronenbäume. Das frei stehende, zweigeschossige Steinhaus war mit Wein berankt und von mehreren Pergolen umgeben. Davor war Noahs rote Vespa geparkt, was Louise erleichtert aufatmen ließ. Um nichts in der Welt hätte sie ohne ihn auf seinen Vater treffen wollen.

Bevor Louise noch einmal ihr Outfit prüfen konnte, ging die geschwungene Holztür auf, Jola kam aus dem schmalen Spalt geflitzt und rannte hechelnd auf Louise zu.

»Hallo, Jola«, begrüßte Louise die fast hüfthohe Hündin und streichelte ihren Kopf. »Du bist doch nicht etwa Vespa gefahren?«

»Sie ist schon seit gestern hier«, sagte eine sichtlich amüsierte Frau an der Eingangstür. »Hallo, ich bin Naia, Noahs Mutter. Kommen Sie doch rein.«

Noahs Mutter war zierlich, wahrscheinlich unter eins sechzig, bildhübsch und mit großer Ausstrahlung. Sie trug ein einfaches, aber wunderschönes grünes Sommerkleid aus leichtem Stoff, ihre langen dunklen Locken lagen auf der Schulter auf und ihr Lächeln war zauberhaft und ansteckend.

Louise ging auf sie zu, gab ihr die Hand und überreichte die Rotweinflasche. Wie konnte so eine Frau nur mit so einem Kauz wie Mauro verheiratet sein?

»Vielen Dank für die Einladung. Ich bin Louise.«

»So oft wie ich diesen Namen schon gehört habe in den letzten Wochen ... jetzt habe ich endlich das Gesicht dazu. Und dazu noch ein so hübsches«, sagte sie und brachte Louise damit in Verlegenheit.

Das Innere des Hauses war rustikal und dunkel gehalten und wegen der kleinen Fenster angenehm kühl. Trotzdem war es gemütlich eingerichtet, mit Teppichen auf dem Terrakottaboden, farbenfrohen Fotos an den Wänden und vielen Holzelementen.

»Schön, dass du da bist«, sagte Noah, der seitlich aus einem Flur kam und Louise anlächelte, das Lächeln seiner Mutter, wie Louise erkannte.

Sie hatte schon im Vorhinein darüber nachgedacht, wie sie Noah bei seinen Eltern begrüßen sollte, und war zu keiner eindeutigen Lösung gekommen. Glücklicherweise nahm er ihr die

Entscheidung ab, trat auf sie zu und drückte ihr einen sanften Kuss auf die Wange.

»Das ist meine Mutter und sie hat fantastisch gekocht«, sagte er und strich Naia vertraut über den Arm.

»Noah übertreibt«, erwiderte sie lächelnd und zwinkerte Louise zu. »Kommen Sie mit, mein Mann ist auf der Terrasse. Und dann ist das Essen auch schon fertig. Trinken Sie auch Weißwein? Der ist bereits offen.«

»Sehr gern, vielen Dank«, sagte Louise nervös und folgte Noah, der einmal durch das Haus ging, um es auf der gegenüberliegenden Seite durch die Terrassentür wieder zu verlassen.

Die breite Terrasse eröffnete einen spektakulären Blick auf das Tal. In dem Moment, als Louise in die Ferne sah, verschwand der rot leuchtende Feuerball am glühenden Horizont. Im nächsten Augenblick stand Mauro aus einem Korbstuhl auf und trat auf sie zu. Im Gegensatz zu seiner zierlichen Frau forderte seine beachtliche Statur, wie schon beim letzten Zusammentreffen, augenblicklich Respekt ein.

»Louise, das ist mein Vater Mauro«, stellte Noah ihn vor.

»Hallo«, sagte Mauro schroff und gab sich nicht die Mühe, Louise zur Begrüßung die Hand zu reichen oder wenigstens freundlich zu nicken. Die Einladung zum Abendessen war offenbar nicht von beiden Elternteilen ausgegangen.

»Wir essen drinnen, da ist es etwas kühler«, sagte er bloß und ging an Louise vorbei ins Esszimmer.

Noah verdrehte die Augen und versuchte, die Situation etwas zu entspannen, doch Louises Nervosität stieg immens. Noah deutete auf einen Platz neben sich an dem dunklen Holztisch, in den feine Intarsien eingearbeitet waren, und half ihr mit dem schweren Stuhl.

Ihm entging nicht, wie viel Beachtung Louise dem Tisch schenkte. »Der Tisch ist älter als wir beide«, sagte er. »Fast fünfzig Jahre. Mein Onkel hat ihn zusammen ...«

Ein lautes Räuspern übertönte Noah und unterbrach ihn damit.

»Sie sind ja schon bekannt wie ein bunter Hund«, knurrte Mauro. »Eine Schreinerin, was? Und jetzt noch ein Artikel in der Zeitung.«

In dem Moment kam Naia zur Tür herein und stellte eine dampfende Keramikschüssel auf dem festlich gedeckten Tisch ab.

Mauro ließ sich davon nicht beeindrucken. »Sollte eine Frau in ihrem Alter nicht Mann und Kind haben, statt solch wilden Träumen hinterherzujagen?«

Louise zuckte vor Schreck zusammen.

»Hey!«, rief Noah scharf und Mauro sah ihn amüsiert an.

»Könntest du bitte respektvoll mit unserem Gast umgehen, Mauro?«, ging Naia ebenso scharf dazwischen.

Louise krallte sich an ihrem Stuhl fest und selbst Noahs entschuldigender Blick konnte sie nicht beruhigen. Erinnerungen stiegen in ihr auf. Sie war kurz davor, die Fassung zu verlieren.

»Man wird doch wohl noch fragen dürfen«, murrte Mauro. »Bei unserem letzten Treffen waren Sie ja nicht sonderlich gesprächig.«

Noah sah verwirrt zwischen seinem Vater und Louise hin und her. Louise wollte sofort hier weg. Noah nichts von dem Besuch seines Vaters erzählt zu haben war ein Fehler gewesen. Diese Einladung anzunehmen war ein Fehler gewesen. Und zu denken, Mauro könnte sogar respektieren, was Louise tat, war ein noch größerer Fehler gewesen. Hastig stand Louise auf. Noah tat es ihr gleich, doch Louise deutete ihm, zu bleiben.

»Wo ist die Toilette?«, fragte sie angespannt.

Naia deutete mitfühlend in den Flur. »Rechts neben der Haustür«, sagte sie leise.

Als Louise den Gang entlanglief, hörte sie, wie Naia ihrem Mann etwas zuzischte. »Du entschuldigst dich sofort!«

Schnell verschwand Louise in der Gästetoilette und drückte die Hände vor das Gesicht. Sie spritzte sich etwas kaltes Wasser auf die Wangen und sah in den Spiegel. Sie konnte nicht wieder zurück an den Tisch. Auf keinen Fall.

Louise verließ die Toilette und öffnete die Haustür, die sich direkt daneben befand. Bevor sie unbemerkt verschwinden konnte, wurde sie von Mauro gestoppt, der langsam auf sie zukam.

»Warten Sie«, sagte er genervt.

Louise zögerte, blieb dann jedoch stehen und drehte sich um. Sie musste zu Mauro aufsehen, so groß war er.

»Wie Sie sich vorstellen können, ist die Einladung nicht von mir ausgegangen …«

Ein seltsamer Anfang für eine Entschuldigung, dachte Louise wütend und presste die Kiefer fest aufeinander, um nicht die Kontrolle über sie zu verlieren.

»Ich will, dass Sie meinen Bruder und auch meinen Sohn in Ruhe lassen, haben wir uns verstanden?«

Louise traute ihren Ohren nicht. Dieser verdammte Mistkerl!

»Caimari ist nicht der richtige Ort für Sie.«

Die Ruhe in Mauros Stimme hatte etwas so Bedrohliches, dass Louise nichts zu erwidern wusste. Stattdessen drehte sie sich wortlos zur Seite und eilte schnellen Schrittes aus dem Haus. Als sie schwer atmend das Tor erreichte, öffnete es sich bereits. Louise lief weiter durch den Ort, in die Carrer de Sa Lluna und durch das geöffnete Tor zu ihrem Haus. Sie schloss die Tür auf, knallte sie hinter sich zu und ließ sich atemlos dagegensinken. Erst dann liefen Tränen aus ihren Augen und tropften auf den kühlen Boden.

Einige Minuten lang saß Louise schluchzend im Flur, dann klopfte es laut an der Tür. Wieder und immer wieder.

»Louise!«, rief Noah von der anderen Seite. »Ich weiß nicht, was er gesagt hat, aber es tut mir wirklich leid!«

Louise hielt sich die Hand fest vor den Mund, um nicht laut schluchzen zu müssen. Sie hörte, dass Noah ebenso schwer atmete wie sie. Er musste gerannt sein, so schnell er konnte. Geistesgegenwärtig schaltete Louise ihr Handy auf lautlos. Kurz darauf sah sie auf dem Display einen Anruf von Noah eingehen. Sie legte das Handy weg und blieb regungslos auf dem Boden sitzen.

Erst eine ganze Stunde später hörte sie, wie Noah das große Eingangstor hinter sich schloss.

25

Ein angenehmes Lüftchen drang durch das Küchenfenster und brachte ein wenig Abkühlung in die Küche.

»Du kannst dir wirklich nicht vorstellen, wie Noahs Vater mir gegenüberstand. Es war schrecklich, Caro.«

»Wirklich Lou, scheiß auf diesen blöden Mistkerl! Wenn dieser … wüsste, was du alles durchmachen musstest, um dort zu stehen, wo du jetzt bist! Am liebsten würde ich sofort in den Flieger steigen und ihm in seinen dicken Hintern treten!«

Seit dem Abend mit Alex hatte Louise sich nicht so verletzt und im Stich gelassen gefühlt. Wie konnte Noah seinem Vater bloß in die Augen schauen? Wie konnte er Louise mit zu seinen Eltern nehmen? Und wie konnte ein so lieber Mensch wie Xisco einen so abscheulichen Bruder wie Mauro haben?

»Caro? Bist du noch da?«

Die Verbindung war erneut unterbrochen. Louise lief, das Handy in die Luft gestreckt, durchs Haus, um einen weiteren Empfangsbalken einzufangen. Der Ort hatte sensible Ohren und sie wollte nicht draußen im Hof über Mauro sprechen. Am liebsten hätte sie der ganzen Welt erzählt, was für ein hinterhältiger und feiger Mann der Bürgermeister von Caimari war, doch ihre Vernunft hatte wieder einmal gesiegt und Louise hatte sich zum Telefonieren eine ruhige Ecke im Haus gesucht.

Es klingelte wieder und sie hob ab.

»Da bin ich wieder. Sorry, das Handynetz spinnt heute ein wenig.«

»Kein Problem, Lou. Jedenfalls, lass dich auf keinen Fall von diesem Typ einschüchtern. Das musst du mir versprechen, okay? Er hat kein Recht dazu, dich aus dem Ort zu ekeln. Und so wie es scheint, kann Noah wirklich nichts dafür.«

Louise schluckte schwer. Sie wusste, dass Caro recht hatte. Wegen Mauro, aber auch wegen Noah. Sie musste mit ihm sprechen und die Sache zwischen ihnen klären. Eine ganze Stunde lang hatte er gestern an der Tür geklopft und mehrfach versucht, sie anzurufen. Er hatte durch die Tür gesprochen, ihr gesagt, es tue ihm leid und er habe aufrichtig angenommen, sein Vater könne sich zusammenreißen.

Hätte Louise Noah bloß von dem ersten Kontakt mit Mauro erzählt, dann wäre das alles nicht passiert.

»Okay«, sagte sie kraftlos. »Und jetzt erzähl noch schnell von dir und Uli, bevor du wieder zum Unterricht musst. Du begleitest ihn wirklich auf dieses Rollenspielfestival? Hast du etwa auch eine Verkleidung?«

Louise konnte nicht fassen, dass Caro sich tatsächlich auf so etwas einließ. Wenn Louise sich dieses Festival vorstellte, sah sie eine Menge Freaks vor sich, die drei Tage lang so taten, als lebten sie in einer anderen Welt, was sehr befremdlich auf sie wirkte. Doch irgendwie war die Vorstellung auch witzig.

»Caro?«

Die Verbindung war erneut unterbrochen. Louise streckte das Handy wieder in die Luft und versuchte es dieses Mal am Fenster des Schlafzimmers im zweiten Stock. Doch bevor sie wählen konnte, klingelte es bereits und Louise hob sofort ab.

»Sorry noch mal. Wo waren wir stehen geblieben?«

»Bei unserer Scheidung«, antwortete Alex kalt.

Louise hielt vor Schreck den Atem an und Schweiß trat auf ihre Stirn.

»Alex?«, fragte sie reflexartig, obwohl sie genau wusste, wer dort sprach.

»Ja«, antwortete er trocken. Sie hörte, wie er tief atmete. Dennoch ließ er sich Zeit.

Louise war nervös. »Was ist los, Alex? Was willst du?«, fragte sie und hoffte, dass er ihre Unsicherheit nicht spürte.

»Was ist mit *dir* los?«, antwortete er blitzschnell. Sein Atem beschleunigte sich hörbar.

»Was … was meinst du? Ich verstehe nicht.« Louise sammelte etwas Kraft in ihrer Stimme. »Jetzt sag mir bitte, was los ist!«

»Ich habe deinen kleinen Artikel gesehen!«, knurrte er förmlich in das Telefon. »Mit dir und deinem … diesem schmierigen Latino!«

Louise holte tief Luft.

»Das geht dich überhaupt nichts an«, sagte sie bestimmt und schaffte es damit, nicht auf seine Anspielung einzugehen.

»Du hast ja nicht lange gebraucht, um über all das hinwegzukommen, was? Schon springst du mit dem erstbesten Latin Lover ins Bett!«

»Alex!«, unterbrach sie ihn scharf. »*Du* hast *mich* verlassen, wenn ich dich daran erinnern darf! Alles Weitere geht dich nichts an, verstanden?«

Louises Herz pumpte heftig. Sie spürte ihren Puls an jeder Stelle ihres Körpers, der vor Anspannung bebte.

Louise hörte Alex lachen. Es war ein Lachen, das ihr Angst machte, ein Lachen, das bedeutete: *Ich habe nichts zu verlieren, was ist mit dir?*

»Weißt du was? Du kannst vergessen, dass ich dir dein Lotterleben mit *Enrique Iglesias* finanziere.« Seine Stimme wurde mit jedem Wort lauter. »Keinen Cent bekommst du von mir!«

Louises Herz drohte vor Wut zu zerspringen. Was erlaubte sich Alex bloß? Er sollte ihr Leben finanzieren? Louise hatte sich jeden Euro an dem Haus in Wiesbaden hart durch Überstunden und Nebenjobs erarbeitet! Sie hatte den gleichen Anteil des Kredits abbezahlt wie er! Nichts würde er ihr finanzieren, das hatte sie selbst verdient und bräuchte ihn auch in Zukunft nicht dafür.

»Ich glaube, du spinnst!«, rief Louise in den Hörer. »Überhaupt nichts finanzierst du mir! Das Geld steht mir zu! Ich habe die Hälfte abbezahlt! Und wenn du das Haus behalten willst, dann bist du es mir schuldig!«

Alex lachte laut auf.

»Ach ja?«, presste er heraus. »Dann verklag mich doch! Für dein kleines Abenteuer nehme ich jedenfalls keinen weiteren Kredit auf! Und ein Scheidungsverfahren ist nicht gerade günstig.«

»Du verdammtes Arschloch!«, schrie Louise und legte zitternd auf.

Louise schämte sich für Alex. Was war bloß aus ihm geworden? Wollte er ihr Leben gänzlich zerstören? War es ihm nicht genug, dass er sie in der schwersten Phase ihres Lebens im Stich gelassen hatte? Nach all den Jahren. Tränen liefen über ihre glühenden Wangen.

Oder war das eines dieser Zeichen, die sie nicht sehen wollte? Mauro hatte offensichtlich vor, sie aus dem Dorf zu ekeln, und nun würde Louise nicht das ihr zustehende Geld bekommen. Wie sollte sie bloß die letzte Rate bezahlen?

Mit tränenverhangenen Augen tastete sich Louise nach unten in die Küche und ließ sich auf einen Stuhl sinken. Auf dem Handy öffnete sie die letzte E-Mail des mallorquinischen Anwalts.

Zahlungsaufforderung ... letzte Rate ... sonst Strafzahlung ... Immobilie geht an den bisherigen Eigentümer zurück ... 80 000 Euro.

Anschließend öffnete Louise ihre Banking-App. Kontostand: 4 263 Euro.

Schluchzend ging sie zur Küchenzeile hinüber, zog eine schmale Schublade auf, tastete sich zum hinteren Ende vor und holte ein gefaltetes Stück Papier hervor. Sie klappte es auf und betrachtete es. Sofort wurden ihre Augen feucht und nahmen ihr die Sicht auf das Labyrinth aus schwarzen und weißen Farbpigmenten. Das Ultraschallbild war bei einer der Voruntersuchungen der letzten Monate entstanden, bei denen eine Unregelmäßigkeit an den Eileitern festgestellt wurde. Obwohl nicht viel darauf zu erkennen war, hatte Louise dennoch um den Ausdruck gebeten, um sich vorzustellen, wie schon bald ihr Sohn oder ihre Tochter darauf aussehen könnten, wie in ihr eine kleine Version von sich und Alex heranwuchs. Doch statt der Vorstellung hatte es Zweifel in ihr geschürt. Zweifel daran, ob sie mit Gewalt versuchen sollte, zu erreichen, was ihr Körper ihr verweigerte. Zweifel daran, wie sie sich fühlen würde, wenn es nicht funktionierte. Wie würde ihr Leben wohl heute aussehen, wenn sie der künstlichen Befruchtung zugestimmt hätte und sie tatsächlich schwanger geworden wäre? Tausend Mal hatte sie darüber nachgedacht. Wäre sie so mit Alex glücklich geworden? Oder hätten sie sich früher oder später sowieso auseinandergelebt? War es vielleicht gar besser, dass sie kein Kind in diese ungerechte Welt, in eine gescheiterte Ehe setzen würde? Louise hätte sich für diese Gedanken unmittelbar ohrfeigen können, doch sie konnte nichts dagegen tun. Sie schämte sich.

»Selbstmitleid!«, sagte Louise laut. »Das ist alles nur Selbstmitleid! Hör auf damit!« Sie hatte das in einem Ratgeber über Unfruchtbarkeit gelesen und fand viel Wahres daran. So schwer die Situation war, es brachte niemandem etwas, wenn Louise sich hängenließ. Es ging ausschließlich um sie, darum, was sie mit ihrem Leben machte. Doch was sollte sie tun? War es das alles wert? Und überhaupt, wo bekam sie so schnell so viel Geld her? Nach wie vor war sie auf dem Papier arbeitslos, denn weder ihr Spanischunterricht noch die Schreinerei waren offiziell angemeldet. Alex würde ihr voraussichtlich weitere Steine in den Weg legen und Louise fiel niemand sonst ein, der ihr das Geld zur Überbrückung leihen konnte. Abgesehen davon, dass sie das auch überhaupt nicht wollte.

Sollte sie Xisco um Aufschub bitten? Der Gedanke war ihr schon mehrfach in den Sinn gekommen, doch sie konnte und wollte das nicht. Xisco war so nett zu ihr gewesen und hatte sie mehr unterstützt, als die meisten Menschen es je tun würden. Sie konnte ihn nicht enttäuschen, besonders nicht nach allem, was Mauro ihr an den Kopf geworfen hatte. War das Abenteuer Mallorca für Louise vorbei? Ein Fehlstart statt eines Neustarts? Konnte sie weiterkämpfen? *Wollte* sie das denn?

Louises Handy piepte. Erst zögerte sie, dann überwog die Neugier.

> Louise, ich hoffe, es geht dir gut. Ich könnte es mir nicht verzeihen, wenn du meinetwegen einen schlechten Start hier auf der Insel hast. Du bist eine beeindruckende Frau und du kannst stolz auf das sein, was du in der kurzen Zeit geschafft hast. Ich melde mich morgen. Schlaf schön. Noah

Louise legte das Handy vor sich auf den Tisch. Erst dann bemerkte sie, wie sich ein sanftes Lächeln auf ihr Gesicht schlich.

26

Louise saß mit aufgeklapptem Laptop am Rand des Brunnens, sah sich alte Bilder an und schwelgte in Erinnerungen. Sie hatte im Fotoordner sogar einige Bilder von ihrem ersten Mallorca-Aufenthalt gefunden, dem Sprachurlaub, der den Grundstein für ihr weiteres Leben gelegt hatte. Die Aufnahmen hinterließen bei Louise gemischte Gefühle, die von Scham über ihr früheres Aussehen bis hin zu Melancholie gingen.

Minutenlang dachte sie darüber nach, wie der Junge hieß, den sie damals geküsst hatte, aber sie kam nicht darauf. Irgendetwas wie Ruben oder Ricardo. Wie es ihm wohl heute ging? Und was hatte Noah damals gemacht, als sie nur wenige Kilometer entfernt von ihm seine Landessprache erlernt hatte?

Je jünger die Fotos wurden, desto trauriger wurde Louise, denn nahezu jedes Bild der letzten neun Jahre war mit Alex verbunden. An einem anderen Tag hätte Louise all diese Bilder gnadenlos gelöscht, doch irgendetwas hielt sie davon ab. Ja, sie wollte neu anfangen, die Vergangenheit ruhen lassen, doch all das hatte sie zu dem gemacht, was sie heute war.

Louise nippte an ihrem Orangensaft und klappte den Laptop zu. Eigentlich wollte sie in der Werkstatt an einer kleinen Kommode für das Wohnzimmer arbeiten, doch dazu fehlte ihr heute der Elan.

Die bestellten Fensterläden hatte Louise glücklicherweise bereits ausgeliefert und sie waren vor Ort durch einen mallorquinischen Handwerker angebracht worden. Darüber hinaus hatte sie kein anderes offenes Projekt. Die alte Hobelmaschine, die Louise im Gegenzug bekommen sollte, war zu groß und sperrig, um sie mit dem Kombi zu transportieren, daher hatte der alte Mann freundlicherweise angeboten, ihr das Gerät in den nächsten Tagen mit einem Anhänger zu bringen. Auf dem Dorf sei das doch alles kein Problem, hatte er gesagt. Da helfe man sich eben.

Aus dem Augenwinkel bemerkte Louise eine schnelle Bewegung, gefolgt von einer feuchten Zunge an ihren Fingern.

»Jola, was machst du denn hier?«, fragte Louise besorgt und streichelte die hübsche Hündin. Im nächsten Moment sah sie Noah mit einer Leine am Tor stehen.

Sein Anblick ließ Louise heiß und kalt werden. Sie nahm den Laptop von ihrem Schoß und stand hastig auf.

»Störe ich?«, fragte er vorsichtig, deutete auf den Computer und kam langsam auf Louise zu.

»Nein, also ich sollte eigentlich eine Menge Dokumente lesen und Anträge ausfüllen und …« Louise schnaufte.

»Hey«, sagte Noah einfühlsam. »Geht's dir denn gut?« Er kam noch etwas näher, wahrte jedoch einen Abstand von einigen Schritten.

Louise schüttelte den Kopf. »Nein«, sagte sie gefasst. »Gar nicht.«

»Weißt du, was ich dann immer mache?«

Louise schüttelte erneut den Kopf.

»Ich fahre ans Meer, genieße den warmen Sand unter den Füßen und lasse mir den Wind um die Ohren wehen. Das genügt meistens schon.«

Louise senkte den Blick und lächelte.

»Darf ich dich für heute entführen? Du hast in den letzten Wochen so viel gearbeitet, du hast eine kleine Auszeit verdient, meinst du nicht?«

»Hm«, erwiderte Louise nachdenklich.

»Und wenn du es nicht für dich machst, dann tu es für Jola. Sie liebt es, über den Strand zu flitzen und in die Wellen zu springen.«

Jolas zustimmendes Hecheln entlockte Louise einen kurzen Anflug von Heiterkeit.

Noah senkte den Kopf und versuchte, Louises Blick einzufangen. »Komm, wir tun Jola den Gefallen. Lass uns an den Strand fahren.«

»Na gut, na gut«, sagte Louise und schüttelte lachend den Kopf. »Du bist wirklich unmöglich.«

Eigentlich wollte sie heute niemanden um sich haben, sondern irgendeiner stupiden Tätigkeit nachgehen und den Kopf ausschalten. Aber Noah schaffte es binnen Sekunden, ihre Pläne über den Haufen zu werfen. Je mehr sie darüber nachdachte, desto dankbarer war sie ihm für seine Beharrlichkeit.

Seit Louise hier auf der Insel war, hatte sie die meiste Zeit gearbeitet. Allein die Renovierung hatte ihr einiges abverlangt und die Probleme mit Alex und Noahs Vater waren noch hinzugekommen. Sie war ausgelaugt, kaputt und konnte ein wenig Abwechslung gut gebrauchen. Tatsächlich war sie seit ihrer Ankunft auf der Insel erst zweimal am Strand gewesen.

Noah ging voraus zu seinem VW Passat, ließ Jola auf den Rücksitz springen, schnallte sie fest und öffnete dann galant die Beifahrertür.

»Wohin fahren wir?«, fragte Louise, als Noah ebenfalls eingestiegen war.

»Wie viel Zeit hast du?«

»So viel, wie wir brauchen.«

»Das klingt fantastisch! Kennst du den Strand Coll Baix?«
Louises fragender Blick sagte ihm alles. »Das ist ein kleiner
Strand hinter Alcúdia. Man kommt nur über einen 45-minüti-
gen Fußweg dorthin, aber es lohnt sich.«

»Das hört sich gut an«, fand Louise und war froh, dass sie
Sneakers zu der kurzen Jeans trug.

»Alle startklar?«, fragte Noah und sah in den Rückspiegel zu
Jola, die es sich schon gemütlich gemacht hatte. »Na dann los.«

* * *

Louise genoss es, mit Noah zusammen zu sein und zu wissen,
dass er sie nicht zu einem Gespräch drängen würde. Stattdessen
hatten sie die Autofahrt, den Marsch durch die Kiefernwälder
und später über felsige Klippen überwiegend schweigend verbracht. Die Gegend war zauberhaft und Noah hatte recht damit
behalten, dass hier selbst während der Saison nur eine über-
schaubare Touristendichte herrschte.

Jola lief vergnügt voraus, offenbar voller Vorfreude auf die
Abkühlung im Meer, verschwand ab und zu hinter einer Ecke,
nur um wenig später wieder, nach ihrem Herrchen suchend,
aufzutauchen.

Noahs vertrauter Umgang mit seiner Hündin verriet viel
über seinen Charakter, fand Louise. Zärtlich und selbstbewusst,
gutmütig und fordernd, zuverlässig und überraschend. So hatte
Louise ihn bisher kennengelernt. Eine seltene Mischung.

»Okay, ich gebe es zu. Ich hätte den Ausflug etwas besser
vorbereiten können«, sagte Noah, als er merkte, dass Louise ihn
beobachtete. »Wir haben nur diese kleine Flasche Wasser und
ich habe jetzt schon totalen Durst.«

Louise lachte. Wenn er gewusst hätte, woran sie gerade
gedacht hatte!

»Wir schaffen das schon«, sagte sie und deutete auf das Meer, welches sich endlich vor ihnen erstreckte.

»Genau. Da sind wir. Aber denk dran, wir müssen auch wieder zurück.« Noah reichte Louise die Flasche.

Jola war nicht mehr zu bremsen, raste auf das klare Wasser zu und sprang mit voller Wucht in die Wellen.

»Das ist umwerfend, Noah. Danke, dass du mich entführt hast«, sagte Louise, während sie sich die Sneakers auszog und die glatten Kieselsteine zwischen den Zehen spürte.

Noah schwieg und spazierte den Strand entlang. Louise folgte ihm. Beide beobachteten Jola, die sich heute Abend sicher erschöpft in ihrem Körbchen einrollen würde.

»Ich vermute zwar, du hast mich schon gehört, als ich hinter deiner Tür stand ...«, sagte Noah ruhig und wandte sich zu Louise, »doch ich wollte mich noch einmal für meinen Vater entschuldigen.«

Louise biss sich leicht auf die Unterlippe.

»Du musst gar nichts dazu sagen, wenn du nicht magst, wirklich, ich kann das verstehen. Er hat mir nicht gesagt, was vorgefallen ist, aber ich kann mir vorstellen, dass es unangenehm war.«

Louise zögerte. Bisher hatte sie Noah nichts von dem Besuch seines Vaters gesagt. Doch jetzt beschloss sie, offen zu ihm zu sein. Das hatte er verdient.

»Doch, Noah. Mir tut es auch leid. Ich hätte dir sagen sollen, dass dein Vater schon einige Tage zuvor bei mir gewesen war. Dann hättest du mich vielleicht gar nicht erst zu euch nach Hause eingeladen und das wäre nicht passiert.«

Noah bückte sich, griff nach einem Kiesel und ließ ihn durch seine Finger gleiten. »Ich kann verstehen, dass du es für dich behalten hast, Louise. Wirklich. Mein Vater ... manchmal, na ja, wirkt er sehr einschüchternd.«

Louise fiel ein Stein vom Herzen, der sicher wesentlich schwerer wog als der in Noahs Hand. Sie atmete erleichtert durch, schmeckte die salzige Luft auf ihren Lippen und sah hinaus auf das Meer. Eigentlich hatte sie heute nicht darüber sprechen wollen, es fühlte sich dennoch richtig an.

»Irgendwie habe ich gar nicht so richtig verstanden, was er von mir wollte. Er hat irgendwas von Xisco gesagt und ich hätte ihn geschwächt und ich solle mich von ihm und auch von dir fernhalten.«

Noah schüttelte den Kopf und stieß ein verzweifeltes Lachen aus. »Ich kenne meinen Vater schon so lange und doch erstaunt er mich immer wieder. So etwas hätte ich ihm wirklich nicht zugetraut. Niemals.« Fassungslos fuhr er sich durch die Haare. »Das ist mir sehr unangenehm, Louise, und ich werde mit ihm sprechen. So etwas kann er einfach nicht machen.«

»Hey«, sagte Louise sanft und hielt Noah am Arm, sodass er stehen blieb. »Ich weiß, wie es ist, wenn Eltern gemein sind. So gemein, dass man sich fragt, ob man wirklich ihr Fleisch und Blut ist.« Louises Blick schweifte ab. Sie ließ Noahs Arm los und bemühte sich darum, schnell weiterzugehen.

»Was ist passiert?«, fragte er so leise, dass der Wind seine Worte fast verschluckte.

Louise zuckte mit den Schultern und presste die Lippen aufeinander. Noah verstand die Geste.

»Weißt du, das Schlimme ist, dass ich sogar weiß, warum er das tut. Ich würde es dir so gerne erklären, aber … mein Vater will Xisco nur beschützen. Sie haben viel durchgemacht. Das ist keine Erklärung und es ist unentschuldbar …«

»Ist schon in Ordnung, Noah. Ich verstehe einfach nicht, was ich falsch gemacht habe, ob es wirklich an mir liegt, oder an dem Haus, oder der Schreinerei, oder an irgendetwas anderem … aber ich hoffe, dass es sich eines Tages klärt.«

Jetzt war es Noah, der ratlos seine Lippen aufeinanderpresste.

Louise spürte die Tränen, die sich in ihren Augenwinkeln sammelten und jeden Moment fließen würden.

»Ich stehe kurz vor der Scheidung, Noah.«

Er sah ihr weiter aufmerksam in die Augen. Es fühlte sich vertraut an und der Schutzwall, den sie sich aufgebaut hatte, zerfiel Stück für Stück.

»Mein Mann hat mich verlassen. Nicht weil er mich nicht mehr geliebt hat oder wegen einer anderen. Ich konnte seinen Kinderwunsch nicht erfüllen.«

Louise vergrub ihre Füße im Kieselstrand, während Jola weiter ihre Bahnen am Wasser zog und sich die Wellen des türkisfarbenen Meers rauschend am Strand brachen. Louise spürte Noahs Hand auf ihrer. Dann merkte sie, dass sie weinte.

»Ich werde voraussichtlich keine Kinder kriegen können. Zumindest stehen die Chancen sehr schlecht. Mein Mann hat mich verlassen ... weil ich es nicht probieren wollte«, sagte sie, ohne darüber nachzudenken. Louise drückte fest Noahs Hand. »Ich habe es nur Caro, meiner Schwester und meiner Mutter erzählt, und sie ... sie hat mich ...«

Durch einen Vorhang aus Tränen sah Louise zu Noah, dann umarmte sie ihn und drückte sich schluchzend an seine Schulter. Er erwiderte die Umarmung, behutsam und zurückhaltend.

Plötzlich realisierte Louise, was sie getan hatte. Sie hatte Noah etwas anvertraut, obwohl sie noch nicht bereit gewesen war. Außerdem hatte sie es ihm förmlich aufgedrängt. Jetzt stand es zwischen ihnen und ließ sich nicht wieder zurücknehmen. Vorsichtig befreite sie sich aus der Umarmung. Noah konnte nichts dafür. Sie wollte ihn nicht verletzen. Es war ein Fehler gewesen.

»Es tut mir leid. Ich ...«

»Es ist in Ordnung, Louise. Mir tut es leid. Das hast du sicher nicht verdient.«

Es tat ihr in der Seele weh, Noah vor den Kopf stoßen zu müssen, aber sie konnte das gerade nicht. »Bitte lass uns gehen, Noah. Ich muss nach Hause.« Louise stieg in ihre Sneakers und stand auf. »Ich muss etwas Wichtiges erledigen.«

27

Die Anwaltskanzlei sah nicht besonders edel aus, auch wenn die Website und selbst die chic gekleidete Empfangsdame diesen Eindruck vermitteln wollten. Doch wegen Äußerlichkeiten war Louise nicht hier.

»Frau Hartmann, wenn Sie dann bitte mitkommen möchten?«

Louise nahm ihre Handtasche und folgte der Dame in einen kargen Besprechungsraum. Ein oder zwei Pflanzen hätten die Atmosphäre sicher etwas aufgelockert. Louise war angespannt.

»Möchten Sie gern einen Kaffee trinken? Oder ein Glas Wasser?«

»Kaffee wäre prima. Mit einem Schuss Milch, wenn es geht.«

»Das kriegen wir hin.«

»Prima, vielen Dank.«

Louise fühlte sich unvorbereitet. Zwar hatte Sie einige Unterlagen über den Hauskauf und die Praxis dabei, doch die meisten Papiere lagen im Haus in Caimari.

Zusammen mit dem Kaffee kam ein schlaksiger Mann im Nadelstreifenanzug in den Raum. Er stellte sich mit dem seltsamen Namen Ilya Träger vor, begrüßte Louise förmlich, setzte sich zwei Plätze weiter und schlug die dünnen Beine übereinander.

»Wir hatten ja bereits kurz telefoniert. Aber bitte, erzählen Sie doch noch einmal ganz genau, was wir für Sie tun können.«

Louise schilderte die aktuelle Situation, von der gewünschten Scheidung, Louises Wunsch, das Haus zu verkaufen, und dem dringend benötigten Erlös daraus, um ihre Finca auf Mallorca finanzieren zu können. Auch wenn ihr sein Auftreten und seine förmliche Ausdrucksweise widerstrebten, fühlte sie sich nach einigen präzisen Nachfragen des Anwalts doch gut aufgehoben. Er fasste die Fakten überraschend gut zusammen und dröselte die Lage so weit auseinander, bis er einige Stichpunkte in seinem schwarzen Notizbuch gelb markierte.

»Ich bin ganz offen zu Ihnen, Frau Hartmann.«

Louise schluckte, um sich auf das Schlimmste vorzubereiten. Doch genau deshalb war sie hier, nicht weil sie einen Schönredner engagieren, sondern weil sie die Faktenlage kennenlernen wollte.

»Sie haben leider einen großen Fehler gemacht. Sie hätten dieses Haus auf Mallorca erst nach der Scheidung kaufen sollen.«

Louise ließ sich peinlich berührt in den unbequemen Stuhl sinken.

»Allerdings gibt es drei Punkte, die Ihnen in die Karten spielen. Erstens: Ihr neues Haus war sehr günstig im Vergleich zu Ihrer Immobilie in Wiesbaden. Wenn das alles einmal durch ist, werden Sie keine Probleme haben, es abzubezahlen.«

Louise atmete hörbar aus und hegte etwas Hoffnung.

»Zweitens: Sie haben anteilig Ihr gemeinsames Wohnhaus sowie die Praxis Ihres *Mannes*«, er sprach es aus, als wäre es ein Schimpfwort, »mit abgezahlt. Selbst wenn Ihr Mann Zweifel an den Eigentumsverhältnissen Ihres neuen Hauses äußern sollte, da Sie beim Erwerb noch verheiratet waren, haben Sie die Praxis als möglichen Gegenwert.«

Louise nickte erwartungsvoll.

»Und drittens: Wie Sie sagen, möchte Ihr Mann die Wiesbadener Immobilie unbedingt behalten. Er hängt daran. Das wird unser Hebel sein, um eine schnelle Einigung zu erzwingen.«

Herr Träger zeigte sich zuversichtlich, Louises Wunsch nach einer anteiligen Auszahlung durchsetzen zu können, allerdings sei das größte Problem der verfügbare Zeitrahmen. Der Ablauf hänge stark von dem Kooperationswillen und dem Verhandlungsgeschick der Gegenpartei ab.

Gegenpartei, dachte Louise. So weit war es schon gekommen. Es tat ihr beinahe leid, wie sich ihre und Alex' Wege voneinander entfernten, hatten sie doch so viele Jahre miteinander verbracht.

»So ist das leider bei den meisten Scheidungen, Frau Hartmann«, sagte Herr Träger sachlich. »Am Anfang denkt man oft noch, man könne sich in Freundschaft trennen, doch wenn es an die Finanzen geht, wird es zur Schlammschlacht. Nicht umsonst heißt es: Bei Geld hört die Freundschaft auf.«

Seine Worte untermalte er mit einem nachdenklichen Nicken, bevor er wieder ernst wurde und Louise versicherte, er werde die Scheidungspapiere und alles Weitere für sie vorbereiten und sich bald wieder melden.

Schnellen Schrittes ging Louise die Wilhelmstraße entlang und schob ihr Kinn in das luftige Halstuch. Es war seltsam, wieder in Wiesbaden zu sein. Die Architektur, die Menschen, der Geruch … Louise hatte sich in kurzer Zeit so sehr an ihre neue Heimat Mallorca gewöhnt, dass sie sich jetzt hier fremd vorkam.

Auf der anderen Straßenseite sah Louise das Hessische Staatstheater, in dem sie ab und zu mit Alex ein Stück angesehen und schöne Abende verbracht hatte. Jetzt ließ das pompöse Gebäude mit dem von weißen Säulen gestützten Eingangsbereich keine guten Gefühle mehr zu. Sie eilte weiter, am Salzbach vorbei und bog rechts in die Friedrichstraße. Angestrengt suchte sie die Umgebung bereits fünfzig Meter im Voraus ab. Auf keinen Fall wollte sie Alex treffen oder einen seiner Bekannten oder Patienten. Louises Atem ging schwer, als sie das Markt-Parkhaus erreichte und hastig die Parkkarte in den Bezahlautomaten schob. Elf Euro – zusätzlich zu dem Beratungshonorar, das der Anwalt für den zweistündigen Termin aufrufen würde.

»Egal«, sagte Louise sich und stieg die Treppen hinauf zur zweiten Parkebene. Schließlich war dieser Termin der Grund ihres Besuchs in der alten Heimatstadt gewesen. Auf keinen Fall würde Louise Alex mit seinem arroganten Benehmen davonkommen lassen. Das war ihr am Strand mit Noah klar geworden. Sie hatte sich nichts vorzuwerfen und dennoch hatte Alex versucht, sie als Schuldige hinzustellen. Louise hatte schon zu viel ertragen, zu viel über sich ergehen lassen. Jetzt ging es darum, ihre Interessen durchzusetzen, ihre Zukunft zu gestalten, nicht seine.

Nachdem Louise den kleinen Mietwagen durch die engen Kurven des Parkhauses bugsiert und wieder Tageslicht erblickt hatte, fuhr sie ein paar Straßen weiter und bog in eine ihr vertraute Einfahrt ein. Sie hätte die Strecke auch laufen können, aber sie wollte nur einen kurzen Halt bei Caro machen und direkt weiter zu ihrer Schwester fahren, um dort zu übernachten. Das hatte sie ihr und den Kleinen versprochen.

Louise mogelte sich durch die große Eingangstür, als eine alte Dame das Haus verließ, und stieg die Treppen hinauf.

Aufgeregt klingelte sie Sturm und trat einen Schritt zurück. Heute war Caros freier Tag, sie sollte also zu Hause sein. Oder war sie bei Uli? Louise klopfte noch einige Male. Keine Reaktion. Dann zog sie ihr Handy hervor und wählte Caros Nummer. Es klingelte, doch der Anruf wurde weggedrückt. Louise wollte gerade noch einmal anrufen, als eine Nachricht von Caro eintraf.

»Oh Gott«, stieß Louise aus und konnte sich ein Lachen nicht verkneifen. »Das Rollenspielfestival!« Sie hatte ganz vergessen, dass es ausgerechnet diese Woche stattfand.

Das Handy zeigte ein Bild ihrer Freundin in kurzer verdreckter Lederschürze und mit einem schweren Schmiedehammer in der Hand. Was zum Teufel, dachte Louise kichernd. Ulis Rolle war doch Schmied und nicht mittelalterlicher Zuhälter. Aber Caro konnte es tragen, dachte sie. Eigentlich sah sie sogar ziemlich hübsch aus. Und alles andere als gelangweilt. Offensichtlich hatte sie eine Menge Spaß bei der Exkursion in Ulis Mittelalterwelt.

Etwas enttäuscht, aber schmunzelnd ging Louise die Treppen hinunter, betrat den Hinterhof, wo ihr Auto stand, und betete, dass Linda kein heimliches Versöhnungstreffen mit ihrer Mutter aus Louises Besuch machen würde. Louise wusste nicht, ob sie das heute durchstehen würde.

* * *

Erschöpft parkte Louise den Wagen in der breiten Auffahrt und stellte den Motor ab. Eigentlich hätte die Fahrt zu ihrer Schwester nach Klein-Gerau nur eine halbe Stunde dauern sollen, doch Louise war mitten in eine Vollsperrung auf der Bundesstraße geraten. Glücklicherweise wurden im Radio keine Personenschäden durchgegeben, obwohl der Unfall, an dem Louise dann nach über zwei Stunden vorbeigefahren war, ziemlich heftig ausgesehen hatte.

Ihre Augen waren übermüdet und sie wollte nur noch ins Bett, aber das konnte sie natürlich nicht machen. Zu kurz war die wertvolle Zeit, die sie mit Linda, Henning und ihren Nichten hatte.

Kaum war Louise ausgestiegen, kamen die beiden Zwerge schon aus dem Haus gestürmt und rannten auf sie zu.

»Tante Lou!, Tante Lou!«, riefen die beiden fast synchron.

»Hallo, ihr süßen Mäuse«, antwortete sie, plötzlich wieder energiegeladen, und umarmte ihre Nichten fest. »Puh, ihr riecht ja wie ein Bauernhof.« Louise hielt sich lachend die Nase zu.

Tina und Kathi kicherten.

»Wir sind eben vom Reiten gekommen«, berichtete die drei Minuten ältere Tina stolz.

»Schau mal, die hat Omi uns geschenkt.« Kathi präsentierte ihre verschmutzten kleinen Reiterstiefel.

»Ahhh«, staunte Louise und versuchte, zu erkennen, ob ihre Mutter irgendwo am Fenster stand. »Ist Omi denn auch da?«

Die beiden schüttelten den Kopf.

»Nein. Sie ist gar nicht mehr so häufig hier wie sonst immer«, sagte Tina bedrückt, beobachtete aber kurz darauf staunend ein vorbeifliegendes Rotkehlchen und strahlte schon wieder.

Louise atmete erleichtert auf. »Helft ihr mir mit dem Gepäck?«

Tina und Kathi schoben gemeinsam den kleinen Trolley zur Haustür, an der Linda lächelnd wartete.

»Schwesterherz. Lass dich drücken.«

Louise umarmte ihre Schwester und gab ihr einen Kuss auf die Wange. Linda löste die Umarmung, nahm Louises Gesicht in beide Hände und strahlte.

»Du hast Farbe bekommen! Steht dir sehr gut.« Dann half sie ihren Töchtern beim Anheben des Trolleys. »Zeigt ihr Tante Lou ihr Zimmer?«, fragte sie und die beiden stürmten sofort los, mit Louise im Schlepptau.

Nachdem Louise ihre Sachen in Tinas Zimmer abgestellt hatte, in dem sie für eine Nacht schlafen durfte, ging sie mit ihren Nichten zurück ins Wohnzimmer.

»Papa«, riefen die beiden aufgeregt und sprinteten weiter zur Tür, als Henning hereinkam.

Louise begrüßte ihren hochgewachsenen Schwager, der langsam ein kleines Bäuchlein ansetzte, und ließ sich ächzend auf die weiche Couch fallen.

»Wein?«, fragte Linda und war schon auf dem Weg in die Küche.

»Genau das Richtige, danke!«, rief Louise ihr hinterher.

Henning grinste. »Schön, euch beide mal wieder vereint zu sehen. Ist schon ein Weilchen her.« Dann ging er mit seinen Töchtern ins Badezimmer. Es war Zeit für sie, zu duschen und sich bettfertig zu machen.

»Danke, Schatz!«, rief Linda ihrem Mann nach und reichte Louise ein eiskaltes Weinglas.

Henning hatte völlig recht. Es musste ewig her sein, dass Louise und Linda das letzte Mal gemeinsam bei einem Glas Wein zusammengesessen und Zeit zum Reden gehabt hatten.

Nachdem Louise von zu Hause ausgezogen war, hatten sie sich mit jedem Jahr ein kleines bisschen mehr voneinander distanziert, bis die Lücke deutlich spürbar war Zu gern hätte Louise die Zeit zurückgedreht. Ja, mittlerweile war Linda erwachsener als sie selbst.

»Wag es ja nicht, irgendetwas zu fragen«, sagte sie und lachte. »Zuerst bist du dran. Ich möchte alles wissen!«

Louise erzählte ihrer Schwester von dem neuen Leben auf Mallorca, den Höhen und Tiefen, die sie bisher durchlebt hatte, von den Geheimnissen, die sie um das Haus vermutete, von der Schreinerei, von Xisco, Maurice, Noah …

Als Louise versuchte, all ihre Gedanken kurz und knapp zu erzählen, bemerkte sie erst, wie viel in den letzten Monaten wirklich passiert war. Louise war neue Wege gegangen, um sich ein neues Leben aufzubauen, war über sich hinausgewachsen … und doch stand sie an einem weiteren Scheideweg.

Henning und die Kinder waren schon längst ins Bett gegangen, als Louise ihrer Schwester von Alex erzählte, dem Geld, das er ihr schuldig war, und der letzten Rate für das Haus auf Mallorca, die sie damit begleichen musste.

»Lou, das ist ja schrecklich«, sagte Linda mitfühlend. »Was ist denn in Alex gefahren? Und wie geht es jetzt weiter? Kannst du dein Haus verlieren?«

»Ich weiß es nicht. Aber ich fürchte, er kann mir damit einige Steine in den Weg legen.« Louise war bei dem Thema weit gefasster, als sie erwartet hatte. Dennoch arbeitete es ständig in ihr.

»Da ist noch etwas, was ich dir schon längst sagen wollte, Linda. Es geht um mich und Mum.«

Linda sah ihre Schwester überrascht an.

Louise schluckte. »Es ist etwas vorgefallen zwischen Mum und mir, nachdem … nach meiner Entscheidung gegen die künstliche Befruchtung.« Louise holte einmal tief Luft, bevor sie weitersprach. »Mum hat mir danach schwere Vorwürfe gemacht … Ich möchte nicht, dass es etwas zwischen euch beiden ändert, ich möchte nur, dass du verstehst, warum es so ist, wie es ist.«

Louise ordnete ihre Gedanken.

»Ich war bei Mum, um ihr davon zu erzählen. Sie war ganz aufgeregt und hat sich schon babysitten gesehen. Es ist mir wirklich schwer gefallen, Linda. Ich habe gedacht, sie kann mich verstehen. Ich habe gedacht, sie unterstützt mich bei der

Entscheidung. Sie saß neben mir, hat meine Hand genommen und mich angesehen. Ich dachte, sie ist für mich da. Sie hilft mir, das zu überstehen. Doch dann hat sie etwas gesagt ...«

Linda rückte ganz nah an Louise heran und hielt behutsam ihre Hände. Sie gab ihr zu verstehen, es sei in Ordnung, sich fallen zu lassen. Sie würde sie auffangen. Sie war für Louise da.

»Ich habe dir doch gesagt, du sollst nicht so lange damit warten, Kind. Aber jetzt musst du die Möglichkeiten ausschöpfen, das bist du deinem Mann schuldig. Er hat lange genug auf dich gewartet. Das hat sie mir gesagt.« Louise weinte. »Sie hat mir damit ins Gesicht gesagt, ich sei selbst schuld daran, dass es mit der Schwangerschaft nicht geklappt hat. Und schlimmer noch, dass ich noch dazu eine schlechte Ehefrau bin, wenn ich mich jetzt nicht mit Hormonen vollpumpe und alles versuche, um Alex glücklich zu machen.«

Linda saß mit offenem Mund da und versuchte, zu verarbeiten, was Louise gesagt hatte. Man hörte nur das Ticken der Wanduhr und Louises festen Atem. Sie spürte eine seltsame Erleichterung, ihre Muskeln lockerten sich, eine Last fiel von ihren Schultern ab. Sie sah Tränen in Lindas Augen, ihre bebende Unterlippe.

»Ich bin immer für dich da, Lou.«

28

Es klopfte leise an der Tür, Louise drehte sich auf die Seite und sah auf die Wanduhr, deren Zifferblatt aus einem bunten Wimmelbild bestand. Die Zeiger in Form von Buntstiften standen auf halb sieben.

»Ja?«, krächzte Louise. Die Nacht war zu kurz gewesen und die Flasche Wein war ebenfalls nicht spurlos an ihr vorübergegangen. Sie rieb sich die müden Augen.

Dann öffnete sich die Tür, Tina und Kathi stürmten herein, warfen sich neben Louise auf die Luftmatratze und kicherten. Louise erinnerte sich daran, wie Linda und sie früher als Kinder das Gleiche bei ihren Tanten gemacht hatten. Es war für sie das Höchste gewesen.

Danach kam Linda herein und hielt einen duftenden Kaffee in der Hand.

»Ich glaube, ich habe auf einer Barbie geschlafen«, sagte Louise und steckte den Kopf wieder unter die Bettdecke.

Mit großen Augen sahen sich Tina und Kathi an und begannen sofort damit, die Luftmatratze anzuheben und unter Louise nachzusehen.

»Ich glaube, Tante Lou macht nur Spaß, Kinder.«

Louise streckte den Kopf unter der Decke hervor und schüttelte ihn langsam.

»Lasst ihr uns bitte kurz allein? Eure Tante muss erst mal wach werden.«

Mit hängenden Schultern und Schmollmund stapften die beiden durch die Tür und liefen stattdessen zu ihrem Vater, der sie umgehend durchzukitzeln schien.

»Na, hast du ein bisschen geschlafen?«, fragte Linda und reichte Louise den Kaffee.

»Mit viel Glück waren es ungefähr zehn Minuten.«

»Ja, geht mir auch so.« Linda seufzte. »Ich weiß, du brauchst noch einen Moment … aber ich will nur, dass du weißt, es bedeutet mir viel, dass du mir all das anvertraut hast. Ich bin für dich da, wenn du mich brauchst.«

Louise räusperte sich, um nicht erneut in Tränen auszubrechen. »Das ist lieb, Schwesterherz. Das Gleiche gilt für dich, okay? Danke, dass ich mich dir anvertrauen durfte.«

Linda nickte wehmütig. »Wann musst du los?«

»Bald«, sagte Louise kurz. »Kann ich noch schnell duschen?«

»Ich lege dir frische Handtücher ins Bad. Pflegeartikel sind in der Schublade unter dem Waschbecken.«

»Hey, sehe ich so schlimm aus?«

»Nein, nein«, wehrte Linda ab und lachte.

»Blödmann.«

»Doofkopf.«

Der Abend mit Linda hatte nicht nur Louises Kopf frei gemacht, sondern sie beide endlich wieder einander nähergebracht.

Es war für Louise unerklärlich, warum es so lange gedauert hatte, bis sie wieder so miteinander umgingen, wie man es sich für Schwestern wünschte. Musste denn immer erst Schlimmes passieren, um etwas Gutes hervorzubringen?

Caro lag wahrscheinlich noch mit ihrem nackten Schmied unter einer Ziegenfelldecke, zumindest ging sie nicht ans Telefon. Louise verzog den Mund bei der Vorstellung an das nach Metall und altem Leder riechende Liebesnest. Für einen weiteren Abstecher nach Wiesbaden wäre es ohnehin etwas knapp gewesen.

Am Flughafen gab Louise den rot glänzenden Ford zurück, mühte sich durch die Sicherheitskontrolle und saß pünktlich im Flieger.

Völlig übermüdet lehnte sie sich zurück, schloss die Augen und dachte an den vergangenen Abend mit Linda. Nachdem Louise sich ihr offenbart hatte, hatten die beiden eine halbe Flasche Wein gebraucht, um das Ganze sacken zu lassen, bevor sie darüber gesprochen hatten. Linda war entsetzt gewesen über die Taktlosigkeit ihrer Mutter und konnte sich nicht erklären, wie es dazu hatte kommen können. Wie konnte ein Mensch so neben sich stehen? Noch fassungsloser war sie darüber, dass ihre Mutter sich bis heute nicht dafür entschuldigt hatte. Endlich verstand Linda, warum Louise sich derart von ihrer Mutter distanziert hatte, und bereute ihre ständigen Anspielungen. Sie erzählte Louise, dass ihre Mutter sich seitdem stark verändert hatte, ein völlig anderer, freudloser Mensch geworden war. Sie zog sich immer mehr zurück und zeigte sich selbst den Kindern gegenüber mürrisch. Was wohl in ihrem Kopf vorging? Schämte sie sich für das, was sie gesagt hatte? War sie sich dessen überhaupt bewusst?

»Lou, ihr müsst darüber sprechen«, hatte Linda später insistiert und Louise sich eingestanden, dass ihre Schwester recht hatte. Doch Louise war noch nicht bereit dazu. Dieser Schatten war zu groß, um momentan darüber zu springen.

Wegen des fehlenden Geldes hatte Linda schluchzend angeboten, einen Kredit für Louise aufzunehmen. Sie wollte ihre

Schwester nicht im Stich lassen, meinte, wie stolz sie auf sie sei und wie sehr sie dieses Haus und ein neues Glück verdient habe.

Doch Louise hatte das Angebot ausgeschlagen, so liebenswert es war und so sehr es sie rührte. Es ging nicht. Sie konnte Linda da nicht mit hineinziehen. Schweren Herzens musste Louise ihre letzte Möglichkeit in Betracht ziehen, Xisco um Aufschub der Zahlung zu bitten. Es würde ihr nicht leichtfallen, da sie nicht einmal wusste, ob sie das Geld in einer Woche, einem Monat oder erst in einem Jahr bekam, doch ihr fiel keine andere Lösung ein.

Zu späterer Stunde und nach fortgesetztem Alkoholgenuss hatte Louise sogar einige Worte über Noah verloren. Natürlich hatte Linda mehr über ihn wissen wollen, doch glücklicherweise hatte sie sich irgendwann ins Bett gezwungen, um ein wenig Energie für ihre Töchter aufzusparen.

Was Noah wohl gerade machte? War er im Büro? Oder half er Xisco bei seinen geliebten Mallorca-Veilchen? Oder stellte er gar seinen Vater zur Rede?

Je höher der Flieger stieg, umso weiter entfernten sich Louises Gedanken, bis sie gänzlich verschwunden und einem tiefen Schlaf gewichen waren.

Knapp zwei Stunden später rüttelte es an ihrer Schulter, Louise wurde sanft von einer Stewardess geweckt und sie verließ schlurfend das Flugzeug. Ein Shuttle brachte sie zum Park-and-ride-Parkplatz und eine weitere Stunde später ließ sie sich schnaufend und in voller Reisemontur auf ihr Bett fallen.

Erst am Abend wachte sie vom Knurren ihres Magens auf und schleppte sich in die Küche, um etwas zu essen. Sie setzte sich an den Tisch, klappte den Laptop auf und flog über die neuen E-Mails. Es war eine Nachricht von ihrem Anwalt dabei. Louise klickte darauf und las den ausführlichen Text. Sie blieb an einer Textpassage hängen, über die ihre Augen wieder und wieder flogen und deren Formulierung sich in ihrem Gehirn einbrannte.

Ich habe ersten Kontakt mit der Gegenpartei aufgenommen …

… mit der Gegenpartei aufgenommen …

… Gegenpartei …

In Schriftform wirkte der Ausdruck noch stärker auf Louise als bei dem Gespräch im Büro des Anwalts. Alex, ihr Mann, den sie aufrichtig geliebt hatte, war bloß noch die Gegenpartei. Das Wort hinterließ einen bitteren Geschmack in Louises Mund, den sie mit einem Schluck Orangensaft hinunterspülte.

Louise schloss das Mailprogramm und sah sich selbst auf dem Bildschirm. Der Artikel über die Schreinerei war geöffnet. Louise ließ das Bild auf sich wirken. Es war eine tolle Momentaufnahme, die so viel Freude und Leidenschaft ausdrückte. Genau das liebte sie an dieser Insel. Genau das suchte sie für ihr weiteres Leben.

Louises Augen verfingen sich in Noahs Lachfalten, als ihr Handy piepte. Es musste noch in ihrer Jackentasche stecken. Louise ging in den Flur und tastete ihre Jacke ab, die an einem Haken hing. Sie fand das Handy in der Seitentasche und tippte auf den Bildschirm. Eine Nachricht von Linda.

Bist du gut angekommen?

Louise tippte eine Antwort. Senden. Es dauerte einige Sekunden. Dann sah Louise, dass Linda eine weitere Nachricht eingab.

*Ich werde dir alles erklären, okay? Lass nicht zu, dass
dieser Arsch dir alles kaputt macht!*

Louise wollte fragen, was sie damit meinte, als eine weitere
Nachricht eintraf.

Schau auf dein Konto :-)

Louise ließ ihre Hand nach unten sinken. Was sollte das
bedeuten? Schau auf dein Konto? Eine leise Vorahnung überkam sie. Linda hatte doch nicht etwa ihre wenigen Ersparnisse
zusammengekratzt, um Louise zu unterstützen? War Louise
am Vorabend nicht deutlich genug gewesen, als Linda davon
gesprochen und Louise die Hilfe abgelehnt hatte? Louise wusste
genau, dass Linda und Henning jeden Euro brauchten, um
ihr Haus abzubezahlen. Das wenige, was sie sparen konnten,
war streng für die Ausbildung von Tina und Kathi reserviert.
Niemals würde Louise dieses Geld anrühren. Selbst wenn sie
wüsste, wann sie wieder liquide sein würde.

Nervös eilte sie in die Küche, öffnete ein neues Browser-
Fenster und klickte auf das Lesezeichen ihres Onlinebankings.
Log-in, klick. Kontostand, klick.

Nein, das konnte nicht sein. Unruhig rutschte sie auf ihrem
Stuhl hin und her und aktualisierte die Seite. Dann schüttelte
sie den Kopf und fuhr sich energisch mit der Hand durch
die Locken. Umsatzanzeige, klick. Sie schlug die Hände vors
Gesicht und atmete tief durch. Dann schob sie die Hände wieder einen Spalt breit auseinander, gerade so, dass sie hindurch-
sehen und den Text laut vorlesen konnte.

»Kontostand: 102 266 Euro.«

29

Louise blickte regungslos auf ihr Handy. Sie versuchte, die Zeilen zu verstehen, die sie vor sich sah.

> Bitte tu mir den Gefallen und bezahle sofort die Rate für dein Haus. Und nein, das ist nicht das Studiengeld der Kinder. Ich werde es dir bald erklären!

Gestern Abend hatte Louise eine Überweisung von 100 000 Euro auf ihrem Konto vorgefunden. Sie kam von Linda. Wieder und wieder hatte Louise versucht, sie anzurufen, doch ihre Schwester hatte nicht reagiert, weder mobil noch zu Hause am Festnetz. Louises Gedanken waren den ganzen Abend lang gerast. Wie war sie dazu gekommen, ihr so viel Geld zu leihen? Und woher hatte sie es überhaupt? Schwindelte Linda und es waren doch die Ersparnisse für die Ausbildung von Kathi und Tina? Wieso ging sie bloß nicht an ihr Handy?

Heute Morgen hatte Louise bereits zehnmal versucht, sie zu erreichen. Ohne Erfolg. »Sie meint es wirklich ernst«, flüsterte Louise fassungslos.

Gerade erst schaffte es die Sonne, einige Strahlen durchs Küchenfenster zu schicken, als Louise nach reiflicher Überlegung den Entschluss fasste, Lindas Gefallen anzunehmen. Sie öffnete ein Überweisungsformular in ihrem Onlinebanking und trug die Bankdaten des bevollmächtigten Anwalts ein, der auch beim Notartermin den Scheck entgegengenommen hatte. Morgen war der Stichtag für die letzte Rate.

Mit mulmigem Gefühl trug Louise die Summe ein, 80 000 Euro. Ihre zittrigen Finger steuerten den Mauszeiger auf den Senden-Button. Irgendetwas in ihr ließ sie zögern. Louise griff nach ihrem Kaffee, lehnte sich nervös im Stuhl zurück und stellte ihr linkes Bein auf die Sitzfläche.

Weitere Minuten vergingen, in denen sie die Überweisungssumme anstarrte. Dann leuchtete ihr Handy auf. Eine Nachricht von Linda!

Tu es endlich ;)

Wie gut Linda sie doch kannte.

Mit zusammengekniffenen Augen klickte Louise auf das Touchpad des Laptops.

Ihre Überweisung wurde bestätigt.

Sofort griff Louise nach ihrem Handy und tippte einen Text.

Du kriegst jeden Cent zurück, das weißt du, ja?

Als Antwort kam ein küssender Smiley.

In der Hoffnung, Linda werde ihre Telefonblockade aufheben, wählte Louise erneut deren Nummer, wurde jedoch prompt weggedrückt. Warum bloß wollte ihre Schwester nicht mit ihr sprechen?

Louise spürte eine große Hitze in sich aufsteigen. Sie atmete tief aus, stand auf und stellte ihre Kaffeetasse in die Spüle. Sie war nervös, aufgedreht, ging in der Küche auf und ab, versuchte zu realisieren, dass sie die letzte Rate für das Haus bezahlt hatte, mit Lindas Geld! Und dennoch, das Haus gehörte jetzt tatsächlich ihr!

Louise musste irgendetwas tun. Sie spürte, dass ihr Gesicht anfing zu kribbeln. Der Hof! Genau, der Hof musste gekehrt werden. Außerdem war es noch angenehm kühl draußen. In Jogginghose und Hausschlappen ging Louise nach draußen und schnappte sich den Besen, der an der Werkstatt lehnte. Mit schnellen Bewegungen fing sie an, Schmutz und Blütenstaub zusammenzukehren.

»Ich habe ein Haus auf Mallorca gekauft.«

Ein kräftiger Stoß mit dem Besen.

»Und ich habe einen Anwalt.«

Ein weiterer kräftiger Stoß.

»Alles wird gut.«

Noch ein Stoß.

»Und Linda kriegt bald ihr Geld zurück.«

Zwanzig Minuten später war kein einziges Staubkorn mehr auf dem gepflasterten Hof zu finden und Louise hatte den zusammengefegten Dreck in eine Tonne geworfen. Jetzt würde sie die Werkstatt aufräumen, einige Besorgungen machen und am Abend stand eine Unterrichtsstunde mit der Männerrunde an.

Hoch motiviert drückte sich Louise mit der Schaufel in der Hand nach oben, als sie Xisco im Hof bemerkte. War er schon über den Geldeingang informiert worden?

»Guten Morgen, Xisco. Du bist aber früh unterwegs. Wie geht's dir?«, sagte sie, als sie an sich hinuntersah und eine vage Vorstellung davon bekam, wie verlottert sie aussehen musste.

»Guten Morgen«, antwortete er gewohnt kurz.

»Kaffee?«, fragte Louise ebenso knapp.

Xisco nickte lächelnd.

»Ich bin gleich zurück.« Sie warf die Schaufel neben die Tonne und verschwand schnellen Schrittes im Haus. Sie nutzte die Gelegenheit, um sich saubere Jeans und ein frisches T-Shirt anzuziehen, und kam wenig später mit zwei Tassen, der Kaffeekanne und einer Packung Gebäck wieder in den Hof.

Sie setzten sich an den Tisch und Louise steckte sich ein kleines Schweinsohr in den Mund.

»Ist irgendetwas passiert?«, fragte Xisco ruhig.

Kauend schüttelte Louise den Kopf.

»Du wirkst etwas aufgedreht.«

Louise schluckte das viel zu trockene Gebäck herunter und lächelte verkrampft. »Ich habe eben die letzte Rate für das Haus überwiesen«, sagte sie zaghaft. Louise konnte sich nicht erklären, warum sie sich zierte, ihre Freude darüber zu zeigen. Aus irgendeinem Grund wollte sie Xisco nicht den Eindruck vermitteln, es sei nicht mehr sein Haus. Es war ihr unangenehm, mit ihm darüber zu sprechen. »Es wäre beinahe gescheitert«, fügte sie unbedacht hinzu.

Xisco legte seinen Kopf leicht schief und sah Louise fragend an.

Mist. Jetzt war sie ihm eine Erklärung schuldig.

»Ich hatte das Geld nicht ... also ich habe das Geld, aber mein Mann ... also mein Ex ...«

»Du brauchst dich nicht zu erklären.«

»Mein Mann will die Scheidung und er hat mir meinen Anteil unseres Hauses nicht ausbezahlt«, platzte es aus Louise heraus. »Daher konnte ich beinahe die letzte Rate nicht bezahlen.« So, jetzt wusste er Bescheid.

Xisco sah Louise skeptisch an, dann lächelte er. »Machen wir uns nichts vor«, sagte er und trank in aller Ruhe einen Schluck Kaffee. »Es war auch vorher schon dein Haus.«

Wie so oft, sprach Xisco in Rätseln.

»Du gehörst hierher«, sagte er mit fester Stimme. »Und du hast bewiesen, dass es dir ernst ist.«

Was sollte das denn bedeuten?

»Ich bin froh, dass du hier bist, Louise. Du hast meinem Leben eine neue Richtung gegeben«, sagte er aufrichtig. »Und das, obwohl du die geballte Leidenschaft meines Bruders zu spüren bekommen hast.«

»Du wusstest davon?«, stieß Louise entsetzt aus, doch Xisco schüttelte sofort den Kopf.

»Noah hat es mir nach eurem Treffen neulich erzählt.«

Na toll, dachte Louise. Sie hatte Noah ihr Herz ausgeschüttet und er hatte es brühwarm weitergegeben …

»Nein«, sagte Xisco schnell, als hätte er Louises Gedanken lesen können. »Mehr hat er nicht gesagt. Es war ihm bloß wichtig, dass ich von Mauros Aktionismus erfahre. Schließlich ist er meinetwegen so geworden.«

Louise sah Xisco mit großen Augen an. Selten hatte er so viel auf einmal preisgegeben. Er schien Louise irgendetwas Wesentliches mitteilen zu wollen, dessen war sie sich sicher. Sie spürte, dass sie an einem Punkt angekommen waren, an dem Xisco bereit war, mehr über sich und seine Vergangenheit preiszugeben. Offenbar war es ihm wichtig gewesen, dass Louise sich dieses Haus verdiente, bewies, dass sie es ernst damit meinte.

Louise erinnerte sich an den Moment, als sie hier hereingestolpert war und eine seltsame Verbindung zu dem Anwesen gespürt hatte. Dann der Anruf von Maurice, in dem er ihr mitgeteilt hatte, das Haus sei nach so vielen Jahren nun doch verkäuflich und dass sich der Eigentümer nach Louises Aussehen erkundigt hatte. Xisco war der Schatten gewesen, den Caro am Fenster gesehen hatte. Dann die Mallorca-Veilchen, die Xisco vor dem Aussterben bewahrte, die ein Symbol für die Hoffnung waren, welche er offenbar tief in seinem Innersten hegte.

»Mauro sagt, ich werde mit jedem Tag, den du hier bist, verrückter«, stieß Xisco lachend aus.

Louise gab ihm Zeit, fortzufahren.

»Er sagt, ich solle die Vergangenheit endlich ruhen lassen. Aber so ist das mit der Hoffnung … sie stirbt nun einmal zuletzt. Nach mir.«

Xisco legte die Hände übereinander und sah Louise wieder tief in die Augen. »Ich habe mein Leben lang auf etwas gewartet. Und ich würde es wieder tun, dessen bin ich mir sicher.« Er atmete schwer. »Aber du musst das nicht.«

Die Worte überschlugen sich in Louises Kopf. Sie versuchte krampfhaft, eine Bedeutung dahinter zu erkennen, irgendetwas, was sie bisher übersehen hatte. Was redete Xisco da? Was meinte er damit?

»Man sagt, für manche Dinge im Leben gibt es nur eine einzige Chance. Entweder man nutzt sie, oder sie ist für immer verloren. Irgendwann habe ich auch angefangen, das zu glauben. Fünfzig Jahre später wurde ich eines Besseren belehrt, nämlich in dem Moment, als ich dich durch das Fenster da oben gesehen habe.« Xisco zeigte auf genau das Fenster, in dem Caro den Schatten entdeckt hatte.

»So etwas passiert sehr selten. Aber wenn es passiert, dann weißt du es.«

30

Es war angenehm ruhig in dem kleinen Café in Capdepera, das einige Minuten außerhalb des Orts, versteckt zwischen hohen, schattenspendenden Aleppokiefern lag. Endlich hatte sich Louise etwas Zeit für das Buch genommen, zu dem sie seit dem Urlaub mit Caro nicht gekommen war. Sie legte den Roman auf ihren Schoß und trank einen Schluck Cappuccino. Die freundliche Bedienung deutete mit einer Handbewegung an, ob sie einen weiteren Kaffee bringen sollte, doch Louise lehnte lächelnd ab. Noch einige Seiten und sie würde weiterziehen.

Es tat gut, den Gedanken um ihre Scheidung und den Kredit entfliehen zu können. Einige Tage Abstand, etwas Zeit für sich selbst, um den Kopf freizukriegen und um Klarheit darüber zu gewinnen, was dieser Lebensabschnitt mit ihr vorhatte.

Seit einigen Tagen stand sie morgens früh auf, aß ein schnelles Frühstück, verließ das Haus vor Sonnenaufgang und fuhr einfach los. Sie ließ sich treiben, bis sie an einem Ort war, der ihr gefiel und den sie dann zu Fuß weiter erkundete. Louise brauchte keine Straßenkarte, kein Navigationsgerät und keinen Wanderführer, sie wollte es *einfach mal laufen lassen,* wie Caro gesagt hätte. Am Nachmittag aß sie entweder in einem kleinen Restaurant oder besorgte sich Brot, Käse und Oliven im Supermarkt, bevor sie am späten Abend wieder nach Hause fuhr.

Vorgestern dann hatte sie beim Heimkommen vor ihrer Tür einen wunderschönen Strauß aus bunten Wildblumen vorgefunden. *Weil ich heute an dich gedacht habe,* stand handgeschrieben auf der Karte. Auf der Rückseite entdeckte Louise eine weitere Zeile: *So wie gestern, und den Tag davor auch, und davor.* Es war so süß gewesen, dass Louise beinahe dahingeschmolzen wäre. Konnte es noch klarere Signale dafür geben, dass er ein guter Kerl war? Wieso fiel es ihr trotzdem so schwer, sich auf ihn einzulassen? Was konnte sie gegen diese innere Blockade tun? Konnte sie nicht einfach ihren wirren Kopf für eine Weile ausschalten? Mit einer kurzen Nachricht hatte sie sich bei Noah für den Strauß bedankt und ihm eine gute Nacht gewünscht. Mehr hatte sie sich nicht getraut. Ihr Puls hatte sich erst wieder beruhigt, als sie am nächsten Morgen erneut losgezogen war, um sich auf der Insel treiben zu lassen.

Louise führte ein langes, längst überfälliges Telefonat mit Caro, die gar nicht fassen konnte, was während ihres Rollenspiel-Wochenendes alles passiert war. Sie schrie förmlich vor Freude ins Telefon, als Louise ihr von den 100 000 Euro erzählte, und startete sofort ein wildes Brainstorming über die Herkunft von Lindas finanzieller Unterstützung. Die Theorien überschlugen sich und reichten von einem Banküberfall aus Schwesternliebe in Klein-Gerau bis hin zu einem Patent auf Sauerstoff.

»Alles in allem sind das aber gute Neuigkeiten, Lou, und es sieht so aus, als wärst du auf einem guten Weg, fest verwurzelte Mallorquinerin zu werden«, meinte Caro.

Worte, die Louise strahlen ließen.

Als sie endlich zu der Frage kam, wie denn Caros Rollenspiel gelaufen war, lachte diese etwas zu hysterisch und verriet zögerlich, dass sie meinte, Uli tatsächlich zu lieben. Nur deswegen habe sie bei diesem Quatsch mitgemacht. Louise kannte Caro gut genug, um herauszuhören, dass sie *bei diesem Quatsch* eine Menge Spaß gehabt haben musste.

Nach dem Gespräch saß Louise auf einer Bank und dachte über Caros Rollenspiel-Erfahrung nach. Ging es nicht genau darum? Jemanden zu haben, den man so sehr liebte, dass einem selbst Dinge Spaß machten, die man normalerweise total dämlich fand?

Louise hingegen beschloss, erst einmal ihrer neuen Wahlheimat näherzukommen. Es war auch eine Art Liebe zwischen ihr und der Insel entstanden. Ebenso liebte sie ihr Haus, in welches sie so viel Mühe gesteckt hatte, und natürlich auch die Sprache, mit der alles angefangen hatte. Wenn Louise an Zeichen dachte, so wie Caro es immer tat, dann sagten die Zeichen, Louise solle hier auf Mallorca bleiben. Das beschloss sie jedenfalls.

Am späten Nachmittag war sie an der Steilküste im Südosten angekommen, welche die Insel mit breiten Schultern vor der rauen See beschützte. Louise spazierte entlang der Klippen und genoss die aufkommende Brise. An einer geschützten Stelle nahm sie auf einem Felsvorsprung Platz und beobachtete die Wellen, wie sie sich weit draußen auf dem Meer sammelten, um anschließend vereint gegen die Felsen zu donnern. Schicksal, dachte Louise. Genau wie Caro hatte auch Xisco davon gesprochen. Es passte eigentlich nicht in Louises Wertvorstellung, an Übernatürliches zu glauben, doch kam ihr ein beruhigender Gedanke. Was, wenn das Schicksal sie tatsächlich hier nach Mallorca geschickt hatte, um noch einmal neu anzufangen? Louise sah in den sich rötlich färbenden Himmel. Es war kitschig, keine Frage, aber Louise wollte sich diese Vorstellung dennoch bewahren. Für all die Momente, die noch kommen und Louise auf die Probe stellen würden.

Tausende Male hatte sie sich vorgestellt, wie ihr Kind wohl ausgesehen hätte, mit ein paar Monaten, mit drei Jahren, mit fünf, wenn er oder sie volljährig gewesen wäre. Jetzt stellte sie sich vor, wie sie mit einem kleinen Wonneproppen am Strand saß und Sandkuchen backte. Ihr Baby biss in den Kuchen, verzog sofort das kleine Gesicht und lachte dann. Zum ersten Mal war es eine schöne, keine schmerzhafte Vorstellung, selbst wenn das Leben für Louise kein Kinderglück bereithielt.

Louise nahm ihr Portemonnaie aus der Umhängetasche und zog das Ultraschallbild heraus, was sie wie ein Traum begleitet hatte. Es war abgegriffen und an den Rändern ausgefranst. Viele Male hatte sie sich daran festgehalten und über die Zukunft nachgedacht. Heute war die Zukunft und es war alles anders gekommen.

Eine Träne lief in ihren Mundwinkel und Louise wischte mit der Hand darüber.

»Ich glaube, es wird Zeit, Lebewohl zu sagen«, flüsterte sie.

Louise sammelte einige kleine und ein paar größere Steine. An einem schönen Platz direkt an den Klippen, den morgen früh ein Sonnenaufgang in all seiner Pracht bestrahlen würde, legte sie das Bild ab und beschwerte es mit einem der großen Steine. Weitere Steine schichtete sie drumherum und auch darauf, bis ein kleiner Hügel entstanden war.

Behutsam legte Louise ihre Hand auf den Stapel und schloss für einen Moment die Augen. Die frische, salzige Luft füllte jeden Winkel ihrer Lunge mit Leben. Als sie die Augen wieder öffnete, lächelte Louise. Zum ersten Mal betrachtete sie ihr Leben als besonderes Geschenk und nicht als etwas Selbstverständliches. Sie fühlte, dass trotz der Widrigkeiten ihr Glück zum Greifen nahe war und sie war sich mittlerweile sicher, dass es nicht den einen Weg gab, um glücklich zu werden. Es gab Hunderte, Tausende, es gab unendlich viele davon und sie würde ihren Weg finden, auch ohne ein eigenes Kind.

Louise stand auf und sah sich noch einmal an diesem besonderen Ort um.

»Ich werde wiederkommen und von meinem Weg berichten, versprochen.«

31

Ausgeruht und erholt stand Louise auf, putzte sich die Zähne, machte sich fertig und stieg in ihre Latzhose. Seit langer, langer Zeit hatte sie nicht mehr so einen erholsamen Schlaf gehabt wie in dieser Nacht. Sie dachte daran, wie die ersten Sonnenstrahlen vor wenigen Minuten auf die Klippen getroffen waren, an denen sie ihren Traum zurückgelassen und Platz für neue Ziele geschaffen hatte, und lächelte dabei.

Dann machte sie sich einen Kaffee, zwei Rühreier und einen Plan für den heutigen Tag. Sie musste unbedingt die offenen Fragen des Anwalts beantworten und sich mit Maurice wegen der Gewerbeanmeldung kurzschließen und …

Es klopfte an der Tür. So viel zum Thema Pläne machen, dachte Louise und lief kauend zur Haustür. Eine alte Frau stand davor. Sie war klein, trug ein schlichtes Kleid, eine Sonnenbrille und ein tief ins Gesicht gezogenes Kopftuch mit buntem Blumenmuster.

»Guten Morgen. Kann ich Ihnen helfen?«, fragte Louise etwas erstaunt angesichts der vermummten Gestalt.

»Hallo, guten Morgen«, sagte die Frau langsam und schien Louises Gesicht dabei genau zu betrachten. »Oh, Entschuldigung, ich heiße Aitana«, fügte sie hinzu.

»Äh, Louise, hallo. Kann ich Ihnen denn behilflich sein?«

Aitana interessierte sich entweder sehr für Louises Aussehen oder sie war etwas neben der Spur. Louise konnte es nicht einschätzen. Außerdem wirkte es, als wartete Aitana auf irgendetwas.

»Dürfte ich wohl einen Blick in Ihre Schreinerei werfen?«, fragte sie dann, lächelte und deutete auf die Werkstatt.

Endlich verstand Louise den Grund ihres Besuchs. Nach der Eröffnung der Schreinerei war es nicht selten passiert, dass Dorfbewohner vorbeigekommen waren, um die Werkstatt anzuschauen. Louise wusste nicht recht, welches Zauberwerk sie dort erwarteten, doch sie freute sich über das große Interesse. Selbst einige Leute aus den Nachbarorten hatten sich eingefunden, um die Räumlichkeiten und Louises Arbeiten zu begutachten.

Es hatte zeitweise etwas Eigenartiges, wie sich die Leute über einen alten Raum mit wahrscheinlich noch älteren Gerätschaften und etwas Sägespänen freuten, doch Louise dachte sich nichts dabei. Schließlich hatte sie nach dem Öffnen der Vorhängeschlösser ähnlich reagiert.

»Ich hole die Schlüssel«, sagte Louise freundlich und kam kurz darauf mit dem klimpernden Schlüsselbund wieder.

»Vielen Dank. Das bedeutet mir viel«, sagte Aitana und folgte Louise.

»Kommen Sie aus Caimari?«, fragte Louise, als sie die Werkstatt aufsperrte.

»Er hat sie gerettet«, flüsterte Aitana abwesend.

»Wie bitte?« Louise registrierte, dass Aitana die Veilchen meinte, die vor den Fenstern hingen. »Ah, ja. Genau.«

»Ja, ich komme von hier«, sagte Aitana. »Ich bin sogar hier geboren.«

Louise nickte anerkennend und bat Aitana herein.

Vorsichtig betrat die alte Dame die Werkstatt, zog erst ihre Sonnenbrille ab und nahm dann das Tuch vom Haar. Darunter versteckten sich dunkle, von grauen Strähnen durchzogene Locken. Aitana musste um die siebzig Jahre alt sein, doch mit ihrer drahtigen Figur und der gesunden Hautfarbe wirkte sie fit und vital.

Louise sah Aitana in die Augen und bemerkte die Wärme, die von ihr ausging. Ihr Blick war anziehend, ausdrucksstark, hatte aber auch etwas Trauriges. Die Begegnung erinnerte Louise an das erste Zusammentreffen mit Xisco, bei dem sie eine ähnliche Vertrautheit gespürt hatte.

»Darf ich?«, fragte Aitana sanft.

»Ja, bitte.«

Aitana schritt über den grob gefegten Boden, glitt mit ihren Fingern über die massiven Arbeitstische und wog Stechbeitel und Hobel in den Händen. Sie schien die Werkstatt völlig für sich einzunehmen. Als sie sich wieder zu Louise drehte, bemerkte diese Tränen auf Aitanas Wangen.

»Ist alles in Ordnung mit Ihnen? Haben Sie sich verletzt?«

»Habe ich«, sagte Aitana leise. »Das ist aber schon viele Jahre her.«

Das ergab für Louise keinen Sinn. Obwohl Aitana auf sie recht gesammelt gewirkt hatte, schien doch irgendetwas nicht ganz in Ordnung zu sein.

»Wissen Sie, Louise, Sie sehen aus wie ich in Ihrem Alter.« Aitana lachte kurz auf und senkte leicht den Blick.

Okay, dachte Louise skeptisch.

»Möchten Sie etwas trinken?«, fragte sie. »Einen Schluck Wasser, vielleicht?«

»Gerne.«

Louise verließ die Werkstatt, Aitana folgte ihr. Es wurde zusehends warm, also beschloss Louise, Aitana in die etwas kühlere Küche mitzunehmen, in der sie sich setzen und einen Schluck trinken konnte.

»Beeindruckend«, sagte Aitana, als sie das Haupthaus betrat und die frisch gestrichenen Wände und Decken betrachtete.

»Vielen Dank. Ich bin erst vor einigen Monaten eingezogen und habe viel renovieren müssen.« Louise deutete auf die Küche. »Bitte, hier entlang.«

Aitana ging voraus und setzte sich. Sofort ließ sie ihre Hände über die Oberfläche des Tisches gleiten und schmunzelte. »Eine tolle Arbeit.«

»Hmhm«, machte Louise, goss ein Glas Zitronenwasser ein und stellte es vor Aitana, die sich bedankte und daraus trank.

»Ich habe Ihren Artikel gesehen. Das Foto ... es ist außergewöhnlich.«

Louise lächelte freundlich. Sie mochte dieses Bild gern, als *außergewöhnlich* hätte sie es jedoch nicht bezeichnet.

»Was hat sie nach Mallorca geführt, Louise?«

Louise ließ sich einen Moment Zeit. »Ein Neuanfang«, antwortete sie schließlich.

Aitana nickte verständnisvoll.

Irgendetwas irritierte Louise an dieser Begegnung.

»Eben in der Werkstatt ... es schien beinahe so, als wären Sie schon einmal darin gewesen«, sagte Louise. Die Art und Weise, wie Aitana die Werkzeuge angefasst und betrachtet hatte, es war sonderbar. Dann die Tränen in ihren Augen und das, was sie gesagt hatte. Gespannt sah sie zu Aitana hinüber, die ihre Finger über die Tischkante gleiten ließ. Sie lächelte, hob dann ihren Blick und Louise bemerkte, dass sie erneut Tränen in den Augen hatte.

»Es ist lange her«, begann Aitana. »Ich war jung und voller Energie. Jünger, als Sie es heute sind. Zu dieser Zeit war es einmal meine Werkstatt.« Sie lachte. »Unvorstellbar, nicht wahr?«

Louise legte eine Hand vor den Mund und hielt die Luft an. Als sie es geschafft hatte, wieder regelmäßig zu atmen, ließ sie ihre Hand sinken und stützte sich auf die Tischkante. Aitana war die Lösung zu dem Rätsel des Hauses! Louises Aufregung erzeugte ein regelrechtes Chaos in ihrem Kopf. Sie versuchte, Zusammenhänge zu erkennen, Geschehenem eine neue Bedeutung beizumessen, zu verstehen, was sie übersehen hatte. Louise konnte nicht länger stillhalten. Ihre Lippen bewegten sich wie von allein. Es gab so vieles, was sie Aitana fragen musste.

»Waren Sie mit Xisco zusammen? Was ist mit Ihnen passiert? Warum haben Sie die Werkstatt aufgegeben? Wo waren Sie all die Jahre? Weiß Xisco, dass Sie hier sind? ...«

Aitana hob amüsiert ihre Hände.

»Immer mit der Ruhe, Louise. Sie haben viele Fragen, das verstehe ich. Dennoch brauche ich eine kurze Pause. Es war eine lange Nacht auf der Fähre ...«

Louises Atem ging stoßweise. Offenbar war Aitana vom Festland gekommen. War sie all die Jahre nicht mehr auf Mallorca gewesen? Die innere Aufregung hämmerte gegen Louises Brust.

»Ich mache Ihnen einen Vorschlag. Sie erzählen mir Ihre Geschichte, dann erzähle ich meine.«

Louise zwang sich zur Ruhe, trank selbst einen Schluck Wasser. Dann lächelten sich die beiden an.

»Okay, abgemacht«, sagte Louise, füllte die Karaffe mit frischem Wasser und gab einige Zitronenscheiben hinein. Außerdem zog sie eine große Packung mit karamellisierten Nüssen aus dem Schrank und füllte sie in eine Schale. Es würde ein langer und aufregender Tag werden.

»Es war ...«, begann Louise und versuchte, ihre Gedanken zu sortieren, »... vor etwa zwei Jahren, als Alex und ich beschlossen, ein Kind zu bekommen ...«

Louise erzählte Aitana ihre Geschichte und ließ auch die schmerzvollen Details nicht aus. Sie war froh darüber, gestern an der Steilküste den Abschluss für ein dramatisches Kapitel ihres Lebens gefunden zu haben. Der Abschied von einem Teil ihrer Vergangenheit hatte Louises innerlichen Schmerz spürbar gemildert. Sie konnte offen von den Untersuchungen, den Diskussionen mit Alex und der Entscheidung gegen die künstliche Befruchtung erzählen, ohne befürchten zu müssen, dass alles wieder hochkam. Louise holte weit aus, beschrieb ihre Beziehung zu Alex, seinen Wunsch nach einer Familie, Louises Unsicherheit bei diesem Thema, den Entschluss, doch ein Kind zu bekommen, und den Moment, als sie in der Klinik dieser Frau begegnet war, die Louises innerste Gefühlswelt hatte nach außen treten lassen, so stark, dass sie Alex dadurch verloren hatte. Aitana hörte geduldig und aufmerksam zu. Als Louise von ihrer Unfruchtbarkeit berichtete, strich Aitana mit den Fingern sanft über ihre Hand, hielt sie behutsam fest.

Louise fuhr bedächtig fort, beschrieb den Konflikt mit ihrer Mutter und das aktuelle Verhältnis. Als ihre Erzählung zu Mallorca und der Entdeckung des Hauses wechselte, konnte sie spüren, dass sich ihr eigener Gesichtsausdruck veränderte. Louise lächelte, ihr wurde warm ums Herz und sie bemerkte die Erleichterung über ihre Entscheidung, hierzubleiben.

Louise beobachtete, wie Aitana zwischendurch lachte, einige Tränen vergoss, Dinge flüsterte wie »Ach, Xisco« oder leise seufzte.

Louise redete immer weiter, bis alles ausgesprochen war, was sie während der letzten Monate beschäftigt hatte und ihre Wangen glühten. Es war früher Nachmittag und sie hatte noch nichts über Aitanas Leben und die Geheimnisse, die es barg, erfahren.

Zu ihrer Stärkung bereitete Louise einige belegte Brote mit Frischkäse, Wurst und Schnittlauch zu. Dann setzte sie sich wieder auf ihren Stuhl und stützte den Kopf auf die Hände, wie kleine Kinder es taten, wenn sie den Geschichten der Großeltern lauschten.

»Jetzt bin wohl ich an der Reihe«, sagte Aitana und atmete laut aus. »Ich muss allerdings etwas weiter zurückblicken.«

Sie setzte sich aufrecht und legte die Hände übereinander. »Wo fangen wir denn an … ah, ich weiß es.«

32

»Eines muss ich dir noch sagen, Louise.« Die beiden waren längst zum Du übergegangen. Aitanas Blick wurde weich und freundlich. »Ich danke dir sehr für deine Offenheit. Ich hatte befürchtet, du könntest mich wie eine Fremde wahrnehmen, aber ich habe schnell gespürt, dass wir schon weit darüber hinaus sind.«

Louise stimmte ihr schweigend zu.

»Du bist eine wirklich starke Frau, Louise. Ich wünschte, ich wäre genauso stark gewesen. Vielleicht war ich zu jung. Und ehe ich mich versah, war ich plötzlich zu alt. Die Zeit dazwischen erscheint mir manchmal wie ein Rätsel.«

»Danke, Aitana. Das bedeutet mir viel.«

»Seit ungefähr fünfzig Jahren habe ich keinen Fuß mehr auf meine Heimatinsel gesetzt.« Sie lachte, obwohl ein Hauch Melancholie in ihrer Stimme lag. »Ich hätte nicht gedacht, jemals wieder hier zu sein. Und dann sehe ich diesen Artikel im Internet. Ja, auch alte Leute wie ich benutzen es. Und Gott im Himmel, ich habe sogar einen Facebook-Account. Mein Nachbar Guillem hat mir gezeigt, wie das geht.«

Louise schmunzelte, was Aitana amüsiert zur Kenntnis nahm.

»Damals, als diese wundervolle Insel noch nahezu unberührt war und die Zeit so langsam voranschritt, als bewegten die Uhrzeiger sich nur alle zwei Sekunden, da liebte ich einen jungen Mann namens Xisco.«

Louise hing an Aitanas Lippen und wartete gespannt auf jedes weitere Wort.

»Er war charmant, lebensfroh und gut aussehend. Wie das bei der Liebe so ist, passiert sie einfach. So auch eines Abends bei mir. Ich war Hals über Kopf verliebt. Und das, obwohl ich ihn seit jeher kannte. Wie es das Schicksal wollte, hatte sein Herz zur gleichen Zeit am gleichen Ort dasselbe gefühlt. Er sagte, er wolle sein Leben mit mir verbringen. Wir haben keine Probezeit gebraucht oder was sich die jungen Leute heute so einfallen lassen. Wir wussten, wir beide gehören zueinander. Es war eine wunderschöne und aufregende Zeit. Hotels wurden gebaut, Touristen entdeckten die Insel. Stell dir vor, plötzlich hatten die Leute Geld und es öffnete ihnen neue Möglichkeiten. Aber wir beide, wir wollten hier im beschaulichen Caimari bleiben, dort, wo wir aufgewachsen waren, wo die Berge und die Natur in greifbarer Nähe lagen. Wir verbrachten eine wunderbare Zeit zusammen. Xisco übernahm die Landwirtschaft seines Vaters und er kaufte uns dieses Haus.«

Aitana lachte. »Es war damals schon alt, musst du wissen. Wir haben es gemeinsam ausgebaut, haben Strom und Wasser verlegt und es nach unseren Vorstellungen gestaltet.«

»Ich hoffe, ich habe es nicht zu modern gemacht«, bemerkte Louise ehrfürchtig.

»Nein, nein, Kind. Es ist wirklich ein Schmuckstück. Schöner als je zuvor.«

»Puh«, machte Louise und tat, als würde sie sich Schweiß von der Stirn wischen.

Aitana lachte. Sie betastete die Tischplatte und fand zurück zu ihrer Geschichte.

»Damals liebte ich es, mit Holz zu arbeiten. Und wir hatten noch den Stall im Nebengebäude. Also hat Xisco mir einen großen Traum erfüllt und mir meine eigene Holzwerkstatt eingerichtet. Und nicht nur das. Ein Jahr später habe ich offiziell eine Schreinerei eröffnet.« Aitanas Wangen glühten vor Begeisterung. »Louise, du kannst dir nicht vorstellen, was das für eine Sensation war. Die Schreinerei einer Frau. Eine Schreinerin, die kunstvolle und traditionelle Möbelstücke fertigte. Wir mussten eine Menge Spott von verschiedenen Seiten ertragen, doch glücklicherweise hat es wesentlich mehr Zuspruch gegeben. Meine Arbeiten waren einfach zu gut.« Ein verschmitztes Lächeln unterstrich Aitanas Argumentation. »Und Mauro hat uns immer in Schutz genommen. Wenn jemand sein Wort gegen mich erhob, ist er zu dem nach Hause gefahren und hat ihn so lange zurechtgewiesen, bis er seine Meinung änderte.«

»Mauro?«, fragte Louise fassungslos.

»Ja. Xiscos Bruder.«

Louise hatte ganz vergessen, Aitana von ihren Zusammenstößen mit ihm zu berichten. Das würde sie später nachholen. Unglaublich, dass Mauro sie damals in Schutz genommen hatte.

»Es dauerte nicht lange«, fuhr Aitana fort, »da fertigte ich Möbel für das ganze Dorf. Ich kam selbst mithilfe eines Lehrlings nicht mehr hinterher. Xisco sprang ein und gemeinsam bewältigten wir die viele Arbeit. Es machte so viel Freude mit ihm, Louise, ich habe nie wieder schönere Zeiten erlebt.«

Es war berührend zu sehen, wie Aitana in ihren Erinnerungen aufblühte. Doch Louise wusste auch, es konnte nur eine Frage der Zeit sein, bis die Geschichte eine tragische Wendung nahm.

»Wir hatten damals ein Brandeisen mit meinen Initialen, AM, Aitana Matas, und nutzen es wie ein Logo. So sprach sich auch in den Nachbardörfern herum, wer die Möbel herstellte.

Entgegen jeder Tradition waren wir beide nämlich nicht verheiratet. Der nächste Skandal.«

»Das gibt's ja nicht«, sagte Louise. »Das Brandeisen liegt noch in der Werkstatt. Etwas verrostet, aber es funktioniert sicher noch.«

Aitana freute sich sichtlich darüber.

»Und dann«, fuhr sie fort. »Dann wurde ich schwanger.« Aitanas Lächeln wurde milder, bis es nahezu verschwand. »Ich wusste, es würde ein Mädchen werden«, sagte sie leise. »Ich konnte es genau spüren. Unsere Freude hätte nicht größer sein können. Ein Kind, das machte unser Glück perfekt und trotz des religiösen Fehltritts beschwichtigte der Gedanke unsere Eltern. Zu groß war die Vorfreude auf ein Enkelkind.«

Louises Blick wurde gefasster.

»Ich fühlte mich gut, weißt du. Ich war jung und fit, natürlich arbeitete ich also weiter. Meine Mutter sagte mir jeden Tag, ich solle doch aufhören, schließlich hätte ich einen Ehemann, wenn auch ohne Trauschein. Sie verstand nie, dass ich ein Stück weit eigenständig sein und das machen wollte, was mir Freude bereitete. Ich ließ Xisco natürlich die schweren Sachen tragen, doch erledigte ich jeden Tag wie gewohnt meine Arbeit.«

Aitana trank einen Schluck, um ihre trockenen Lippen zu befeuchten.

»Ich war bereits im achten Monat. Es war spät am Abend und Xisco war unterwegs mit seinen Freunden. Sie feierten Xiscos baldige Vaterschaft, wie er mir später erzählte. Ich wachte unter Schmerzen auf, das Bett voller Blut. Ich schaffte es noch, mich nach unten zu schleppen, bevor ich das Bewusstsein verlor. Erst zwei Tage später wachte ich im Krankenhaus wieder auf. Mein Bauch war flach, meine Tochter tot.«

Aitana schluchzte. Louises Augen waren feucht und sie drückte Aitanas Hände.

»Xisco saß neben meinem Bett. Ich konnte ihm nicht in die Augen schauen. Und meine Mutter … sie schrie auf mich ein, sie habe es mir doch die ganze Zeit gesagt. Ich wäre selbst schuld daran und mein sogenannter Lebensgefährte sei ein unzuverlässiger Taugenichts. Ich habe die Worte meiner Mutter niemals vergessen können.«

Louise und Aitana lösten ihren Händedruck, um die Tränen aus ihren Augen zu wischen.

»Das ist so grausam«, flüsterte Louise mit zuckenden Lippen.

»Das war es, Louise.« Aitana holte Luft, um ihre Geschichte fortzusetzen. »Ich hasste meine Mutter, ich hasste Xisco, dafür, dass er nicht da war, und ich hasste mich selbst. Immer wenn ich Xisco angeblickt habe, sah ich nur den Mann, der nicht für mich da gewesen war, als wir vielleicht unsere Tochter hätten retten können. Nach einigen Wochen, als sich mein Zustand stabilisiert hatte und ich wieder zu Hause war, traf ich eine Entscheidung, die ich mein ganzes Leben lang bereute. In einer lauen Nacht verließ ich Caimari heimlich mit dem Fahrrad. Mit nur einigen wenigen Sachen in einer Tasche fuhr ich viele Kilometer bis an die Küste, zum Hafen von Palma und schob mein Rad schließlich mit letzter Kraft auf die Fähre. Ich kann mich noch genau an den Moment erinnern, als ich auf dem mächtigen Kahn stand und die Insel am Horizont immer kleiner wurde, bis sie schließlich für immer verschwunden war. Ich war voller Wut, ich hatte Angst und ich wusste, ich wollte nie wieder zurückkehren.«

Aitana zog ein Taschentuch aus ihrer Rocktasche und tupfte sich die Nase.

»Wenige Wochen später starb meine Mutter an Herzversagen. Ich war nicht auf ihrer Beerdigung, ich wusste nicht einmal von ihrem Tod. Davon erfuhr ich erst Jahre später.

Ich habe meiner Mutter nie verziehen, doch habe ich es bereut, sie nicht zumindest ein letztes Mal umarmt zu haben.«

Louise war so gerührt von Aitanas Geschichte, dass sie alles um sich herum vergaß. Was hatte diese arme Frau durchmachen müssen? Und Xisco, was hatte all das mit ihm gemacht?

»Was ... was ist denn danach passiert? Warum warst du nie wieder auf Mallorca?«

»Ich habe in der Nähe von Córdoba gelebt und in vielen unterschiedlichen Bereichen gearbeitet. Ich habe mich unglaublich einsam gefühlt. Ich hatte niemanden, habe völlig neu angefangen. Nach einigen Jahren habe ich einen Mann kennengelernt, Rui. Er vermochte es nicht, meine innere Leere auszufüllen, aber er wusste mit ihr umzugehen. Auch Rui hatte schlimme Erfahrungen gemacht und sein eigenes Päckchen zu tragen. Wir haben einundzwanzig Jahre lang gemeinsam verbracht. Es war eine andere Art von Beziehung als die mit Xisco. Aber wir hatten ein anständiges Leben zusammen. Vor sieben Jahren ist Rui an Krebs verstorben, Gott hab ihn selig. Ich habe mir nie selbst verziehen, Louise. Ich habe Xisco für etwas verantwortlich gemacht, was nicht in seiner Macht lag, und all meinen Hass auf die Welt auf ihm abgeladen. Ich trage diese Geschichte seit so vielen Jahren mit mir herum und habe nicht ein einziges Mal darüber gesprochen, nicht einmal mit Rui.«

Louise schluckte. »Danke, dass du mir das anvertraut hast, Aitana.«

»Schau mal«, sagte Aitana, öffnete ihre Handtasche, zog ein vergilbtes Foto heraus und reichte es Louise.

»Oh mein Gott«, flüsterte Louise. Das Bild zeigte eine junge Frau und einen ebenso jungen Mann in den Bergen. Die Frau hielt eine winzig kleine Blume in der Hand.

»Das bist du«, stieß Louise aus. »Und Xisco.« Louise senkte ihren Kopf, um das kleine Foto genauer betrachten zu können. »Du ... ich ... wir sehen uns ja wirklich ähnlich.«

Die dunklen Locken, die gleichmäßigen Augenbrauen, die gerade Nase und die vollen Lippen. Selbst in dem Lächeln der Frau erkannte Louise etwas von sich selbst.

»Wusstest du, dass Xisco das Haus fast fünfzig Jahre lang hat leer stehen lassen?«, fragte Louise aufgeregt. »Es war sogar noch voll möbliert.«

Aitana schüttelte den Kopf. »Und plötzlich warst *du* hier«, sagte sie. »Er muss gespürt haben, dass etwas Außergewöhnliches passieren würde. Es war ein Zeichen.«

33

Louise wusste, dass Xisco in Santa Margalida wohnte, bei ihm gewesen war sie aber noch nie. Aufgeregt hatte sie in den Kaufunterlagen geblättert und schließlich seine genaue Adresse ausfindig gemacht.

Es war früher Abend, Louise und Aitana hatten den ganzen Tag geredet und waren entsprechend erschöpft. Doch Aitana konnte keinen weiteren Tag mehr warten. Ihr ganzes Leben lang hatte sie gehofft, Xisco noch einmal treffen zu können. Sie hoffte, dass er ihr verzeihen, womöglich ein Freund würde. Sie liebte ihn noch genau wie damals, jedoch erwartete sie nicht, dass er das erwidern würde. Nicht nach all dem, was sie ihm angetan hatte.

Nervös gab Louise die Adresse ins Navi ein und fuhr los. Sie konnte nicht fassen, dass sie Aitana und Xisco gleich nach so langer Zeit wieder vereinen würde. Louise konnte es nur er-ahnen, doch war es nicht genau das, was sich Xisco all die Jahre offenbar erhofft hatte? Hatte er nicht deswegen das Haus für Aitana konserviert und behalten?

Während der Fahrt erzählte Louise Aitana von Mauro, dessen fragwürdige Anschuldigungen sie bisher nicht erwähnt hatte.

Aitana konnte nicht glauben, wie dieser liebenswürdige Mann zu solch einem Unmenschen geworden war und wie er zum Bürgermeister hatte gewählt werden können. Hatte er das Dorf dermaßen eingeschüchtert? Und was war mit den Bewohnern passiert? Zumindest die alten Leute mussten über Aitana und die Schreinerei Bescheid wissen. Wieso war nichts davon zu Louise gedrungen? Hatte Mauro etwas damit zu tun?

Louises Aufregung stieg, als sie in einen Schotterweg einbog, an dessen Ende sich Xiscos Haus befand. Das Tor stand offen. Louise zögerte kurz, dann fuhr sie hindurch und steuerte auf das Gebäude am Ende der Auffahrt zu. Es war schlicht, aber gepflegt, in der typisch mallorquinischen Bauweise. Es war kurz vor Sonnenuntergang und ein Bewegungsmelder ließ eine Laterne an der Eingangstür aufleuchten.

Aitana atmete hörbar ein und aus. »Ich kann nicht glauben, dass ich hier bin«, sagte sie mit bebender Stimme. »Beinahe ein ganzes Leben trennt uns. Ob er mich überhaupt sehen möchte?«

Louise schluckte. Sie war selbst nervös und wollte sich gar nicht vorstellen, wie Aitana sich fühlen musste.

»Du schaffst das, Aitana«, sagte Louise und drückte ihre Hand.

»Danke«, erwiderte Aitana aufrichtig und stieg aus dem Wagen. Vorsichtig ging sie auf die Haustür zu. Sie suchte vergebens nach einer Klingel. Dann klopfte sie.

Louise überlegte, ob es unverschämt von ihr war, zu warten, doch sie musste diesen Moment miterleben.

Es blieb still und die Tür verschlossen. Aitana klopfte erneut. Dann drehte sie sich zu Louise um und hob unsicher die Schultern.

Louise stieg ebenfalls aus und ging auf ein Fenster zu. Es war niemand zu sehen und kein Licht brannte.

»Er ist nicht da«, sagte Aitana enttäuscht, doch Louise wollte nicht aufgeben.

»Komm mit.« Louise ging um das Haus herum. Auf der Rückseite befand sich eine kleine gepflasterte Terrasse.

»Das gibt es ja nicht«, stieß Aitana aus, als sie davor drei große Gewächshäuser entdeckte. Auch Louise war sichtlich überrascht. Durch die trüben Scheiben konnte man viele Reihen von Pflanzen erkennen, die über eine von der Decke hängende Sprinkleranlage bewässert wurden.

Louise und Aitana gingen auf die Gewächshäuser zu und blickten durch ein Sichtfenster auf Hunderte von kleinen violetten Blumen, Aitanas Veilchen, Mallorca-Veilchen.

Aitana lächelte wehmütig.

»Dieser verrückte alte Mann«, sagte sie und lachte auf.

Louise hörte Schritte im Kies.

»Ich wusste nun mal, dass du sie liebst«, sagte Xisco.

Aitana drehte sich langsam zur Seite und sah Xisco neben sich stehen. Er trug Gummistiefel, eine braune Cordhose und eine grüne Weste über seinem Hemd. Er lächelte. Seine Augen glitzerten.

»Du bist gekommen«, sagte er mit gebrochener Stimme.

Aitana nickte. Ihre feuchten Augen funkelten im letzten Schein der Sonne.

Die beiden gingen langsam aufeinander zu, musterten sich.

Xisco griff nach Aitanas Händen und berührte sie sanft.

Louise war gebannt von diesem Anblick. Sie selbst kämpfte mit den Tränen, so sehr wünschte sie sich ihr Glück.

Die Luft knisterte. Es bedurfte keiner Worte, um auszudrücken, was die beiden fühlten.

Louise entfernte sich vorsichtig, verschwand hinter der Ecke und machte sich auf den Heimweg.

Der kühle Wein benetzte Louises Mund und gab sein frisches, fruchtiges Aroma frei. Louise stellte ihr Glas ab, ließ sich gegen die Lehne der Holzbank sinken und schnaufte.

Xisco hatte Aitana längst vergeben, das hatten seine Augen verraten. Ob er sie noch liebte, vermochte Louise nicht zu sagen. Das würde die Zeit zeigen, vielleicht sogar schon der nächste Tag, oder die Nacht. Louise kicherte bei dem Gedanken.

Sie warf einen Blick auf ihr Handy und überflog die neuen Nachrichten. Caro forderte ein Update des Status quo, Carlo bat um eine Extrastunde und Noah hatte ein Foto von Jola gesendet, auf dem sie sich am Strand wälzte. »Wann gehen wir mal wieder spazieren?«, stand darunter. Bald, dachte Louise. Aber etwas Zeit brauchte sie noch für sich. Erst recht nach dem heutigen unglaublichen Tag. Aitanas Geschichte hatte Louise berührt und nachdenklich gestimmt, besonders im Hinblick auf ihre Mutter.

Louises Mutter hatte ihr ähnliche Vorwürfe gemacht wie Aitanas Mutter damals ihrer Tochter. Es war sicher nicht der einzige Grund für Aitanas Flucht gewesen. Doch Louise wusste, wie schmerzlich die Worte einer Mutter sein konnten, welche Selbstzweifel dadurch entstanden und wie viel Anstrengung es erforderte, wieder zu sich zu finden.

Louise war unendlich sauer auf ihre Mutter und wusste nicht, ob es je wieder ein herzliches Verhältnis zwischen ihnen geben würde. Doch es war ihre Mutter, ihr Fleisch und Blut, die Frau, die ihr unter Schmerzen das Leben geschenkt hatte. Sie war ein Teil von Louise und würde es immer bleiben.

Aitanas Mutter war wenige Wochen nach ihrem Verschwinden gestorben und Aitana hatte nie die Möglichkeit gehabt, noch einmal mit ihr zu reden, sie noch einmal in die Arme zu schließen, ihr möglicherweise zu vergeben.

Louise versetzte sich in ihre Situation. Würde ihre Mutter sterben, ohne dass sie einmal über das gesprochen hätten, was vorgefallen war? Dieser Gedanke hätte Louise ewig verfolgt.

Nach dem, was Linda erzählt hatte, war sie sich sicher, dass der Konflikt ebenso an ihrer Mutter nagte wie an ihr selbst.

Linda hatte gesagt, sie habe sich seitdem zurückgezogen und sei mürrisch, selbst zu ihren Enkelkindern. Es arbeitete in ihr. Ganz bestimmt.

Louise nippte erneut an ihrem Wein. Sie wollte nicht den gleichen Fehler begehen wie Aitana. Und sie wollte nicht genauso verschlossen sein wie ihre Mutter.

Sie klammerte sich an ihr Weinglas und griff nach ihrem Handy. Das Adressbuch öffnete sich. *Anrufen.* Der Freiton erklang, einmal, zweimal, dreimal.

»Hartmann?«, meldete sich eine brüchig klingende Stimme.

»Mama, ich bin's. Louise.«

* * *

Ein zischendes Einatmen am anderen Ende der Leitung. Louises Herz pochte. Die Stimme ihrer Mutter zu hören war gleichermaßen beängstigend wie wohltuend.

Das laute Atmen wurde zu einem Schluchzen.

»Louise?«

»Ja, Mama.«

»Ich ... ich weiß gar nicht, was ich sagen soll. Ich bin so froh, dich zu hören.« Die Stimme ihrer Mutter wurde weich. Sie weinte. Louise hörte das Rücken eines Stuhls und das Schnaufen, als sie sich setzte.

»Wie geht's dir, Mama?«, fragte Louise zaghaft. Sie war sich nicht sicher, in welche Richtung sich das Gespräch entwickeln würde. Hätte sie sich bloß vorher Gedanken darüber gemacht.

»Ach, mir. Also ich bin okay.« Ihre Mutter schniefte. »Aber bei dir ist ja so einiges los. Es ist toll, was du machst. Deine Schwester hält mich auf dem Laufenden.«

»Mama, ich ...«

»Warte, Louise.« Das Schluchzen wurde lauter. »Louise, ich weiß, ich habe einen großen Fehler begangen. Es tut mir so leid, was ich zu dir gesagt habe. Es tut mir alles so leid.«

Louise schluckte. Tränen kündigten sich an.

»Ich ... ich war nur so unendlich sauer auf die Welt. Das hattest du nicht verdient. Und ... Louise, ich schäme mich so sehr.«

Auch Louise begann zu weinen. Ihre Lippen bebten und aus ihren Augen trat all jener Kummer, den sie wegen ihrer Mutter gehabt hatte, all der Schmerz, der sich aufgestaut hatte.

»Ich hätte das nie an dir auslassen sollen, Louise. Du warst diejenige, die Beistand verdient gehabt hätte. Es war ... meine Unfähigkeit als Mutter, meine Unfähigkeit, mit dieser Situation umzugehen.«

Vorsichtig atmete Louise durch ihre von Tränen benetzten Lippen aus. Solche ehrlichen und warmherzigen Worte hatte sie bei ihrem ersten Gespräch seit Monaten nicht erwartet.

»Danke, dass du das sagst, Mama. Ich ...« Louise kämpfte mit sich. »Die letzten Monate waren ... wirklich schwer.«

»Ach, Louise. Ich danke dir so sehr für deinen Anruf. Ich weiß, es wäre an mir gewesen ... aber ich ... Ich bin einfach froh, dich zu hören und dass dir das Geld ein wenig weiterhelfen konnte. Dein Vater hätte gewollt, dass du es bekommst.«

34

Aitanas Rückkehr hatte im gesamten Ort eine Welle der Euphorie ausgelöst. Das lang verschollene Mitglied der Gemeinde war zurückgekehrt. Auch wenn nur die ältere Generation Aitana kannte, so hatte sich ihre Geschichte doch heimlich rumgesprochen.

Von der netten Käserin Mireia hatte Louise erfahren, dass Mauro dem gesamten Dorf seit den Siebzigern eine kompromisslose Schweigepflicht auferlegt hatte. In der gleichen Art und Weise, wie er Aitana und Xisco damals geschützt hatte, so hatte er fünfzig Jahre lang versucht, seinen Bruder vor allem zu schützen, was ihn an seine entflohene Liebe erinnert und seinen Kummer hätte wiederaufleben lassen. Keiner der Dorfbewohner stellte die ungewöhnliche Forderung des Bürgermeisters infrage, denn weder wollte jemand dieses Amt selbst übernehmen, noch es sich mit dem amtierenden Bürgermeister verderben. Schließlich entschied er über alle Dinge des alltäglichen Dorflebens. Niemand hatte also jemals wieder über Aitana und die Schreinerei gesprochen.

Für Louise war es unvorstellbar, was Mauro wegen seines Bruders durchgesetzt hatte. Endlich wurde ihr klar, warum ihr Erscheinen im Dorf für solche Unruhe gesorgt hatte, warum

Mauro sie loswerden wollte. Manch alter Dame mochte es vorgekommen sein, als wäre Aitana in junger Gestalt wiedergekehrt und hätte dort weitergemacht, wo sie aufgehört hatte.

Am Tag nach Aitanas Wiederkehr hatte Mauro mit gesenktem Kopf bei Louise angeklopft. Er hatte sich für sein »rüdes Benehmen«, wie er es nannte, entschuldigt und dafür, was er damit offenbar angerichtet hatte. Mit Noah habe er deswegen Streit angefangen, da dieser sich unermüdlich für Louise eingesetzt hatte. Als Louise Mauro bedeutet hatte, sie verzeihe ihm, war er förmlich erblüht und wie ausgewechselt. Sein Strahlen hatte den Innenhof erhellt und er hatte Louise umgehend zu dem Dorffest eingeladen, das er zu Ehren von Xisco und Aitana veranstalten wollte.

So wie sie Mauro verziehen hatte, so hatte Louise ihrer Mutter verziehen. Das Gespräch mit ihr war an Louises emotionale Grenzen gegangen und sie hatten es im Guten beendet. Louises Mutter hatte ihre damalige Ratlosigkeit angesichts der Situation beschrieben und sich aufrichtig für ihr Verhalten entschuldigt. Dann hatten sie beide geweint und sich versprochen, dass dieses Thema ihre Beziehung nicht zerstören werde. Ihnen war bewusst, es würde lange dauern, bis sich die Emotionen legten, doch vor allem Louises Mutter versicherte für die Zukunft ihr Bemühen und einen engeren und offeneren Kontakt.

Louise war erschöpft, ausgelaugt und gleichzeitig froh darüber, diesen wichtigen Schritt auf ihre Mutter zugegangen zu sein.

Das Geld, was Linda als ihres hatte ausgeben sollen, war dabei in den Hintergrund gerückt. Es war eine rührende Geste, für die sich Louise dankbar zeigte, doch es hatte nichts damit zu tun, dass Mutter und Tochter einander wieder nähergekommen waren.

Noah hatte Louise erneut angerufen, doch sie hatte den Anruf verpasst. *Sehe ich dich auf dem Fest?*, hatte er anschließend geschrieben.

Louises Innerstes war ein einziges Chaos an herumwirbelnden Emotionen, die sich nicht zur Ordnung überreden ließen. Sie zerrten an ihrem Herz wie sich streitende Kinder und hinterließen Spuren der Ratlosigkeit.

Ob sie Noah auf dem Fest treffen wollte? Sie wusste es nicht. Dennoch wusste sie, wenn sie ihn sehen, ihm gegenüberstehen würde, dann wäre alles zu spät. Sie könnte nicht anders, als sich an ihn zu schmiegen und in seinen Armen zu liegen. War sie jetzt dazu bereit?

Caro zeichnete natürlich ein klareres Bild von der Situation und flehte Louise um ihrer Willen an, ihren Kopf auszuschalten, sich einfach mal fallen zu lassen und zu sehen, was geschah. »Das Schlimmste, was passieren kann«, sagte sie, »ist, dass du heute Abend mit freiem Herzen und möglicherweise von Glück erfüllt ins Bett gehst. Und das vielleicht noch nicht einmal allein.«

Nachdem Louise ihr die Neuigkeiten von Aitana und ihrer Mutter berichtet hatte, blieb das Gespräch erneut bei Noah hängen.

»Mauro hat gesagt, Noah habe alles über Xisco gewusst, über das Haus, die Schreinerei, Aitana, seinem Onkel aber schwören müssen, niemandem davon zu erzählen. Selbst seine Eltern wussten nicht, dass Xisco so offen mit ihrem Sohn sprach.«

»Er steht halt zu seinem Wort, sieh es mal so. Ich meine, Noah hat dir ja schon öfter angedeutet, dass er mehr weiß, als er sagen kann. Alles darüber hinaus wäre ein Vertrauensbruch gegenüber Xisco gewesen.«

»Hmhm«, machte Louise. Sie dachte an ihr letztes Treffen mit Noah. Es war mehrere Tage her, dass sie am Kieselstrand gesessen hatten. Sie hatte ihm anvertraut, keine Kinder mehr bekommen zu können. Er war für sie da gewesen, hatte keine Fragen gestellt, sondern sie einfach getröstet. Bis Louise ihn durch ihren abrupten Aufbruch vor den Kopf gestoßen hatte …

»Was hält dich denn auf, Lou?«, fragte Caro mit erhobener Stimme. »Geh auf dieses Fest, trink einen Sekt auf die wiedergefundene Liebe von Aitana und Xisco und dann nimm dein eigenes Glück in die Hand. Hör endlich auf, danach zu suchen, sondern nimm es dir!«

Louise staunte über die feurige Rede ihrer besten Freundin. Oder hatte sie einen Glückskeks-Spruch vorgelesen? Egal, denn sie hatte wahrscheinlich recht. Und Louise gingen die Ausreden aus.

»Caro, ich bin verheiratet«, sagte sie zaghaft.

»Mit einem Arschloch«, antwortete Caro. »Mach die Augen auf. Was siehst du?«

»Einen Orangenbaum?«

»Nein. Einen total in dich verschossenen Noah. Und wenn du endlich ehrlich zu dir bist, dann bist du es auch in ihn. Seit dem ersten Moment im Baumarkt.«

* * *

Der Spiegel zeigte eine junge Frau im kurzen, luftigen Sommerkleid, mit einem natürlichen Make-up und einer feingliedrigen, bronzefarbenen Kette um den Hals. Was er nicht zeigte, waren die weichen Knie und das aufgeregte Kribbeln in Louises Bauch. Nervös versuchte sie, ihre Locken zu bändigen, und gab nach dem dritten Versuch auf.

Louise setzte sich aufs Bett, schlüpfte in die braunen Ledersandaletten und schloss die kleinen Schnallen. Dann stieg sie die Treppe hinunter.

Schlüssel, Handtasche, Parfüm. Ein letzter prüfender Blick in den Spiegel, dann zog sie die Tür hinter sich zu.

Das Fest für Aitana und Xisco war sicher schon in vollem Gang, denn Louise hatte bis zur letzten Sekunde gezögert, ob sie hingehen sollte oder nicht. Dieses Zögern musste sie sich dringend abgewöhnen. Caro hatte völlig recht, wenn sich Gelegenheiten ergaben, sollte Louise zugreifen. Zögern brachte nichts, nur verstrichene Zeit und verpasste Chancen.

Louise betrat die von Laternen sanft erleuchtete Straße, die Straße des Mondes, ihre Straße. Mit jedem Schritt kam eine neue Erinnerung. Es waren schöne Erinnerungen, einzigartige Momente, die auf einmal alle Sinn ergaben. Sie dachte an ihren ersten Tag in Caimari, als sie in das Haus eingezogen war. Die nach Freiheit duftende Luft, das Abenteuer, das Gefühl, etwas Neues auszuprobieren, das Gefühl von Aufbruch. Jetzt, in diesem Moment, fühlte es sich wieder genauso an. Louise lächelte bei dem Gedanken an das Knattern von Noahs Vespa, den Duft von Xiscos Mallorca-Veilchen, das Gefühl von rauem, festem Holz unter den Fingern. Mallorca hatte Louise einen neuen Teil von sich selbst vorgestellt, einen Teil ihrer Persönlichkeit, der ihr gefiel. Den Teil, der Louise wieder Kraft gab, der offen für Neues war und dennoch mit dem Alten in Einklang kam, den Teil, der empfänglich für Liebe war und sich nicht selbst im Weg stand.

Der Marktplatz war in ein warmes, gemütliches Licht getaucht. Lange Lichterketten waren zwischen den Häusern gespannt und reichten bis hin zu den Platanen in der Mitte des Platzes, von deren Ästen bunte Lampions baumelten.

Nahezu der gesamte Platz war gefüllt mit Menschen, die sich ausgelassen unterhielten und lauthals miteinander scherzten. Nur auf der Tanzfläche unter den Bäumen regte sich noch nichts. Am anderen Ende des Platzes erblickte Louise eine Bühne, auf der eine Band spanische Musik der Sechzigerjahre spielte. Zu der Zeit mussten Xisco und Aitana Kinder gewesen sein.

Viele bekannte Gesichter lächelten Louise an, nickten ihr zu oder begrüßten sie herzlich. Louise sah sich in der Menge um und ihre Knie wurden zittrig. War er nicht da?

In der Menge winkte jemand. Louise erkannte Xisco und ging auf ihn zu. Wow, er sah toll aus. Er trug ein graues Sakko, glänzend schwarze Schuhe, strahlte bis über beide Ohren und hielt vertraut die Hand seiner Aitana.

»Louise, schön, dass du da bist«, sagte er, näherte sich ihr und umfasste ihre beiden Hände. »Danke, dass du sie zu mir geführt hast. Ein ganzes Leben lang habe ich auf sie gewartet und erst als ich dich gesehen habe, wusste ich, dass sie eines Tages zurückkommen würde.«

Tränen lösten sich und liefen über seine vom Leben gezeichneten Wangen. Dann schloss Xisco Louise in seine Arme und besiegelte damit dieses außergewöhnliche Verhältnis, das die beiden eingegangen waren.

»Ihr seid wohl füreinander bestimmt«, flüsterte Louise. Sie dachte an Xiscos Worte, an das, was er über Hoffnung gesagt hatte.

Dann hob sie ihren Kopf von Xiscos Schulter und sah sich suchend um. »Noah«, sagte sie unwillkürlich, als sich ihre Blicke trafen.

Xisco gab Louise frei und lächelte sie vertraut an. Die Traurigkeit war gänzlich aus seinen Augen verschwunden. Ein silbriger Glanz hatte sie ersetzt, ein Glanz, der sein wahres Innerstes widerspiegelte.

»Geh ruhig«, sagte Xisco und nickte verständnisvoll. »Warte nicht.«

Louise verstand. Auch Aitana lächelte sie wohlwollend an. Ihre Lippen formten ein leises »Danke«.

Langsam ging Louise an ihnen vorbei. Noah sah umwerfend aus. Er trug einen blauen Anzug mit braunen Schuhen, die beiden obersten Knöpfe seines Hemdes waren geöffnet, seine dunklen Haare fielen an den Seiten locker herab.

Louises Knie zitterten und sie fühlte ein aufgeregtes Kribbeln im Bauch, als sie auf ihn zutrat und seine Blicke mit ihren spielten. Louise ließ sich Zeit. Endlich wusste sie, was sie wollte. Endlich konnte sie ehrlich zu sich selbst sein und hatte keine Angst mehr vor dem, was auf sie wartete.

Louise spürte ihre Wangen erröten, als sie vor ihm stehen blieb und seine sanften Lippen sich darauf legten. Nicht aus Scham oder Verlegenheit, sondern aus Zuversicht und Glück.

»Hallo«, hauchte Noah ihr ins Ohr. Es kitzelte und Louises ganzer Körper begann zu kribbeln.

Behutsam nahm Louise seine Hand, strahlte ihn an und ging langsam voraus, Schritt für Schritt, bis sie auf der Tanzfläche angekommen waren. Die Band spielte ein langsames Lied: »Manhã de Carnaval« von Gloria Lasso.

Hunderte von Augenpaaren waren auf die beiden gerichtet, doch für Louise war alles um sie herum ausgeblendet. Es gab nur Noah und sie, die Insel, die Louise so liebte, und eine vollkommene, klare Nacht.

Noahs attraktiver Duft stieg in Louises Bewusstsein und vermischte sich wie bei ihrer ersten Begegnung wundervoll mit dem Duft der Insel. Sie spürte seine starken Arme um sich, seine Hände an ihrer Hüfte. Louise war ihm so nah, dass sein Atem über ihre Lippen floss. Langsam bewegten sich die beiden zur Musik, ihre Blicke fest miteinander verbunden. Dann fanden auch ihre Lippen zueinander. Louise legte ihren Arm um Noahs Hals, spürte seine zärtliche Neugier, seine Leidenschaft, seine Zuneigung. Dann bemerkte sie sein Lächeln. Noah legte seine Stirn auf ihre und Louise fühlte das Glück in ihren Adern pulsieren. Sie strich mit der Hand über seine Brust und spürte sein kräftiges Herz. Am Revers seines Jacketts steckte eine kleine Blume. Ein Veilchen.

Louise schloss die Augen.

»Hoffnung«, flüsterte sie.

Epilog

Ein lauer Novemberwind wehte kräftig über die Felder und legte das Gras wellenförmig auf die rote Erde. Louise genoss die vorbeiziehende Landschaft ihrer Heimatinsel, die nach den wohltuenden Regenfällen in satten Grüntönen erstrahlte. Dann sah sie neben sich auf den Beifahrersitz. Aitanas Blick war ebenfalls von der Schönheit der Natur gefangen und wanderte über den Horizont.

Längst fand Louise den Weg zu Xiscos Anwesen ohne Navigationshilfe und bog nach fünf Minuten in die Einfahrt. Rechts und links parkten bereits zahlreiche Autos. Langsam fuhr Louise an ihnen vorbei und blieb direkt vor dem Haus stehen. Ihr Handy vibrierte in der Handtasche. Vermutlich war es der Anwalt, der Louise endlich den Scheidungstermin mitteilen wollte. Doch sie drückte den Anruf weg. Nicht heute.

»Wollen wir?«, fragte sie behutsam.

Ein mildes Lächeln lag auf Aitanas Lippen. Sie nickte.

Die beiden stiegen aus dem Auto und gingen um das Haus herum. Fackeln steckten den Weg ab und würden am Abend ein angenehmes Licht geben. Sie folgten ihnen bis über die Terrasse und hin zu dem größten der drei Gewächshäuser. Gestern hatten Louise und Noah das Glashaus festlich mit Lichterketten,

Girlanden und alten Fotos geschmückt, die Regale mit den Veilchen an die Seiten gerückt und Tische und Bänke in den Gängen aufgestellt. Von der Decke hingen schummrig leuchtende Glühbirnen und verwandelten den Raum in eine festliche Halle. Im Hintergrund lief leise spanische Musik.

Caro wartete mit einem Tablett am Eingang. Sie war extra für den heutigen Tag nach Mallorca gekommen, um zu helfen. Gekonnt servierte sie Sekt und etwas zum Knabbern und schäkerte mit den Gästen. Louise lächelte ihr dankbar zu. Im vorderen Bereich stand ein etwas größerer, runder Tisch, an dem Noah neben seinen Eltern saß und auf Louise und Aitana wartete.

Louise brachte Aitana dorthin, gab Noah einen Kuss und half dann Caro beim Ausschenken des Sekts. Nachdem alle Gäste versorgt waren, setzten die beiden sich neben Noah. Er strich Louise sanft über die Finger und legte dann seine Hand auf ihr Knie.

Mauro schlug mit einer Gabel gegen sein Sektglas und es wurde still im Raum. Alle Gäste drehten sich respektvoll nach vorn und warteten auf die Rede ihres Bürgermeisters.

Es war ein skurriles Bild. Über achtzig Menschen saßen erwartungsvoll in dem Gewächshaus voller lilafarbener Veilchen und erwiesen dem Beschützer dieser wunderbaren Pflanzen die letzte Ehre.

Mauro schluckte und bemühte sich darum, die Fassung zu bewahren. Naia legte ihm ermutigend die Hand auf den Unterarm.

»Ich vermisse meinen starrköpfigen Bruder«, sagte er betroffen und biss sich auf die Unterlippe. Einige Gäste lachten halbherzig. »Ich bin sehr glücklich, dass er uns Aitana wieder zurückgebracht hat. Damit hatte er alles, was er sich jemals gewünscht hatte und konnte in Frieden gehen. Er hat uns gelehrt, dass es sich lohnt, an sein Glück zu glauben, daran festzuhalten und den Zeichen zu folgen, die das Leben für uns bereithält.« Mauro sah zu Noah herüber, dann zu Louise. Er lächelte sanft und hob sein Glas.

»Auf meinen Bruder. Auf Xisco.«

»Auf Xisco«, wiederholten die Gäste und stießen miteinander an. Dann folgte leises Gemurmel.

»Wie ihr alle wisst, hat mein Bruder sein Leben den Pflanzen gewidmet, die sich als weitaus verständnisvoller und nachsichtiger erwiesen haben, als ich es sein konnte.« Mauro senkte den Blick und hielt einen Moment inne. »Er hat es vollbracht, mit Leidenschaft, Ehrgeiz und dem richtigen Verständnis für die Natur diese wunderbare Pflanze, das Mallorca-Veilchen, vor dem Aussterben zu retten.« Mauro hob einen kleinen Topf mit Veilchen in die Höhe. »Ich bin sehr stolz auf meinen Bruder und darauf, hier und heute unseren Umweltminister begrüßen zu dürfen, der einige Worte sagen möchte.«

Ein rundlicher Mann mit grauen Haaren stand unter Beifall vom Nachbartisch auf. »Vielen Dank, Herr Bürgermeister.«

Er ließ sich Zeit, bis der Applaus abebbte.

»Xisco Gonzáles hat diese Insel geliebt. Vor allem die Menschen«, sein Blick wanderte zu Aitana, die ihn dankbar anlächelte und sich einige Tränen aus dem Augenwinkel tupfte, »aber auch die Natur. Und besonders unser einzigartiges Mallorca-Veilchen. Für seine unermüdliche Arbeit zum Schutz dieser Pflanze, die es ohne Herrn Gonzáles heute nicht mehr geben würde, möchte ich ihm im Namen der Spanischen Gesellschaft für Arten- und Naturschutz diese Auszeichnung, den Manuel-Gutiérrez-Preis verleihen.«

Der Umweltminister hielt eine Urkunde in der Hand und deutete Mauro, diese im Namen seines Bruders entgegenzunehmen. Das Publikum applaudierte, Kameras klickten. Mauro sah Noah sanft an, dann reichte er ihm die Hand und Noah erhob sich. Gemeinsam traten sie neben den Tisch und nahmen die

Urkunde für Xisco in Empfang. Dann legte Mauro seinen Arm um Noah und strich ihm liebevoll über die Wange, wie er es früher manchmal getan hatte.

»Dein Onkel war sehr stolz auf dich, mein Sohn«, sagte Mauro und klopfte Noah sachte auf die Schulter. »Du warst ihm ein guter Freund. Der beste.«

Noah nickte wehmütig und umarmte seinen Vater. Dann setzten sich die beiden wieder.

Louise griff nach Noahs Hand und sie küssten sich sanft. Eine wohlige Wärme breitete sich in Louise aus. Es war ein Gefühl von Geborgenheit und tiefer Zuneigung. Sie dachte lächelnd zurück an ihre erste Begegnung im Baumarkt und an all das, was in der Zwischenzeit geschehen war. Louise hatte sich verändert, hatte wieder zu sich selbst gefunden und Platz geschaffen für ein neues Glück. Platz für eine neue Liebe, Platz für Noah.

»Louise«, sagte Noah und legte seine Hand auf ihr Knie.

Louise sah ihn erwartungsvoll an. »Willst du auch ein paar Worte sagen?«

»Nein, aber ich habe etwas für dich.« Noah zog einen Umschlag unter dem Tisch hervor und legte ihn vor ihr ab.

»Louise« stand in zittriger Handschrift darauf.

Mit neugierig geöffneten Augen sah sie Noah an, der ihr bestätigend zunickte. Behutsam öffnete Louise den leichten Umschlag und zog ein dünnes Stück Papier heraus. Es war ein Zeitungsartikel. Er wirkte sehr alt, war vergilbt und brüchig.

Der Artikel begann mit einer großen Schwarz-Weiß-Fotografie, die Louise in Erstaunen versetzte. Die Momentaufnahme zeigte Aitana und Xisco. Sie standen lachend vor der Schreinerei. Xisco hatte seinen Arm um Aitana gelegt.

»Unglaublich«, flüsterte Louise.

»Allerdings«, antwortete Noah.

Das Foto sah dem von Louises Artikel zum Verwechseln ähnlich. Die Perspektive, der Bildausschnitt, das sich nahe stehende und glückliche Paar. Wie eine gealterte Kopie des Bildes von Noah und ihr. Es war absolut verrückt.

Unten am Rand des Zeitungspapiers stand etwas, ebenfalls in zittriger Handschrift geschrieben, so klein, dass Louise sich konzentrieren musste, um es entziffern zu können.

So etwas passiert sehr selten. Aber wenn es passiert, dann weißt du es. Dein Xisco

Louise schluckte. Das waren seine Worte gewesen, als sie mit ihm über zweite Chancen gesprochen hatte.

Louise griff nach Noahs Hand und sah in seine funkelnden, treuen Augen. Ja, es war passiert, und Louise wusste es.

Zeitfracht Medien GmbH
Ferdinand-Jühlke-Straße 7
99095 Erfurt, Deutschland
produktsicherheit@kolibri360.de

Druck:
CPI Druckdienstleistungen GmbH
im Auftrag der
Zeitfracht Medien GmbH
Ein Unternehmen der Zeitfracht - Gruppe
Ferdinand-Jühlke-Str. 7
99095 Erfurt